*Hautes Terres*

*Jean-Louis Magnon*

# *Hautes Terres*

ROMAN

*Albin Michel*

22, rue Huyghens, 75014 Paris
ISBN 2-226-08189-5

*A la mémoire de mon père.*

« Allons ! En route pour ce qui est sans fin comme sans commencement...

Pour considérer l'univers lui-même comme une route, comme beaucoup de routes, comme des routes pour les âmes en voyage. »

WALT WHITMAN,
*Feuilles d'herbe.*

# I

# Pauline

# Prélude

Le 10 avril 1928, le feu commença vers minuit au pied d'une garenne. Il surprit les lapins qui grillèrent avec des plaintes sourdes. Le brasier, attisé par le vent descendu d'Aubrac où il avait joué tout le jour dans les hautes herbes des pâturages, eut tôt fait de les couvrir de ses rugissements.

Le fenil proche de la garenne s'embrasa à son tour ; en moins d'un quart d'heure, la borie de La Baboche n'était plus qu'une lueur rouge sur la crête de Calmels.

Cent mètres plus bas, dans un buisson d'aubépines aux fleurs de miel, la petite Marie Goual regardait les lueurs de l'incendie. Sur ses lèvres flottait le léger sourire des enfants qui rêvent.

Le vent ployait la double ligne des peupliers le long du ruisseau ; leurs feuilles remuées cliquetaient comme la monnaie dans un sac de percepteur. A un moment, il tourna, entraînant avec lui une volée d'escarbilles et les cris des deux Rouquette.

L'un deux éventrait des bottes de paille et les étalait devant la maison afin que la vieille Marthe puisse y sauter. Le second soulevait l'aïeule par les aisselles pour l'aider à enjamber la fenêtre. Marthe en avait vu d'autres, elle ne demandait pas mieux que de se lancer. Juste avant qu'elle n'y parvienne, une braise enflamma la paille ; elle tomba dans le feu et grilla comme les lapins.

Quand le jeune homme voulut sauter à son tour, il ne restait plus de paille, seulement des peluches noires et rouges que le vent emportait, et, au milieu de l'aire, un tas charbonneux qui bougeait encore. Pendant ce temps, le grand Rouquette jetait bêtement dessus un seau d'eau par petites bolées inutiles.

Rodolphe le Jeune s'élança tout de même, confiant dans sa force et sa souplesse. Il se rompit les vertèbres.

Dans l'aubépine, Marie Goual ne souriait plus. Ses yeux de chatte avaient tout vu — sauf une silhouette qu'elle aurait pourtant facilement reconnue, si elle avait regardé vers le châtaignier mort, près du chemin du Puech.

Quand la borie s'affaissa comme un soufflet, elle se leva et partit sur le chemin ; elle pleurait en chantonnant les mots très doux d'une chanson d'amour apprise l'hiver d'avant.

Parvenue au Puech, avant de se glisser dans l'étable, elle regarda, au-dessus de La Baboche, les premières lueurs de l'aube. Des corbeaux tournoyaient déjà sur les ruines fumantes.

L'incendie fit du bruit.

Ce n'était pas la première ferme de la région à brûler ainsi comme une poignée d'étoupe. Mais, d'habitude, seules quelques volailles, à la rigueur une vache ou quatre brebis, disparaissaient dans l'affaire ; cette fois, il y avait un mort, la vieille Marthe, dont, par-dessus le marché, les talents de guérisseuse avaient établi la réputation bien au-delà des gorges de la Jonte.

Les survivants ne valaient guère mieux. Rodolphe le Jeune passa six mois dans un lit à l'hôpital de Mende ; six mois à pleurer comme une fille qui vient de perdre sa broche ; six mois à contempler entre ses larmes, derrière les vitres des grandes fenêtres de la salle commune, les vagues changements du ciel au-dessus du Plateau sur lequel il ne marcherait plus. Quand il s'était réveillé entre les draps de ce même lit d'où il essayait de deviner les traces lointaines de son paradis perdu, il lui avait suffi de quelques minutes pour réaliser la vérité de sa situation : la moitié de son corps était comme une souche de mûrier et il ne parviendrait peut-être jamais plus à se lever tout seul, encore moins à marcher. Une bonne sœur lui avait pris la main ; alors, il s'était mis à pleurer sans répondre au médecin qui tentait de le rassurer avec beaucoup de maladresse sur son avenir, sans y parvenir, évidemment.

Après six mois de ces lamentations de Job, une autre bonne sœur à cornette avança vers lui le fauteuil roulant en osier sur lequel il allait vivre désormais. Elle le lui expliqua très innocemment et tout en lui montrant le fonctionnement du fauteuil, elle avait l'air presque gai ; il l'aurait étranglée avec plaisir. C'était une jolie fille aux joues pleines, dont l'âme débordait d'amour d'autrui ; elle ne comprit pas pourquoi il lui jetait un regard d'une telle méchanceté ; ainsi sont les cœurs simples.

Rodolphe le Vieux — les deux hommes, bien que cousins, portaient le même nom à cause de l'entêtement du père du jeune : il avait décidé, le jour de son mariage, d'appeler son premier fils Rodolphe et maintint sa décision envers et contre tous, après que son frère, un an plus tôt, eut, en place de la fille attendue, un fils qu'il nomma Rodolphe pour se venger d'une vague histoire de pâture franche.

Rodolphe le Vieux, donc, qui avait passé le reste de la nuit du 10 avril à jeter avec parcimonie des seaux d'eau sur le tas de cendres fumantes au milieu de la cour, fut retrouvé, deux jours plus tard, couché dans le seigle d'une doline. Il pleurait, lui aussi, et dès lors continua : si le premier — Rodolphe le Jeune — sécha ses yeux au bout de six mois d'un désespoir justifié, Rodolphe le Vieux continua de se lamenter et de verser des larmes de crocodile jusqu'à la fin de ses jours, poussant de petits cris de souris étouffés de frayeur quand on craquait une allumette devant lui, claquant des dents en plein hiver plutôt que de s'approcher des cheminées.

En dehors de ces gémissements, on ne put rien tirer de lui ; on eut le récit de la nuit de l'incendie par la bouche de son cousin. Le Jeune consentit à parler pour se débarrasser de l'insistance pénible des questions dont on l'accablait. L'autre ne prononça plus jamais une parole compréhensible. Tout le monde mit la perte de sa raison sur le compte de l'affection qu'il portait à sa grand-mère — Marthe avait recueilli les deux enfants à La Baboche quand la grippe espagnole avait emporté leurs parents en 18 ; mères, pères, tout le monde y passa.

Le Jeune savait, lui, pourquoi l'autre pleurait et il s'agissait bien d'affection perdue ! Marthe avait fini sous la forme d'un petit tas de charbon et Rodolphe le Vieux avait compris : il ne mettrait jamais la main sur le tas d'or récolté par la vieille au cours de trente années d'apostolat et de médecine des simples, en soignant les plaies, les bosses et les peines de cœur, en secourant les filles insouciantes et les femmes volages et même, disait-on, les fils ou les brus pressés de voir leurs vieux parents quitter ce monde. Depuis des lustres et jusqu'au jour où la borie s'écroula et se métamorphosa en un amas de pierres noircies, on y avait vu défiler tout un tas de gens venant d'un vaste territoire entre Larzac et Margeride, dans lequel, année après année, la réputation de Marthe s'était infiltrée en suivant les routes et les chemins. Chaque auberge, chaque café, la moindre halte, chaque place de village où l'on se racontait ses talents était le point de départ de nouvelles migrations solitaires vers La Baboche au printemps ou en été — il y eut même quelques insensés arrivés au bout de leur désespoir pour s'enfoncer dans la neige de l'hiver vers ce phare d'espérance ; la plupart perdirent la vie au milieu des solitudes gelées.

Rodolphe le Vieux, qui avait « l'œil » — comme il disait en clignant le droit —, voyait Marthe glisser, après chaque visite, une grosse pièce ou un billet de banque soigneusement plié en huit dans sa ceinture ou la poche de son devantier. Jamais, malgré une surveillance acharnée, il n'était parvenu à savoir ce qu'elle en faisait après. Quand il comprit que ses espoirs de richesse s'étaient envolés pour toujours, il sombra. On finit par le transférer, en désespoir de cause, à l'hospice de Millau.

Alors qu'il ne demandait rien à personne, on amena le Jeune, dans son fauteuil d'osier, visiter son cousin. Il regarda avec beaucoup de mépris ce grand gaillard aux épaules de bouvier, qui pleurait encore

— deux ans après l'incendie — sans prononcer jamais le moindre mot.

Trois ans plus tard, par une nuit d'hiver, Rodolphe le Vieux s'échappa de l'hospice où on l'occupait au jardin. Il fut retrouvé quinze jours après sur le Causse, raide comme la justice, à côté d'un aven. Il avait gratté la terre gelée jusqu'à s'arracher les ongles. Quand on raconta sa fin au Jeune — qui à cette occasion devint Rodolphe tout court —, il savait parfaitement ce que l'autre cherchait dans la glace.

# Chapitre 1

Le Puech, c'est une grosse ferme, la plus grosse du pays. Les bâtiments des communs font escorte au corps de logis, l'ensemble dessine un fer à cheval, autour de la cour fermée au nord par un mur qu'on traverse en passant sous un porche en pierre de taille ; ce qui passe, c'est le chemin ; après, il rejoint la route du bourg, Vielrieu, à quinze kilomètres dans la plaine. Une grosse ferme, une galette posée sur le bord droit de la draille qui monte en paliers vers le Plateau. Cent mètres plus loin, il y a un tournant avec deux arbres — un chêne et un frêne qui se regardent en chiens de faïence ; de là, on voit tout le pays des avant-monts. C'est le côté le plus facile pour escalader le Plateau, bordé partout ailleurs de gorges profondes enchevêtrées d'épines, de broussailles et de raisin d'ours ; ici, la pente légère s'incline au milieu des prairies et va doucement mourir dans la plaine dont on devine, vers les lointains, qu'elle affronte les montagnes. Quand on monte, après les deux arbres-sentinelles, il n'y a plus de tournants et la draille trace une grande balafre rectiligne ; là où ils sont, derrière une bosse en chapeau de gendarme qui cache le Plateau, il y a

Sauveterre, un hameau abandonné. La route du Plateau, celle de Vielrieu et celle de la ferme font un nœud, une lavallière, d'où part encore le chemin plus étroit de La Baboche, qui monte tout droit dans les pierriers.

Donc, depuis le Puech, le Plateau est caché, on voit seulement son ciel qui, à cette heure, se teinte d'une lumière jaune paille. Elle entre à peine par trois pierres manquantes dans le mur de l'étable, une sorte de lucarne à travers laquelle Marie essaie de voir plus loin. C'est toujours ainsi que Marie essaie de voir ; de la lumière du matin ou de la vie devant elle, elle veut toujours être la première à deviner ce qu'il y a après.

Peut-être qu'en ce matin d'avril, si elle voyait plus loin vraiment, elle aurait peur et remettrait bien vite en place le sac de jute masquant d'habitude le trou des trois pierres. Mais, dans l'avenir qu'elle imagine, elle ne voit que des choses plaisantes ; un grand éclat de rire et de joie l'attend, elle en est sûre. Ce qui s'est passé cette nuit ? Qu'importe : elle sait déjà qu'il y a du pain blanc et du pain noir dans la vie. Et le premier pain a été noir pour elle comme pour sa mère qui l'amena au Puech, par hasard, en janvier 1916, serrée dans un fichu effrangé. Elles viennent d'on ne sait où et on ne le saura jamais. Le soir où elles arrivent, ce ne sont pas les quintes de toux de la femme qui font qu'on lui ouvre, ni ses coups de poing sur le battant de chêne de l'entrée. L'hiver 1916, on se méfie terriblement dans toutes les fermes du Plateau et de ses environs. Il y a de quoi : les hommes, les jeunes, sont partis à la guerre. Il reste quelques vieillards, des enfants et les femmes qui savent ce qu'elles risquent et depuis longtemps ; tous les mauvais sujets ne sont pas sur le front d'Artois. Alors, on barricade, on bloque les clenches dans les mentonnets, on claquemure, on bouche soigneusement les interstices et, entre chien et loup, l'heure dangereuse, on fait, comme du temps où les brigands traquaient par bandes sur le Causse, de grands feux devant lesquels on se serre. On fait aussi la sourde oreille. Les plus vieilles déroulent leurs chapelets et rameutent les saints familiers. Les plus jeunes s'occupent comme elles peuvent : épluchage ou broderie. Elles se sentent toutes drôles dans cette chaleur qui vous prend le devant ; une illusion, mais si bonne ; tout à l'heure, elles se retrouveront entre les draps froids, dans le lit qui paraît immense à force d'être vide ; ils les embêtaient bien parfois, les hommes, mais elles regretteront de ne pas sentir contre elles leur chaleur franche, de ne pas entendre leur respiration tranquille qui est comme une certitude d'avenir.

Dehors, sous le matelas de neige, la glace a tout pris en masse, gelé, dirait-on, jusqu'au creux du monde. Pourtant, dans ces solitudes, on aurait presque le cœur assez peureux, ou sec, ou fermé, pour ne pas ouvrir un battant de chêne même si on entend des quintes de toux à fendre l'âme.

Une femme — trente ans, l'âge où elles sont le plus sûres d'elles — est allée vers la porte. Cela fait un moment que les autres ont levé la tête, tendu l'oreille, elles attendent et ne bougeraient pour rien au monde ; il faut un caractère, celle qui s'est levée en est un. La main sur la poignée, elle a demandé, une fois, deux fois, trois fois qui était là. Silence, nouvelles toux, puis une voix jeune, sifflante sur les dernières syllabes : « Ouvrez-moi, je vous en supplie, j'ai un enfant ! »

Une femme ! Un enfant ! On n'est pas des bêtes !...

Si elle regardait les autres, Pauline verrait qu'on l'encourage, mais elle n'en a pas besoin, elle ouvre.

D'abord, on ne voit rien ; trop loin du feu et puis, dehors c'est la nuit noire, la pleine lune cachée par les nuages, à peine un halo. On sent seulement un grand froid gonflé de vent qui en profite, entre en courant et bouscule les flammes du feu de hêtre. Derrière le courant d'air, il y a bien une femme — toutes celles qui sont là ce soir se souviendront et le diront : elle est très belle ; elle tend, à bout de bras, un enfant dans un fichu de laine peignée. Pauline prend le paquet, la femme s'écroule en avant comme si on lui avait enlevé ses amarres. On la relève un peu. On essaie de lui faire boire du vin cuit ; impossible, elle n'a plus sa connaissance.

Pendant ce temps, la porte est restée ouverte ; Pauline a posé l'enfant près du feu dans un fauteuil, calé par un coussin ; dès qu'elle a les mains libres, elle referme. La femme est assise, appuyée contre le mur, blanche, la tête déjetée sur le côté ; Pauline la prend sous les aisselles, se fait aider — avec elle, on ne discute pas. On la porte sur un lit, dans la pièce à côté. Un moine rempli de braises, des bouillottes. On s'active, mais Pauline ne dit plus rien, n'ordonne plus rien ; en la soulevant, elle a compris.

Une heure plus tard, la femme est morte, son dernier mot, la seule chose qui reste d'elle, aura été : « enfant ».

On l'arrange un peu. On a mis sous elle un drap propre, très blanc. Le matin vient, on envoie une gamine chercher le curé. Quand il arrive, il claque ses mains l'une dans l'autre. On — Pauline, bien sûr — lui tend un papier qu'on a trouvé dans la manche de la femme ; c'est tout ce qu'il y avait sur elle, pas de bagages, on a regardé dehors. Un carré de papier jaune, raide, genre papier de boucherie. Le curé sort ses lunettes et le livre dont il va se servir. Il a la voix chevrotante des vieillards, mais on n'a pas le temps de s'en rendre compte quand il lit le papier, à voix haute : il n'y a qu'un mot, un nom, à cause de la majuscule : « Goual. »

Le curé dit :

— Ce doit être son nom...

Pauline :

— Pour sûr, monsieur le curé ; on l'appellera Marie !

Le curé :

— Sa fille...

Elle complète, pour elle-même dirait-on : « Marie Goual... »

Le curé hausse les épaules, lit quelques pages de son livre et repart, appelé ailleurs.

Pauline n'est au Puech que depuis sept ans ; mais que de chemin elle a fait...

D'où vient-elle ? Elle ne l'a pas dit, ou plutôt elle a menti mais on l'a crue : c'était plus facile et puis on croit toujours les femmes comme Pauline, à cause du regard qu'elles vous plantent dans les yeux.

La vérité, un jour, elle la confiera à Marie, à elle seule. Pour essayer de rattraper l'impossible : le temps passé. Marie ne révélera jamais rien à personne.

Elle est du Sud, du pays des oliviers, des vignes, de la garrigue. Quand elle vient au Puech, elle a vécu là-bas moins d'un quart de siècle. Elle arrive à pied, en plein midi, sur le chemin du bas. Elle demande du travail. « Quel travail ? » Elle répond :

« N'importe. » On lui dit : « Il y a la souillarde à nettoyer... » Elle le fait. On n'a jamais vu ça. Le soir, la patronne lui montre une petite pièce : « Vous dormirez là ! » — à midi et quart, elle lui disait encore « tu ».

Pauline s'installe, la pièce deviendra une chambre, propre, nette mais pas féminine pour deux sous. A la tête du lit, elle pose un réveil sorti de l'espèce de havresac qu'elle portait en arrivant et qu'elle est en train de déballer ; la Mitoune, une pauvre fille, entre à ce moment ; envoyée par la patronne, elle apporte un bougeoir. La Mitoune voit une photographie dans la main de Pauline mais rien d'autre, en tout cas pas qui est sur la photo. Le lendemain, la Mitoune tire des cendres, avec la pince à feu, un bout de photo, un angle, mais ne voit toujours rien. Si c'était une erreur ce sera la seule.

En sept ans, Pauline est passée de la souillarde au lit de Monsieur. Cheveux tirés, lèvres serrées, jamais de poudre sur les joues, même pas la Primavera qu'elles achètent toutes au marché du bourg, chez le bel Italien à la voix de velours qui en vend, avec les parfums et les « Cologne » ; on ne doit pas voir qu'elle est belle. Elle a toujours un col montant — juste un bouton de nacre, jamais de broche ni de dentelle, ni d'épingle dorée ; vêtue de noir, bien entendu, des bas grisâtres qu'on voit à peine, des souliers plats qui sembleront durer sa vie entière.

Mais dessous ! Splendide. Et Monsieur l'a vu. Pas la patronne, du moins pas tout de suite ; Pauline sait berner les femmes. Les hommes aussi ; la preuve : cinq ans avant qu'il la mette dans son lit, Monsieur. Un exploit : d'habitude, il est plus rapide. Plus fort encore : pendant sept ans, Madame ne verra rien.

Sur les cinq ans, pour être juste, il manque trois

mois. Après deux années au Puech, qui déjà l'ont menée assez haut, Pauline dit :

— Madame, il faut que j'aille chez moi.

Mais elle précise :

— Un mois...

Madame soupire, soulagée :

— Bien sûr, Pauline.

Pauline part, son réveil dans le havresac. Pas un mois : trois. Personne ne touche à sa chambre. Elle revient, pareil : en plein midi. On ne dit rien. Le soir, la Mitoune qui entre « par hasard » chez Pauline la voit en train de pleurer, couchée sur son lit. Curieux tout de même : la Mitoune ne dira rien à personne.

Le lendemain, Madame est en ville. Vers deux heures, Monsieur va à la chambre de Pauline qui se repose. C'est en juin, ils sont seuls au Puech ; tout le monde est aux champs, depuis longtemps Pauline n'y va plus.

Il ouvre la porte, le verrou n'est pas tiré. Il entre. Pauline est debout, devant son lit. Il dit :

— Je te veux.

Elle répond :

— Pas maintenant.

— Quand ?

— Plus tard, quand je voudrai.

Il dit — il parle fort, à présent :

— C'est la première fois qu'on me refuse, ici !

— Je sais, mais c'est comme ça, dit-elle d'une voix égale.

Il la regarde en face, elle aussi ; il baisse la tête et demande, tout bas :

— Qu'est-ce que tu veux ?

— De l'argent. Elle ajoute : Beaucoup.

Il siffle entre ses dents :

— Diable ! Tant que ça ?

Elle répond :

— Oui... au moins — mais elle ne sourit pas.

Il la regarde de haut en bas, de bas en haut, dit pour lui-même : « Est-ce que cela les vaut ? » Il n'a pas parlé ; elle répond pourtant : « Ça les vaut. » Elle lève les bras. A ce moment, la lumière qui passe par la vitre de sa lucarne l'éclaire en plein.

En quelques mouvements des doigts, elle enlève les épingles de ses cheveux, dégrafe sa robe par-derrière ; dessous, elle n'a rien ; ses cheveux tombent, sa robe aussi, à ses pieds, comme une corolle.

Il siffle une nouvelle fois, mais pas de la même façon.

La lumière baigne Pauline. Lui ne bouge pas — et elle est à un mètre de lui. Il siffle une autre fois ; c'est tout ce qu'il peut faire. Parce qu'elle est là, devant lui, nue dans la lumière de juin et qu'elle le regarde bien en face. Ah, si elle avait baissé les yeux...

Mais elle le regarde. Il dit :

— D'accord...

En vingt secondes, elle s'est rajustée, en quarante, elle a les cheveux tirés. Au bout d'une minute, il redit bêtement :

— Quand ?

Là, elle a un sourire.

— Quand je voudrai...

Il demande, encore plus stupide :

— Et ça peut être long ?

Elle répond :

— Qui sait...

— En attendant ?

Elle n'a plus de sourire, du tout. Sa voix était sèche, elle devient métallique :

— Tous les mois, vous mettrez cent francs sous ma porte.

Il ne proteste pas, ne soupire pas, il connaît le prix des choses, il dit :

— D'accord. Et il ajoute : Comment je saurai ?

Elle sourit — décidément, elle s'amuse.

— Vous saurez...

Il comprend que c'est fini pour ce jour-là ; il se prépare à partir. Elle le rappelle :

— Il faudra aussi me dire « vous », comme à Madame.

Monsieur, un quintal, quarante kilos de muscles, répond, en ouvrant la porte :

— Comme vous voudrez.

Quand il sort, la lumière est montée et n'éclaire plus que les cheveux de Pauline, on dirait une sainte, avec une auréole. Il hausse les épaules, baisse la tête et s'en va. S'il avait l'ouïe assez fine — ou envie d'entendre —, il saurait qu'elle chantonne. Il a laissé ouvert chez elle, mais peu après le grand battant de la porte d'entrée claque, violemment.

Pauline a donc décidé : « On l'appellera Marie. »

Quand la petite arrive, cela fait deux ans que Pauline couche avec Monsieur. Pas souvent, juste assez pour qu'il continue à glisser les billets sous la porte. Au Puech, personne ne se doute qu'elle va, les jours de marché, les porter à la Caisse d'épargne de Vielrieu. Bien sûr, elle n'a rien changé à ses manières ni à sa mise. Un peu plus d'autorité, lentement imposée, mais elle lui vient des capacités qu'elle a montrées dès son arrivée. Pour le reste, colifichets, toilettes, ce n'est pas pour elle.

Madame non plus n'aime pas les colifichets. Et pourtant, c'est une marquise ; elle s'appelle de Lintes, Yvonne de Lintes. Elle est riche ou, plutôt, elle l'était avant que Monsieur — Léon Saubade, propriétaire du Puech — n'entame les rentes des de Lintes. Yvonne est la seule enfant du couple de vieillards qui habitent le château de famille, près de Millau, et passent les hivers dans les vents coulis à compter les restes de la dot de leur fille et même, tout simplement de la fortune des de Lintes qui peu à peu a coulé vers le Puech devenu, entre 1900 et 1914, la plus belle ferme sous le Plateau. C'est facile à comprendre et ça s'est vu des tas de fois ; ce qui l'est moins, c'est comment Léon Saubade a pu épouser Yvonne de Lintes. Quoique...

A vingt ans, Léon tenait déjà le Puech, hérité d'un oncle qui avait trimé soixante ans et réussi à sortir de sa condition, mais à peine. Léon, lui, c'était déjà autre chose : de la prestance, de l'ambition, aucun désir de revenir au temps de la bêche à la main et des seilles de purin.

Yvonne passait l'été à Meyrueis, chez Louise de Layrac, son amie. Un soir de juillet, elles se promènent, bras dessus, bras dessous, en se racontant des secrets, des innocences, en riant bêtement par la faute de cette moiteur de l'air que l'été abandonne sous les platanes de la petite ville. Yvonne glisse, se raccroche et s'étale tout de même. C'est à Léon qu'elle s'est raccrochée. Il est beau et fort : il la relève d'une main.

Le lendemain, ils se croisent dans la rue, au même endroit. Elle sourit la première. Le soir, il y a un bal. Elle est assise avec Louise, à une table, devant une limonade. Normalement, elles ne dansent pas en public, cela ne se fait pas chez elles. Il arrive et l'invite ; elle accepte. Il valse mal, mais il est beau et fort, elle le savait, maintenant elle le sent. On fête la Bastille sous les lampions et Mlle de Lintes s'en fiche.

Elle dansera avec lui — et lui seul — jusqu'au bout de la nuit. Louise de Layrac ferme les yeux, elle ne dira rien à personne ; ils la font rêver tous les deux, c'est comme dans les livres. L'orchestre plie ses étuis et elle se rend compte que le temps a passé ; elle le dit à Yvonne qui répond : « Encore une, une dernière, c'est promis ! »

Une dernière fois, ils dansent. Quand la musique, qu'ils sont seuls à entendre — depuis longtemps l'orchestre a disparu de l'estrade —, s'arrête, elle sent sa main glisser vers son cou et ses doigts caresser le bas de sa nuque. Un frisson ; ce sera tout ce soir-là. Il raccompagne les demoiselles chez les Layrac, les salue — toutes les deux — d'un signe de tête et les quitte. A ce moment, les rossignols s'affolent dans les fourrés des parcs, l'air sent le jasmin. Yvonne lève les yeux, le ciel est plein d'étoiles qu'elle n'avait jamais vues.

La semaine suivante, il est devant la maison des Layrac, en cabriolet. Il vient les chercher ; il est convenu de tout avec Louise. Deux heures après, ils sont sur le Causse, sur le Plateau. Elle en est malade. Il y a trop de ciel pour elle. Au Puech aussi, plus tard, il y aura trop de ciel. Elle a déjà assez de rêve en elle, l'espace lui fait peur. La tête lui tourne ; Louise cueille des fleurs, mais Léon est tout près ; Yvonne s'appuie sur lui, bien entendu. Il la soutient et, de la main, lui montre vers le nord-est une forêt de pins, noire comme un charbon. « Là-bas derrière, il y a le Puech ; c'est chez moi. » Il est assez fin pour ne pas ajouter : « Chez nous, si vous voulez. »

Elle a baissé les yeux mais il ne le voit pas. Quand elle regarde à nouveau, elle aperçoit Louise, marchant au milieu des fleurs, en robe blanche à volants bleus. Dans le soleil, elle lui rappelle un tableau de monsieur Monet qu'elle a vu à Paris, l'hiver d'avant.

Ce jour-là, ce sera tout et quand elle dit un moment plus tard : « Rentrons, je ne me sens pas bien », il ne se rend pas compte que c'est à cause du vide, il croit que c'est « le grand air ». Il ne proteste pas et les raccompagne à Meyrueis, elle appuyée contre lui tout le chemin du retour et Louise derrière eux, les bras pleins de fleurs.

Fin août — ils sont déjà sortis ensemble cinq ou six fois —, un soir, les dernières maisons dépassées, ils marchent l'un contre l'autre. Louise est toujours derrière et ses petits talons claquent dans leur dos. Les étoiles ont remplacé l'éclairage public. Ils marchent sur la route, le long d'un champ de luzerne, dont l'odeur se mélange à celle du jasmin chinois. Les petits talons ne claquent plus : Louise s'est arrêtée, en larmes...

En janvier, Léon Saubade se présente chez les de Lintes. On le reçoit comme un fournisseur ; cependant, même s'il s'en défend, M. de Lintes le trouve sympathique. Et puis — il a pris ses renseignements chez son notaire —, le Puech est une grosse ferme. Saubade est capable — le notaire a dit ça, aussi. Il explique : si on l'aide, il sera riche. « Vous comprenez, il faudrait irriguer. La terre est bonne. Et puis, on pourrait... » De Lintes hoche la tête. La veille, sa femme lui a dit : « Notre fille est enceinte. »

En mars, ils sont mariés.

Au Puech, il fallut bien décider ce qu'on ferait de la mère de Marie. On attendit le retour du curé ; pour l'âme, il avait fait le nécessaire ; mais ce qui restait ?

Il y avait une fosse commune à Vielrieu et cela paraissait simple. Tout le monde — les jeunes et les vieilles, cinq ou six femmes de la veillée — avait été soulagé quand le curé en avait parlé. Alors, la Mitoune sema la perturbation en déclarant que le caveau de sa famille, à Sauveterre, était bien assez grand pour accueillir une étrangère et qu'elle-même en serait contente. Elle s'empêtra un moment dans des explications oiseuses avant de déclarer sous le coup d'une inspiration subite : « Je gagnerai quelques indulgences, pas vrai, monsieur le curé ? »

Il ne répondit ni oui, ni non ; c'était matière à discussion, et lui-même n'avait jamais été vraiment convaincu par cette histoire de bons points pour l'éternité. D'ailleurs, il n'était plus convaincu de grand-chose. Après l'enthousiasme de ses débuts, sa foi l'avait mis trop souvent, au bout de plusieurs kilomètres dans la neige et la glace, en présence d'une beauté détruite comme celle de la femme de cette nuit, sur le visage de laquelle, autour des yeux enfoncés, un masque bleuté gagnait les joues.

Pour l'enterrement, il n'avait rien contre. Le caveau de la Mitoune se trouvait au vieux hameau de Sauveterre, autrement dit au diable. Mais la route était belle, surtout quand le givre s'accrochait aux arbustes comme à des arbres de Noël. Par ailleurs, la fosse commune lui déplaisait, tout autant que si on avait dû l'y mettre un jour. Il allait donner son opinion quand une des vieilles, « la Cornue » — à vingt ans, elle portait des accroche-cœurs —, qui avait bien connu les parents de la Mitoune, commença à protester : « Après tout... D'où elle vient ? » Et, comme un coup de massue : « Fille perdue... »

La Mitoune se méfiait ; des fois qu'on parle d'elle, après... Bref, on en était revenu à la fosse commune et le curé regrettait déjà les perles de givre sur les aubépines et cette montée vers le ciel qu'était la route de Sauveterre, lui qui pataugeait dans la boue une grande partie de l'année, et pas seulement celle des chemins.

Ils étaient là, le curé et cinq femmes, à discuter de la sépulture dans la chambre où l'on avait installé la morte. C'était le matin et même le plein jour, mais les volets étaient restés fermés, comme il convient. On avait apporté des chaises, placé des bougies en lieu de cierges autour du lit sur lequel la morte reposait, aussi blanche que le drap sous elle, et des ombres dansaient. Une avait peigné ses cheveux emmêlés par la course qu'elle avait dû faire dans le vent de la nuit pour atteindre le Puech. Le curé avait été bouleversé, comme à chaque fois que cela lui arrivait, par les signes avant-coureurs de ce qu'il ne parvenait plus à faire coïncider avec son idée d'un Dieu d'amour qu'il servait pourtant avec conscience. Mais, pour les autres, cette femme, allongée dans les derniers moments où elle pouvait encore être belle, n'était qu'une de plus parmi toutes celles et tous ceux qu'elles avaient vus passer. Elles avaient fait, avec beaucoup de soin, tous les gestes qu'elles savaient nécessaires à cause de traditions venues de la nuit des temps ; cela suffisait. Il ne restait qu'à attendre, la suite viendrait toute seule.

Avant qu'on appelle le curé, il était dans une autre ferme ; une morte aussi, mais une vieille. Il en avait profité pour monter vers les trois heures à la chapelle de Sauveterre qui était sur son chemin. La lune, pleine à ce moment, avait éclairé sa route et, quand il était arrivé, la beauté du monde scintillant sous cette lumière qui tombait du ciel l'avait rempli à nouveau de la foi du séminaire. Là-haut, il avait dit pas mal de prières, presque une messe entière, et médité une heure ou deux sur les merveilles de la Création. Mais, à huit heures, devant le cadavre de la supposée femme Goual, il avait du même coup retrouvé l'océan de doutes de son quotidien.

C'est alors que Pauline entra.

Elle avait passé la nuit à s'occuper de la petite. Maintenant, Marie Goual dormait, ses petits poings serrés sur sa poitrine, la tête enroulée dans une câline blanche.

Pauline traversa la pièce, ouvrit la fenêtre, les volets en coup de vent, ce qui pétrifia les vieilles parce que les bougies avaient été soufflées et qu'un violent flot de lumière était entré. Ensuite, elle parla : « On la mettra chez la Mitoune. »

Les autres : rien ! Silence. Sourires mauvais et l'on n'en pense pas moins ; mais silence.

Si Pauline avait laissé faire — et on aurait pu croire que cela n'avait aucune importance de mettre ici ou là ce qui restait de la mère —, plus tard, Marie Goual aurait pris, pour aller sur sa tombe, le chemin de Vielrieu, comme tout le monde. Mais dès que la porte avait été ouverte et que la femme à bout de course, dont on discutait du cadavre depuis trop longtemps, avait tendu le fichu contenant Marie Goual, la vie de Pauline avait été bouleversée. Toute la nuit elle avait pensé à l'avenir et, le matin venu, elle commençait à organiser un réseau d'amour qui finirait par apparaître comme une toile d'araignée dont elle accrochait le premier fil. Celui-ci, que personne ne voyait, allait compter beaucoup dans la solidité de l'assemblage.

Pauline considérait, et depuis deux ans elle en avait la preuve dans son lit, que le Puech, dont elle venait de décider que Marie Goual serait un jour la reine, était le centre d'un monde qui avait deux pôles : le bourg et le Plateau. Pour elle, le bourg abritait la vie minable de ceux qu'elle faisait battre en retraite d'un cillement de paupières et la déchéance anonyme de la vieillesse pour finir. En mettant le corps de la mère dans le vaste caveau de la Mitoune, au bout du hameau désert, elle obligerait Marie, pour le temps qu'elle passerait au Puech — et Pauline le voyait long, très long —, à prendre le chemin du Plateau. Au début par devoir, elle s'en chargerait, mais ensuite forcément par goût.

Bien entendu, à aucun moment Pauline n'aurait imaginé que l'avenir, pour Marie ou une autre, se trouvât sur le Plateau. Il n'y avait aucun avenir, de quelque sorte qu'on imagine celui-ci, sur les kilomètres carrés semés de cailloux qui, de doline en crête, escaladaient les pentes du ciel avant de rouler de nouveau vers quelque infini provisoire, même pas borné par les trois ou quatre hameaux misérables et les rares fermes sur lesquelles on s'échinait inutilement du jour de l'an à la Saint-Sylvestre.

Des espaces tout juste bons à servir de champs de manœuvre à des troupes de moutons, menées ou suivies de loin par de pauvres bougres de bergers qui passaient le plus clair de leur temps — pensait Pauline — transformés en statues de sel, sous un vent perpétuel. Un vent qui accourait, bride abattue, du fond de l'horizon occupé de brumes rondes, se ruait entre les couloirs de pierres levées des drailles de transhumance, butait sur les limites du Plateau caussenard et, au lieu de prendre le chemin de la vallée, s'en retournait sur ses pas pour jouer à nouveau de l'épaule à travers les stipes, les chardons et les asphodèles.

Malgré cette dureté, Pauline savait que ce vent et ses jeux, les couleurs des aubes d'émeraude, les nuits où le scintillement des étoiles semblait audible, les odeurs du printemps saturé de fleurs, celles de l'été, de ses seigles et ses blés, celles de l'automne rouvre aux terres gorgées, tout cela composait un décor d'où l'on pouvait tirer des idées suffisamment profondes d'absolu pour avoir envie de posséder le monde.

Elle savait aussi qu'il y avait un risque à cette fréquentation de l'éternité : celui de vouloir à tout prix la rejoindre avant l'heure. Pour en défendre Marie, elle comptait sur des choses comme l'atavisme en quoi elle pouvait toujours espérer ou, surtout, son propre exemple sous les yeux de la petite. En tout cas elle se donnait vingt ans de surveillance. Si elle réussissait, il ne serait plus question d'aller se jeter du haut du Roc-Mort ou dans un de ces avens, dans lesquels on retrouvait régulièrement des carcasses de moutons, de chiens, de bergers et, parfois, quelque demoiselle amoureuse bernée par une poignée d'étoiles.

Une fois écartés, autant que possible, les gestes stupides, il ne restait qu'à contempler la beauté des soirs et la richesse des levers de soleil. Une fille bien constituée et bien dirigée comprendrait vite qu'il y a des substituts accessibles à ces merveilles. Une belle robe de velours, un collier de perles ou un cabriolet valent toutes les splendeurs du ciel, de la terre et de leurs saisons. Les obtenir et en jouir, les mettre à portée de sa main ou à ses pieds n'est pas si simple, Pauline le savait, elle qui donnait depuis deux ans un trésor à un pourceau, contre quelques billets minables glissés sous une porte. Selon Pauline, un mot ouvrait ces avenues, recouvrait les plus belles manigances de la vie ; ce mot, c'était : « l'or ».

Ce qu'il ouvrait comme un sésame, il n'y avait pas des dizaines de façons de l'accaparer, surtout pour une fille très belle — et Pauline savait que Marie serait très belle pour avoir vu la mère vivante dans le froid glacial de la porte ouverte. Mais il fallait aussi le désir de dominer et de posséder.

Tout le monde ignorait qu'avant le Puech, même si elle était arrivée le premier jour par le côté du bourg, Pauline avait passé deux saisons au milieu du Plateau, dans une borie près de Drugas, à récurer des souillardes autrement sordides que celle de la ferme. Là, elle avait compris que la beauté du monde pouvait vous mener à souhaiter mourir, s'ouvrir la poitrine de désirs trop contenus ; elle pouvait aussi conduire à une soif de possession inextinguible. Quand elle était arrivée au Puech après ces expériences d'éternité, Pauline s'était rendu compte qu'elle avait dix ans de trop. Elle avait alors manœuvré dans les frôlements de doigts, les portes entrouvertes, les jupes relevées sur une jarretière, qu'on laisse retomber en s'excusant.

Maintenant : pour quelqu'un qui arrivait au centre du monde de Pauline, un soir d'hiver après une tempête de neige, dans un fichu noué, pour quelqu'un qui promènerait pendant au moins trente ans un visage de déesse et un corps de démone, pour quelqu'un comme ça, tout était possible. Tout, c'était d'abord posséder le Puech.

La mère de Marie, dans la boîte en sapin apportée la veille par le menuisier sur une mule, prit donc le chemin des églantiers dans un matin ensoleillé mais glacial ; les perles de rosée étaient remplacées par les briolettes de diamant du givre qui, en tombant, criblaient la neige. Elle couvrait le Plateau — et le pays qui l'escaladait, et le Puech — depuis un mois, ne laissant crever sa blancheur que par les os jaunes d'une ou deux bories et les troncs des chênes et des châtaigniers. La même mule privée du spectacle par ses œillères, qui avait transporté la caisse depuis le bourg, tirait péniblement, dans les éclats de ses fers sur les pierres et la glace, la charrette à parements verts brodés d'argent qui n'avait pas servi depuis la mort du dernier habitant du hameau, dix ans plus tôt.

Derrière, la Mitoune avait l'impression de plus en plus envahissante d'avoir perdu quelqu'un de sa famille ; en dehors d'elle, cinq ou six vieilles Parques, habituées de ce genre de cérémonies, pleuraient très consciencieusement dans leurs mouchoirs de batiste. La Mitoune se mit à geindre et se joignit à elles après l'abreuvoir communal dont le bassin laissait couler à flots la glace de son canon.

Entre la mule et les pleureuses, juste après le curé précédé de son enfant de chœur, marchait Pauline. Dans le rayonnement de sa présence, dans le ton très accordé au deuil de sa robe habituelle, elle était comme un ange tutélaire mais aussi l'incarnation de l'avenir, parce qu'elle portait Marie Goual dans un fichu, de laine épaisse celui-là, et plus clair que la neige.

Le hameau, au travers duquel le chemin s'enfonçait, paraissait un grand décor de chicots de murs et de toitures effondrées. Ce théâtre se détachait sur des hectares et des hectares d'un blanc lumineux, vaste comme la mer.

La fillette venue d'on ne savait où que Pauline transportait et dont elle avait soigneusement découvert le visage prenait, au milieu de ce défilé, la dimension d'une Épiphanie. C'était une reine qu'elle promenait et elle le faisait savoir, la serrant contre sa robe de faille ou, de temps en temps, la portant à bout de bras le long de la montée vers Sauveterre, dans des mouvements de Présentation au Temple.

On n'imagine pas que les cinq ou six vieilles ou la Mitoune, de plus en plus persuadée de son deuil, aient été capables d'autre chose que de surveiller le chemin glissant, d'éviter les pièges qui menaçaient leurs os. Cela ne comptait pas pour Pauline. Rien ni personne ne comptait vraiment pour elle sauf, depuis deux jours, l'enfant dont elle avait seule choisi le prénom, décidé de le compléter par un mot qui n'avait peut-être rien d'un patronyme. Ce nom que Pauline avait donné à la fillette — sans que personne veuille ou puisse de toute façon discuter — était la preuve non d'une maternité dont Pauline n'avait jamais rêvé mais d'un tutorat, d'une régence, qu'elle comptait bien pérenniser en l'étendant à un nouvel état civil qui déborderait, en principe, bien au-delà de sa propre vie.

Au soir de ce 16 janvier 1916, alors que l'on barricadait les battants du Puech et que les feux jetaient sur les murs les coups d'aile de leurs reflets, Pauline, après avoir vérifié le sommeil profond de Marie dans le couffin d'osier qu'elle avait envoyé chercher au bourg, se permit un moment de repos devant la fenêtre encore claire de sa chambre et elle voulut lire, dans les tumultes du couchant, les prévisions d'exaltantes batailles dont elle était sûre à cette heure de sortir victorieuse ; au pire, elle était sûre que Marie, tout au moins, l'emporterait.

Plus tard, les feux se mouraient sous les cendres, les Parques avaient regagné leurs paillasses ; Pauline veillait toujours, devant la fenêtre maintenant close par la nuit et les gros volets de châtaignier. A côté d'elle s'élevait, avec la régularité rassurante d'une source, le souffle de l'enfant. Et Pauline, devant ce tableau qui pouvait passer pour une image d'Épinal, continuait à bagarrer, à pousser Marie enfant, jeune fille puis femme, dans les épisodes d'une guerre dont elle était certaine du résultat. De l'enjeu de cette lutte, les murs du Puech, elle aurait pu respirer à un mètre d'elle l'odeur de salpêtre.

Plus tard encore, Pauline alluma sa lampe, contempla le visage sur le drap du couffin et pleura, ne sachant elle-même si c'était de joie ou de désespoir.

# Chapitre 2

QUAND La Baboche brûle et que Marie Goual rentre au petit matin par la porte de l'étable du Puech, Pauline ignore si son plan a été le bon.

Evidemment, elle entend Marie rentrer ; elle est dans sa chambre, allongée sur son lit qui sent la lavande — c'est le seul au Puech ; personne ne sait qu'elle a apporté un litre d'essence de Banon dans son havresac, et jamais le pourceau n'a compris qu'elle imbibait le métis de cette odeur comme d'une barrière. Dans son demi-sommeil, elle imagine les mouvements de Marie. Au courant de tous ses faits et gestes, elle l'est aussi de ses sorties nocturnes ; elle a fait le nécessaire pour que celles-ci ne dégénèrent pas ; elle a parlé à Marie et ne lui a rien caché. Ce n'étaient encore que des promenades, des balades sous la lune. Marie en a besoin, Pauline le sait, elle l'accepte, même si un jour ou l'autre il y aura des risques particuliers. Ce soir, c'était autre chose : du danger ; mais Pauline était là.

Que La Baboche a flambé, elle est bien placée pour le savoir. Ce qui compte pour elle ? Que le sens l'avertissant des mouvements de Marie fonctionne ce matin comme il a fonctionné depuis douze ans, c'est tout. Encore une fois, il ne s'agit pas d'un lien maternel, même sous la forme ingrate d'une compensation ; il s'agit d'une identité. Depuis douze ans, Pauline ne vit que pour Marie, et rien n'a pu s'immiscer entre elles. Surtout pas la passion que, depuis quatorze ans, Monsieur met à ses genoux. Pauline le lui a dit, elle l'a prévenu ; il a compris : toucher à Marie serait perdre Pauline et davantage.

Pendant ces années d'exclusivité, elle a bâti, avec la patience infinie de l'amour, un petit personnage friand de promenades sous la lune mais également capable de tout faire au Puech : nettoyer une souillarde avec la dextérité magnifique qu'avait montrée Pauline quand elle était arrivée en plein midi, et aussi broder, filer un écheveau, mitonner une daube ou n'importe quoi. Elle lui a appris ce dont elle espère que Marie ne se servira jamais. Ce n'est pas une ménagère qu'elle fabrique, c'est une princesse ! Mais on n'applique pas de la dorure qui tienne sur le bois brut ; il faut un fond, et solide.

En plus, elle doit contrecarrer le côté sauvageonne de la petite, qu'elle a découvert, sans que cela change ses idées ou ses plans, cinq ans plus tôt.

Un jour de printemps — on est en 1923 —, au repas de midi, Marie n'est pas là. On la cherche partout dans le Puech, les mares, les puits. Le soir, tout le monde mange. Excepté Pauline, blanche comme un drap. Ils la regardent par en dessous, sans piper mot. Elle traverse la salle commune, décroche une lampe tempête, l'allume, va vers la porte. Monsieur l'arrête, lui prend le bras :

— Où allez-vous ? Il va faire nuit...

Elle le regarde :

— Justement ! Et elle ajoute : Lâchez-moi, cela ne vous concerne pas.

Pour la première fois, lui si costaud, tellement maître de tout et du reste, comprend : devant elle, il n'est rien. Il aurait dû s'en apercevoir plus tôt, dans le lit de lavande, mais non, c'est à ce moment-là, et il lâche son bras. Elle sourit presque, une grimace.

Cette-nuit là, Pauline monte sur le Plateau, relevant d'une main sa robe qui la gêne et accroche les alyssons, le fanal dans l'autre. Les mares, le puits ? Ah non ! Avec Sauveterre, elle a donné un but merveilleux à Marie et, pour y arriver, un chemin tout tracé. La fillette le suit, c'est tout.

Après le cimetière, il y a le Plateau : l'aimant. Maintenant, il s'agit de rattraper cette demi-journée perdue autour des trous d'eau ; comme si Marie avait pu tomber dans des pièges aussi grossiers ! Non, elle est là-haut. Pauline le sait à présent et elle passera la nuit la plus longue de sa vie sur les drailles, sous une avalanche sucrée d'étoiles, traversée de battements d'ailes et de ululements. Elle cherche l'endroit le plus beau, parce que Marie l'a forcément cherché aussi.

C'est déjà le matin. Elle la trouve couchée dans les asters au creux d'une doline et, sur la pente qui l'encercle, les genêts d'Espagne font couler un parfum de paradis. Elle est allongée sur le dos, elle a dû passer des heures à regarder les étoiles. Autour, l'herbe porte la trace des pistes de bêtes qui se sont approchées d'elle. Un vautour fauve, sur une souche aux bras levés, la regarde. Quand, du haut de la pente, Pauline fait rouler un caillou, il s'envole lentement, lourd, comme rassasié, et tourne quelques cercles autour de la fillette endormie. Pauline pense :

« Attention ! Ce sera encore plus difficile que je ne pensais. Dieu qu'elle est belle ! »

Elle traverse les fleurs, écrase les daphnés, les anémones qui craquent pour arriver à Marie et la prendre dans ses bras. Avant, elle avait démêlé ses cheveux embroussaillés d'immortelles.

Elle la ramena au Puech. Elle refaisait sa marche de la nuit ; cette fois, elle portait un fardeau dans les bras : Marie endormie, souriante. On les vit ou on ne les vit pas dans la clarté qui fermentait avant d'exploser à l'est. Silhouette double — Janus et Centaure — sur les crêtes du Plateau puis dans la longue descente vers le Puech. A main gauche, les murs de Sauveterre crépitaient déjà de lumière. Devant la ferme, Monsieur, debout, attendait ; les servantes aux fenêtres, Madame dans sa chambre. Pauline passa devant lui ; il baissa la tête et jura à voix basse parce qu'elle souriait elle aussi, mais pas à lui : elle ne le voyait pas. Quand elle entra, les servantes restèrent aux fenêtres et Madame dans sa chambre : cela ne les concernait pas, avait dit Pauline.

Elle coucha Marie dans son lit de lavande, lui brossa les cheveux, essuya son visage et la couvrit. Marie dormait, souriait toujours. Pauline prit un morceau de pain et alla s'asseoir sous un chêne pour regarder le soleil qui montait sur le Plateau.

Après ? Il y a quatre ans de chasse au trésor. L'aimant fonctionne à plein. Que Pauline ait vu la sauvageonne au fond de la doline ne change rien et même cela lui sera utile. Ensuite elle lui a tout appris — le fond de dorure. Maintenant, il faut y ajouter la princesse.

Marie va suivre l'école, au bourg. Celui-ci est loin. Pauline s'est entendue avec le chauffeur de l'autobus qui passe à sept heures sur la route. Pour aller jusque-là, il y a cinq kilomètres de chemin de terre. La petite part, tous les matins, avec ses cahiers sous le bras et, à la main, sa gamelle de midi. Cinq kilomètres dans le soleil, la glace et la neige ou l'herbe, le soleil, les frondaisons glauques et poisseuses des aulnes, ou les ors, les feuilles craquantes, le torrent qui raconte. Marie voit tout cela et le trouve très beau. Mais là-haut, c'était autre chose ; elle n'oublie pas.

A l'école, tout va bien. Pauline lui a expliqué à quoi cela servait. Elle a compris que ça ne durera pas toute sa vie mais qu'elle doit en passer par là pour se distinguer des autres, de celles qui restent dans les fermes, de celles qui ne vont en classe que de Noël à Pâques et finiront devant un fourneau, dans un poulailler, derrière une faneuse.

Elle apprend avec beaucoup d'application ; elle aime la poésie, la géographie dont les noms la font rêver. Elle se tient très bien, toujours sage, studieuse, le regard modeste quand on lui parle. Propre comme un sou neuf, habillée à peine au-dessus de sa condition : Pauline n'est pas du genre à la couvrir de dentelles ; jamais de bijoux, il est trop tôt ; elle est en noir avec un col blanc, comme les autres. Parfois, juste un mince ruban rouge pour retenir ses cheveux qui sont très noirs — on dit : « de jais ».

Et puis, l'école est en ville. Ce n'est pas une très grande ville : pourtant, dès les premières maisons, Marie sait qu'elle entre dans un autre monde et elle regarde avec avidité. Boutiques, maisons, rues et places, tout est gris ; elle le voit mais aussi, de temps en temps et justement à cause de cette grisaille, l'éclat d'un sourire sur une belle bouche, une robe qui balance avec des volants de tussor, un monsieur qui passe avec une canne à pommeau d'argent. Les occasions ne manquent pas de parfaire une éducation.

Un jour, devant l'hôtel des Voyageurs, il y a une grosse voiture verte avec des sangles fermant le capot du moteur. Les sièges sont en cuir fauve et brillent. Marie s'approche, les caresse. Un couple sort de l'hôtel : plutôt jeune, mais qu'est-ce que cela veut dire pour Marie ? Lui, en complet de serge noire ; elle en tailleur, cheveux courts à la garçonne, trop de rouge, les yeux trop noirs cernés de bleu, vagues. Il ouvre la portière à la dame. Marie est tout près d'eux ; il lui a jeté un coup d'œil ; en fait, il la dévore, elle le sait parfaitement. La femme aussi regarde Marie, un long moment, et peu à peu la haine couvre comme un ressac le vague de ses prunelles. Au bout d'une minute, dans un des plus beaux moments d'hypocrisie que connaîtra jamais Marie, l'homme sort un petit billet de sa poche et le lui donne. Elle n'a pas tendu la main, mais elle prend l'argent — elle ne dit rien ; la haine est alors au plus fort. Il tient de nouveau la portière ouverte. La femme avance ; un pas, deux, elle est contre lui. Au moment de monter, la jambe sur le marchepied — la jupe s'ouvre, on voit un bas de soie, le premier pour Marie —, elle penche la tête et son regard passe au-dessus de la tempe du jeune homme qu'elle embrasse à pleine bouche, longuement. Ce regard, non plus de haine mais de mépris, Marie ne l'oubliera pas. La femme est montée ; il se tient là, bête, gêné aussi, parce que si la femme a maintenant les yeux fixés sur la route, ceux de Marie sont plantés sur lui et il n'est plus question de haine, de mépris ou d'amour mais simplement de vérité ; cela est insupportable.

Depuis longtemps la voiture est partie. Elle reste immobile tandis que, dans son dos, une femme de chambre arrose les géraniums de l'hôtel. Elle appelle : « Petite ! Oh, petite ! » Marie ne répond pas ; l'autre hausse les épaules, s'en va. Elle doit croire que la fillette est fascinée par le couple à la voiture, le luxe. Fascinée, Marie ? Non pas ! Elle réfléchit, la mécanique de sa cervelle bien faite fonctionne à fond. Tout ce qui vient de se passer restera.

Quatre ans, cela mène Marie jusqu'à ses onze ans. Quand elle les atteint, elle a fait connaissance de tout ce qui lui servira plus tard. La grandeur et la turpitude, la bassesse et la beauté du monde, en quatre ans elle a retourné la plupart des cartes.

Un jour, elle décide de ne plus aller à l'école. Elle s'attendait à des cris ; Pauline ne dit rien. Elle a vu Marie, un livre à la main ; cela lui suffit : ce qu'elle a encore à apprendre, elle saura bien le trouver dans ceux qu'elle ouvrira d'elle-même. La petite va donc rester au Puech où la vie continue.

Au printemps de 1927, on s'aperçoit qu'elle a changé, déjà une femme avec les petits seins qui gonflent sous la blouse de soie qu'elle lui a offerte pour son anniversaire, avec le regard qui s'allume par moments d'une fièvre nouvelle, avec de longs silences qui étonnent, même si ni elle ni Pauline ne sont des bavardes. On avait pensé qu'elle serait belle, soudain on le voit.

Le printemps avait explosé en même temps que sa beauté et emporté le Puech qui naviguait dessus comme une grande barque. Après la saison des merveilles, l'été avait, cette année-là, accablé la terre d'une chaleur infernale qui laissait les muscles las et les cœurs défaits d'indolence. Pauline s'était inquiétée, un moment, quand les saisonniers étaient arrivés pour les moissons. Ils venaient du Sud, elle aussi. Elle connaissait trop bien leurs manières, le coup d'œil infaillible qu'ils posaient sur les filles. Mais Marie, comme si elle pressentait ce danger, s'était rapprochée d'elle, écoutait avec encore plus d'attention ses conseils et ses mises en garde. Le temps des moissons passa et ils repartirent. L'été allait sur sa fin ; Marie était intacte et de plus en plus forte. Pauline la regardait avec une tendresse grave, dans les longs soirs tristes qui suivirent, quand elles restaient ensemble devant le Puech, occupées à de menus travaux et plus inséparables que jamais.

# Chapitre 3

L'AUTOMNE suivant accrocha des ors et des flammes sur les bosquets de hêtres autour du Puech. Le matin, on voyait lentement émerger, vers le nord, la masse du Plateau enfouie durant des heures dans des brumes glauques. Les feuilles commencèrent à tomber en tournoyant dans de minuscules brises qui, parfois, se donnaient la main et s'enflaient avant d'atteindre les murs de la ferme où elles butaient en renâclant. L'herbe se coucha, fatiguée de trop d'été ; seuls, les chardons dressaient encore leurs carcasses jaunes, avec, au sommet, de gros camées bleus qui retenaient la rosée. C'était l'époque des prairies mouillées ; l'eau stagnait, le soleil ne l'évaporait plus ; né d'aubes déjà lasses il avait besoin de tout le jour pour retrouver la force de se muer en crépuscules flamboyants, dont les apothéoses un peu déplacées terminaient des journées languides, certaines remplies de crainte quand, un matin, le froid lançait ses premières estafettes. On approchait de l'hiver, on le savait, mieux : on le sentait, mais c'était à pas lents.

Le soir, on rallumait les feux qu'on voulait trop grands afin de les croire inutiles. Au matin suivant, ils vivaient encore, après des nuits où les étoiles elles-mêmes avaient semblé mouillées et irisaient de fins halos clignotants sur un fond presque vert ; des colonnes de fumée blanche montaient comme des tiges de glaïeuls au-dessus des fermes. Parfois, elles finissaient par toucher le plafond bas pesant sur la terre ; elles s'élargissaient alors comme les chapiteaux au sommet des piliers d'un temple de filasse claire.

Les fayards et les chênes dont les grands corps bornaient les champs ressemblaient, dans les paquets de ouate qui s'y accrochaient, aux statues d'une nouvelle île de Pâques abandonnées par un naufrage sur le dos moutonneux du monde. Ils servaient d'abri à des bandes de craves volubiles lançant leurs augures autour des mottes grasses qu'ils ouvraient violemment, avec des coups furieux de leurs becs, tranchants comme des couteaux.

Il y avait encore des jours, parfois des semaines, où l'été renaissait de ses cendres. Après des nuits craquantes d'étoiles en fleur, il s'annonçait par une aube limpide où le soleil s'élançait dès les premières heures comme un chevau-léger et réussissait à se glisser par les interstices, à occuper la scène. En peu de temps, des rayons éclatants, en tir de barrage, liquidaient l'infanterie malhabile des nappes de brouillard.

Tout le jour, d'éphémères espoirs renaissaient au cœur des hommes. Les bêtes continuaient leurs préparatifs d'hivernage sans se laisser leurrer par ces apparences de renouveau. Mais les hommes, eux, y croyaient quelque temps. Quand les filles voyaient une fleur dans l'herbe, elles s'imaginaient encore dans ces jours où les fêtes d'été avaient apporté leurs joies, leurs promesses et leurs peines d'amour. C'en était fini pour une journée, dans ces parenthèses illusoires, de l'isolement qu'apportent les saisons qui se fanent et l'on s'appelait de nouveau, au-dessus des haies bocagères.

C'est par un de ces jours d'automne ressassant l'été enfui que Loïc Viladier arriva.

Sa silhouette apparut un matin sur le chemin du bourg. Elle resta immobile un bon moment à l'endroit où il bascule, ce qui la fit croire surgie de nulle part, comme s'il n'y avait eu là qu'un trou sans fond d'où elle serait sortie. Derrière elle, les premières chaleurs du jour bousculaient les crêtes et évaporaient les rosées à la cime des arbres escortant la rivière, à quelques centaines de mètres du chemin.

Cette apparition n'en était pas une pour Pauline qui avait vu depuis longtemps la tache rouge de la veste monter à travers les prairies, étonnée que quelqu'un fasse un pareil détour par la pâture de Maurel pour rejoindre le chemin. Comme elle avait des yeux d'épervier, elle remarqua qu'une fois sur le chemin il s'était arrêté derrière un sureau. Quand il réapparut, il avait changé les bottes noires qu'il portait — elle en était sûre — contre des galoches de bois ; celles-ci lui donnaient l'air beaucoup moins fringant. La tache rouge avait encore avancé sur le sentier, au milieu des fléoles qui posaient là une pelisse rousse, avant de disparaître derrière les rochers où il se glissait puis remontait. Quand il traversa l'éboulis, son passage fit lever une escouade de corbeaux, gras comme des cochons, dont les cris terrorisèrent une volée de pinsons qui éclata en gerbe au-dessus de la tête de l'homme. Il se tenait à présent, les mains sur les hanches, debout à la bascule du chemin, et regardait fixement le Puech.

Le coup des bottes, la veste rouge et cette curiosité appuyée, qui s'ajoutaient à un grand détour inutile à travers les estives, tout cela intriguait Pauline. Elle s'arrangea pour traverser la cour, une demi-heure plus tard, au moment où l'homme cherchait à se faire embaucher par Monsieur. Celui-ci attelait son cheval pour une des rares promenades sur ses terres, qui lui permettaient sans doute, à en croire l'orgueil qu'il ramenait chaque fois sur son visage, d'oublier d'autres territoires de coton et de lavande sur lesquels il n'était maître de rien et ses sorties nocturnes dans les estaminets ou les bordels.

Loïc Viladier, la casquette à la main, demanda :

— Auriez-vous du travail pour moi, dans cette belle ferme ?

Ainsi, il joignait la flagornerie un peu élémentaire de ces derniers mots à une audace lui permettant de n'employer aucune formule de salutation ou de politesse.

Pauline, par « hasard » donc, passait par là. Elle rappela opportunément à Monsieur — qui demandait : « Que sais-tu faire ? » à quoi l'autre répondait : « Tout », ce qui était beaucoup — qu'on n'avait pas curé depuis longtemps la mare du Puech. Monsieur monta dans son bogie en disant :

— Bien, Pauline, vous montrerez à... au fait, comment t'appelles-tu ?

— Loïc Viladier !

— Vous montrerez à Loïc la chambre dans la remise et où sont les outils...

Une heure plus tard, alors que le boguet se déplaçait comme une mouche à travers les éteules dorées, Pauline, qui avait entrepris à point nommé le nettoyage des vitres de la salle à manger du maître du

Puech, regardait avec intérêt l'homme en train de patauger en culottes dans la boue noirâtre de la mare. La beauté du torse nu et du dos dont les muscles palpitaient sous la peau s'ajoutait à celle d'un visage d'ange aux yeux verts auréolé de longs cheveux blonds. Il est difficile de savoir la part de simple curiosité dans le regard que portait Pauline sur lui ; la connaissant, on peut supposer qu'elle était considérable et aurait encore beaucoup augmenté si elle avait vu, trois mètres au-dessus d'elle, la femme à la beauté tout aussi troublante qui regardait également le nouvel arrivant, mais avec un motif bien différent de la curiosité : il y avait, dans les yeux d'habitude un peu las d'Yvonne de Lintes, une avidité et un désir sans bornes.

Dans la gadoue de la mare, un bel ange était occupé à nettoyer les écuries d'Augias, mais sa perfection physique avait un défaut : Loïc Viladier boitait, et il boitait bas. Pauline l'avait remarqué au moment où elle avait aperçu sa silhouette dans les fléoles. Quand, plus tard, il lava ses jambes au canon de la fontaine, elle en vit la raison : une vilaine cicatrice violette partait du genou droit jusqu'à la cheville et, sous la chair boursouflée et fleurie de mauve, on devinait l'amas solide mais disparate d'esquilles et de sang d'une blessure déjà ancienne.

Yvonne de Lintes découvrit le défaut quand il sortit de la mare. Une catastrophe s'abattant sans prévenir sur un lieu paisible ne l'aurait pas plus bouleversée. Elle battit même des paupières, comme si elle allait pleurer. Mais, dans la lumière d'automne flambant au cœur des peupliers d'Italie, elle se rattrapa à temps d'une peine irrémédiable, qui aurait tout gâché, et consacra son admiration et son émoi au torse et à la figure d'Apollon. Il se redressait à ce moment au-dessus de la fontaine et regardait dans sa direction : ses pupilles, habituées à l'observation des lointains, avaient enregistré, derrière une vitre du premier étage, le mouvement des cheveux d'Yvonne de Lintes inclinant la tête dans son instant de compassion. Loïc savait que Pauline le regardait aussi en passant la peau de chamois sur les vitres du rez-de-chaussée. Avec elle, il était clair qu'il s'agissait de bien autre chose que de possibilités amoureuses. Même si son intervention lui avait ouvert les portes du Puech en proposant une occupation qui lui permettait de prendre pied dans la place, il avait su, dès l'abord, qu'elle serait un adversaire redoutable, quelqu'un dont il faudrait peut-être déjouer les plans et les manigances ; il avait trop roulé pour ignorer les traquenards que des femmes comme elle, reconnaissables au premier regard, pouvaient glisser sur votre chemin. Cela l'excitait et l'intéressait à ce moment, bien au-delà des cheveux derrière la vitre dont il n'attendait rien d'autre qu'une éventualité de plaisir sans complication.

De curage de mare en nettoyage de litière, de coupe de bois en charroi — Pauline remarqua avec satisfaction qu'il était très fort dans chacune de ces activités —, Loïc Viladier s'incrusta au Puech. Quand l'automne devint vraiment l'automne et ne s'inventa plus des nostalgies inutiles comme le matin de son arrivée, il était installé, à l'abri pour l'hiver.

Les grands vents balayèrent le Plateau, basculèrent sur les crêtes et vinrent coucher la cime des fayards en avalant les feuilles avec des grognements de chien. Les nuages apportés par leurs attaques déversaient, en s'accrochant aux forêts de l'ubac, de longues averses violentes, parfois encore chaudes, qui ruisselaient sur les terres labourées, sur les éteules et les jachères. Elles venaient ensuite laver les langes grisâtres des toits du Puech et entraînaient les poussières accumulées par l'été et ses battages, avant de retomber en rideaux, le long des génoises et devant les portes des granges encore sèches au seuil desquelles elles creusaient des rigoles, emportant la terre fine déposée par les roues et les pas, faisant apparaître des mosaïques de cailloux verts et roses.

Dans les rugissements de la tempête d'automne, la grande ferme semblait appareiller vers les contrées lointaines de l'hiver, dans une navigation hauturière qui conduirait le long bateau de pierre et de bois jusqu'aux banquises monstrueuses d'un Antarctique pris de glaces.

On n'en était pas encore là et octobre se suffisait des vents et des averses.

Les matins encore limpides, mais très tristes, qui parvenaient à s'intercaler dans le mouvement inéluctable du monde vers l'hiver, voyaient Loïc partir pour les bois, la hache sur l'épaule, vêtu de sa veste rouge de drap militaire et de pantalons de velours noir. Sa boiterie et l'espèce d'uniforme composé par le noir et le rouge lui donnaient l'allure d'un de ces demisolde qui, longtemps après Wagram et Iéna, sillonnaient la campagne.

Souvent, quand il arrivait au bout de l'allée de mûriers conduisant aux prairies, il croisait une femme enveloppée d'un châle. Il avait reconnu bien vite celle qui le regardait derrière sa vitre, la maîtresse du Puech que l'on voyait peu à la ferme en dehors de ces heures matinales, parce qu'elle se tenait, le reste du jour, dans ses appartements du premier étage.

Yvonne de Lintes marchait sur le chemin dans la splendeur des mûriers encore feuillus et ses petits pas comme son cœur s'accéléraient quand elle croisait Loïc Viladier. Il s'arrêtait sur le bord du chemin pour lui laisser le meilleur passage, enlevait sa casquette à oreilles pour la saluer cérémonieusement, comme dans les temps anciens, en la portant à son côté gauche et en s'inclinant, sans ignorer que ce mouvement, dans lequel il mettait beaucoup d'application et un peu de noblesse, faisait voler vers l'avant ses cheveux blonds ; ils apparaissaient alors comme une poignée d'or sur le fond des prairies humides et du ciel gris faïencé de noires volées de nuages.

Un moment plus tard, ils étaient loin l'un de l'autre et lui n'y pensait plus guère, tout occupé au plaisir, savouré à l'avance, de se retrouver dans une forêt.

La marquise de Lintes, elle, continuait, sur le chemin du retour, à sentir à l'intérieur de sa poitrine les battements rapides du cœur et le halètement d'émotion parfaite que procure l'amour. Devenue Mme Léon Saubade, par la faute de quelques rossignols et d'une amie qui pleurait à Meyrueis, elle avait été obligée, pendant des années, d'aller chercher très loin l'oubli de la violence et de la dureté de son époux. Au lieu de l'amour éternel, elle n'avait trouvé qu'un soudard s'intéressant à elle pendant les quelques mois nécessaires à lui faire un autre enfant — c'était un fils qui était né et Saubade avait cessé, dès après la naissance, de lui caresser le bras pour lui signifier son désir ; l'enfant était mort au bout de deux mois, comme le premier, et lui n'avait jamais recommencé. Le châle d'indienne qui l'enveloppait n'était pas de trop pour cacher la rougeur à peine honteuse de ses joues et l'éclat chaviré de ses yeux ; il lui semblait encore sentir, longtemps après l'avoir croisé, l'odeur de violette bon marché dont l'homme qui la troublait tellement inondait sa chevelure.

Loïc Viladier partait pour les bois et cela comptait plus pour lui que cette femme dont il admirait tout de même beaucoup la beauté intacte, malgré les quarante ans passés sur elle dont presque vingt dans ce bout du monde aux côtés d'un être dont la seule vertu était la persévérance. Dès qu'il entrait dans la forêt, il n'avait plus aucun besoin de soulever dans sa tête des châles d'indienne pour être heureux.

Son bonheur commençait à deux kilomètres du Puech, juste après un petit bosquet d'érables où se mélangeaient les premières odeurs des feuilles ; là débutait son univers, pour lequel il aurait lâché femme et enfants s'il en avait eu. Les fougères et les asphodèles cachaient presque l'entrée du chemin s'enfonçant dans le sous-bois. Les futaies en escadrons des rouvres et des fayards, précédées par quelques peupliers en estafettes, dégageaient très vite leur odeur de bois mouillé ; celle de la sciure des coupes de la veille s'y mêlait et, un peu plus haut, dans des massifs obscurs à cette heure matinale, celle, orientale, de la résine des grands mélèzes et des pins de Salzman. Les cordes de billots, sur lesquelles les fourmis grappillaient leur pitance, s'alignaient de chaque côté du chemin, dans l'attente du charroi qui avait déjà tracé dans la boue des ornières profondes.

Sous les couvertures végétales, une lumière fauve accompagnait la marche lente du soleil au-dessus des arbres dont les feuilles tombaient avec de lents tournoiements d'oiseaux blessés quand le vent venait mourir dans des laies cernées d'ombres tristes, le long des chemins forestiers.

Dans cet univers de demi-teintes, d'odeurs douceâtres parfois jusqu'à la pourriture, dans ces lieux cachés de tous où il pénétrait avec la certitude, rare pour lui, de n'être pas suivi ou observé, Loïc Viladier était heureux.

Il choisissait les endroits les plus reculés au fond de la forêt pour y établir sa coupe. Il traçait son chemin vers les arbres qu'il avait élus, jugés et condamnés, parvenant toujours à se donner assez d'espace pour atteindre ses victimes. A l'intérieur du bloc compact — et qui, vu d'en haut, aurait semblé invincible —, il était comme le ver dans le fruit et rongeait au cœur avec des grâces de danseur une forêt plusieurs fois centenaire. La casquette, la veste rouge et la chemise pendues à un arbre, il luttait, torse nu et les yeux pleins d'amour, avec des troncs lisses comme des poitrines de femmes. La peau zébrée par des branches ou des paquets de feuilles aussi dures que l'acier, le ventre griffé par les ronces, il transpirait une sueur fine et salée qui descendait sous ses cheveux et ruisselait sur son visage.

Au début de sa journée, il arrivait dans un endroit paisible, tout endormi encore après la paix de la nuit, baigné d'une brume fine, transparente comme un regard, à laquelle s'ajoutait la buée de sa bouche aux lèvres trop gourmandes ; quand il était sur la scène de sa future bataille, les oiseaux qui piaillaient depuis le lever du soleil se taisaient tous ensemble ; il y avait alors un silence profond comme la mort et qui semblait définitif jusqu'à ce que Loïc plante, à la verticale, sa hache dans le tronc qu'il avait choisi. C'était alors une envolée brutale ; une frayeur violente faisait exploser au-dessus des cimes des grenades de plumes où se mêlaient les ailes et les becs, tandis que descendaient avec les feuilles, des duvets ou des rémiges voletant dans l'air calme entre les colonnes de lumière.

Dans la forêt, Loïc luttait à bras-le-corps avec des seigneurs dont la chute d'une branche moyenne l'aurait aplati avec facilité, mais sans la méchanceté du shrapnell qui lui avait saisi la jambe comme un piège à tigre, le laissant abasourdi, avec sur son pied le tissu déchiqueté de son pantalon dont le bleu de France se teintait de son sang.

Il était resté des heures dans ce boyau infernal creusé par les obus de 75, au milieu des membres épars, des tripes et des têtes arrachées de ses compagnons, une escouade entière expulsée, avec une brutalité sans nom, d'un monde dont la dernière trace d'ordre était la régularité des obus continuant à tomber sur des avenirs avortés. Chute lente, ponctuée de coups sourds se répercutant sans écho sur un plafond de nuages sales sous lequel les oiseaux eux-mêmes avaient renoncé à voler et attendaient, accrochés sur des troncs décapités ou fendus.

Pendant des heures, l'horloge meurtrière des canons avait battu la mesure du carnage et de la mort, tandis qu'il restait là, ahuri, accroché par la ceinture au-dessus d'un cratère au fond duquel les rats, sourds au vacarme, s'attaquaient aux corps éclatés de ses amis dont certains poussaient, au milieu de l'incompréhension formidable de l'univers, de faibles gémissements terminés en gargouillis.

Au loin, dans les ressauts à peine marqués de la plaine flamande, les vapeurs amenées par le vent de la mer du Nord se déversaient sur des landes labourées d'acier et mouillées de sang où Loïc distinguait les trottinements de fourmi des escadrons en déroute — ou victorieux, cela était égal ; chaque point résumait, avant la probable explosion qui le coucherait dans la boue, un destin de fille, de femme ou de mère, tentant, par cette marche au hasard, de survivre quelques heures avant de clore la liste, de fermer le ban.

Avec la lenteur toujours insupportable des sauveteurs, la nuit était venue. Sous la lumière faible d'un couchant malheureux, les ombres s'étaient allongées au-dessus de l'immense charnier, dans le *Dies irae* des trêves de batailles, avec les derniers éclats des mines et les cierges allumés des fusées éclairantes.

Au moment où tout allait basculer dans le noir complet qui signerait sa perte mais dont il attendait la paix, le filet de lucidité surnageant de son hébétude et de sa douleur lui avait permis de voir se découper, à dix mètres de lui, la forme d'une ambulance Renault qui cahotait sur les sillons creusés par la mitraille dans les champs de blé. Au volant le conducteur fumait ; son compagnon regardait autour de lui d'un air presque distrait, à la recherche d'un mouvement un peu vif. Mais Loïc était enfoncé aux trois quarts dans l'ombre profonde du cratère. Il fit un effort qui, dans d'autres circonstances, eût paru banal et, ici, était surhumain ; se retenant des doigts dans la terre grasse, il agita sa main libre, avec une force de damné. La voiture avançait toujours ; il voyait le point rouge de la cigarette du chauffeur se déplacer comme une cible de foire sur la noirceur de plus en plus prononcée du crépuscule. Découragé, il abaissa le signal inutile de cette main qui savait tout faire sauf lui sauver la vie et plongea le visage dans la terre ; la glaise humide avait un goût de fer et de sang.

L'ambulance était loin, maintenant ; il en était sûr et il tourna sur lui-même. Ce faisant, il glissa un peu plus vers le fond de ce trou qui l'attendait et vit dans le ciel s'allumer les premières étoiles. Il les suivit des yeux un moment, à la recherche des repères qui le guidaient autrefois, quand il rentrait des bois avec la sueur de tout un jour de travail dans la forêt collée à sa peau. Elles le menaient alors vers ses lieux familiers, au milieu des pâtures où cliquetaient les sonnailles des vaches. Guidé par elles, il descendait les devèzes et retrouvait dans la nuit les lueurs du village après lequel brûlait celle, beaucoup plus discrète, atténuée par la distance, de la borie où il vivait avec son père. Son père... Il ne le reverrait jamais, de quelque façon que se termine cette nuit ; deux mois plus tôt, une lettre lui avait annoncé sa mort. Il se remémora le jour de son départ pour la guerre et le visage impassible du vieillard qui l'avait serré dans ses bras pour la première fois depuis son enfance et lui avait dit : « Adieu » — pas « Au revoir » : ils savaient, tous les deux... Se retournant plusieurs fois sur le chemin, il avait vu la silhouette tassée devant la borie rapetisser jusqu'à n'être plus qu'un point à peine plus sombre sur les murs.

Aujourd'hui, dans cette nuit clôturant un nouveau jour d'enfer et de désespoir, où lui-même avait tout perdu, les étoiles ne lui servaient à rien. Une fine sueur, aigre celle-ci, suintait sur son front, sueur de panique et de faiblesse à cause du sang qu'il sentait s'écouler de sa jambe déchiquetée et qui finirait par emporter sa vie. Il se demanda quoi faire. Il crut se souvenir qu'il lui faudrait prier, mais des jurons furent les seuls mots qui montèrent à ses lèvres sèches comme du papier. Il passa un long moment à insulter Dieu et cela lui procura une jouissance inattendue, mais qui ne dura pas.

Au-dessus de lui, les étoiles étaient de plus en plus nombreuses. Tout un quartier de l'horizon était rempli des lueurs d'un incendie. Il imagina un village qui brûlait, essaya tout au moins ; cela lui était difficile tant, à cette époque, il avait encore d'innocence.

Lardé par le glissement feutré des fusées éclairantes, le silence se réinstallait sur la plaine, entrecoupé des rafales de mitrailleuses Hotchkiss. Il se sentait de plus en plus faible. Serait-il encore capable de se retourner dans la boue, sans lâcher prise et d'aller finir au fond du trou sa besogne d'agonisant ?

Lors d'une accalmie des tirs, un bruit attira son attention. Un léger crissement au début, qui monta dans l'aigu, hésita plusieurs fois avant de s'élancer, retomba et, finalement, s'éleva dans l'allégresse, à un mètre de lui. Un grillon chantait. Loïc se mit à pleurer. Très loin de lui, l'incendie avait perdu de sa force, devenait une ligne rouge qui commençait à se pointiller.

Tout à coup, le grillon se tut et le vent se leva. Il avait tourné et amenait deux sensations nouvelles qu'il lui fallut analyser pour les reconnaître. D'abord, il y eut l'odeur ; elle donnait une impression de marécage. Mais il pensait à quelque chose de plus fort, une pourriture plus franche, celle, chez lui, des cuvettes où se décomposaient les sphaignes et qu'il traversait dans ses randonnées vers les bois. A la pourriture s'ajoutaient l'odeur âcre du sang et celle de la chair brûlée. Il y avait aussi, brodant, surfilant l'odeur, un ronronnement entrecoupé d'un cliquetis métallique et désordonné. Il réfléchit avec difficulté ; sa faiblesse commençait à le paralyser.

Au moment où il détermina l'origine du bruit que, moins assourdi, il entendait à présent, il vit la silhouette de l'ambulance qui revenait vers lui dans la nuit. Un nouvel espoir le redressa.

Soulevant la tête, il aperçut deux ronds blanchâtres qui éclairaient à peine le chemin devant la voiture ; on avait voilé les phares et l'engin avançait comme une bête nyctalope ; la bâche ressemblait à une carapace.

L'ambulance allait droit sur lui ; Loïc voyait à nouveau, au milieu du pare-brise, le point rouge de la cigarette. Ce point, cette minuscule preuve d'existence, devint pour lui le centre de l'univers, car il signait la présence d'un homme vivant, pour lui qui avait cru quitter le monde, tiré par les pieds, happé par ceux qui avaient déjà rejoint ce dont il ne savait rien mais qu'il refusait depuis des heures.

Alors, pour atteindre le rivage changeant, tracé par cette voiture aveugle tout au long des fosses communes et des puits empuantis, Loïc Viladier se dressa. Comment fit-il ? Comment y parvint-il ? Personne ne le saurait et surtout pas lui, sans doute. Mais il se dressa et resta debout, dans la souffrance indescriptible provenant de sa jambe ; debout suffisamment longtemps pour voir que le point rouge de la cigarette traçait de nouveaux signes derrière la vitre, que la voiture stoppait à cinq mètres de lui et qu'il en descendait deux ombres vêtues de longues capotes ; il les imagina grises malgré la nuit noyant tout dans l'indiscernable. Il se sentit glisser entre des mains qu'il devinait fortes, distingua un mélange d'odeurs de sang, de transpiration et de tabac caporal, entendit une voix lasse, désespérée mais sans colère, qui disait : « Nom de Dieu ! en v'là encore un... » Puis il s'abandonna et sombra tout à fait.

Il revint à lui dans la même odeur de tabac mais elle paraissait à présent naturelle et lui rappela celle qui flottait dans la salle du café de Lavinal où les vieux jouaient à la manille coinchée, derrière les vitres embuées par l'automne.

A travers une grande baie, il voyait une aube blafarde et salie de lourds drapés noirs. Il crut qu'il s'agissait encore des nappes de gaz. Ce n'était que du brouillard se promenant, avant de disparaître dans les recoins d'une campagne à peine abîmée. Le train roulait avec ses claquements de boggies et ses quintes ; la fumée de la Pacific se mélangeait à la brume.

Autour de lui, en travers des sièges, il y avait des hommes en capotes sales, dont certains, à cause des bandes douteuses entourant leurs têtes, ressemblaient à des marionnettes grossières. Des brancards encombraient le couloir ; des êtres inanimés y gisaient au milieu d'autres qui gémissaient avec une sorte de discrétion, comme s'ils avaient épuisé leurs réserves d'aigreur et de colère. Quand son regard portant sans qu'il le sache l'étonnement des enfants se posa plus bas, il découvrit sa jambe droite ; elle avait disparu dans un énorme pansement de ouate et de jersey d'où il voyait sourdre des taches jaunâtres cernées d'auréoles. A présent, la douleur ressentie au bord du trou laissait place à la sensation d'une mâchoire aux canines pointues qui aurait serré et grignoté sa jambe sous le pansement. Il s'étonna de se sentir prêt, maintenant que l'espoir de vivre était de nouveau là, à accepter cette souffrance.

Longtemps après, le pays traversé par le train

retrouva la fraîcheur et l'intégrité de la campagne qu'il avait découverte, deux ans plus tôt, dans un autre train l'emportant vers le Nord, vers des combats dont il ne savait ni la cause, ni les buts, ni la manière, en compagnie d'autres hommes : certains chantaient. C'étaient peut-être les mêmes que ceux l'entourant aujourd'hui, pour ce retour du front sans gloire qui, avec ces marionnettes et ces pantins désarticulés, prenait la forme d'une représentation théâtrale.

Mais Loïc Viladier n'était jamais allé au théâtre ni au cinéma, et il y avait trop de distance entre ce qu'il connaissait de la vie — les bois, les chemins dans les herbes vivantes, les aubes triomphantes de l'été, la chasse et les soirs mouillés du café-tabac de son village — et ce que la sienne était devenue dans ce train où l'on respirait à larges goulées l'odeur de la mort. Il n'y avait plus rien pour le soutenir, et surtout pas cette campagne étrangère et trop ordonnée qu'il apercevait en se haussant un peu et dont les arbres se perdaient dans le flou et la vitesse. Il s'évanouit de nouveau ou, peut-être, s'endormit.

Il se réveilla au milieu d'un pan de mur laqué vert d'eau, entre deux fenêtres très hautes par lesquelles le jour entrait à grands flots pressés. Une odeur nouvelle, écœurante et un peu grisante qu'il ne connaissait pas, celle du chloroforme, flottait entre les rangées de lits où l'on avait installé à peu près les mêmes pantins que ceux du train. Une très belle jeune fille se penchait au-dessus de lui et lui parlait mais il ne comprenait pas encore ce qu'elle disait ; il voyait ses seins par l'entrebâillement de sa blouse. A deux mètres était allongé un homme en train de fumer ; il n'avait plus qu'un bras et Loïc nota que c'était le gauche ; il s'appelait Paul Marcœur.

Loïc Viladier passa plusieurs semaines dans ce lit blanc qui était comme une île de paix après ce qu'il avait vécu. Il s'aperçut, avec le temps qui s'écoulait, de plusieurs changements. La plupart des règles qui jusqu'alors régentaient sa vie et lui avaient été enseignées par son père lui parurent du jour au lendemain sans objet. C'était comme si, après des heures passées au bord d'un trou qui le guettait pour le digérer avec la facilité des grosses couleuvres se saisissant d'un mulot, tout ce qui n'était pas la simple palpitation de sa vie ne comptait plus.

Au début, il resta cloué sur ses draps, ruisselant de sueur, parfois à cause des fièvres passagères, parfois à cause d'une panique qui le réveillait la nuit, parfois sans raison. On avait réparé sa jambe, plutôt bien ou plutôt mal, il ne le savait pas encore. Le jour où il l'apprit, il fut révolté en voyant qu'il boitait et que cette infirmité aussi en faisait un autre homme. Pourtant les chirurgiens avaient réussi à conserver sa jambe. Celui qui l'avait opéré, un homme âgé, pâle et triste, aux yeux pleins d'amertume, le lui avait expliqué, paraissant s'excuser de n'avoir pu mieux faire ; il fut épouvanté en voyant la lueur de haine incompréhensible flambant dans les yeux de Loïc, lorsqu'il ajouta qu'aucune nouvelle opération ne permettrait de lui rendre une marche normale.

Le blessé cherchait un bouc émissaire et il le trouva. Il en chercha d'autres et les trouva aussi. Ils avaient des noms : la société, les riches, les femmes, une ribambelle de noms qui jusqu'alors ne faisaient pas partie de son monde. Quelqu'un, aussi, se chargea de les lui enseigner et, quand il les sut, comme un élève docile étudiant ses livres, Paul Marcœur lui donna de surcroît les moyens de s'en venger, de les faire tous payer, en argent et en consolations. Ainsi Loïc, qui aurait pu apprendre la reconnaissance, l'espoir malgré tout, la compassion et même l'amour, n'apprit que la haine, la revanche et une formidable envie de nuire au monde entier dont il se sentait séparé à jamais par ces quatre centimètres d'os broyé. Il ne voulait pas qu'on le plaigne, surtout pas. Non ! Il était seul et il se vengerait.

D'un certain point de vue, Marcœur avait eu de la chance. Son bras avait été arraché par un obus dont un éclat minuscule lui avait perforé le poumon droit qui s'était ratatiné comme une noix sèche. Quelques jours difficiles l'avaient amené ici, et l'habileté du petit homme âgé, pâle et triste, lui avait permis de vivre. Il en gardait juste un léger sifflement quand il courait ; ça l'amusait. Après, il avait fait son nid. Loïc avait parfois l'impression que l'hôpital et la ville elle-même lui appartenaient. Bien entendu, dans le but de rester le plus longtemps possible à l'abri — aidé, il faut le dire, par l'arrivée continuelle des nouveaux convois déversant du front, tous les deux ou trois jours, leur cargaison de blessés —, il avait amplifié ses difficultés respiratoires au point de tromper son sauveur. Assuré de quelques mois de tranquillité, il avait organisé ses trafics habituels. Il était réformé depuis une semaine quand Loïc arriva.

Une curieuse amitié naquit entre les deux hommes. Marcœur plaignit d'abord Loïc qui fit à lui aussi l'effet d'un ange déchu. Puis, quand il s'aperçut que son voisin de lit portait sur ce qui l'entourait un regard d'abord amer et qui se chargeait de haine au fur et à mesure que le temps passait, il imagina tout le parti à tirer d'un tel compagnonnage. Les lendemains seraient difficiles pour tout le monde et seuls ceux qui sortiraient assez forts de la tourmente se feraient une place au soleil. Il le prit en main et, petit à petit, lui expliqua le monde, la justice et son contraire.

A l'hôpital, Marcœur fut le seul qui trouva grâce aux yeux de Loïc. Toute l'humanité avait basculé d'un coup dans le camp des adversaires. Il haïssait même la jeune fille belle et douce qui s'était penchée sur lui quand il s'était réveillé dans l'odeur d'éther et de charpie sanguinolente. Avec son bras en moins et son poumon sifflant comme un appeau quand il pressait le pas, Marcœur était d'abord une victime comme lui de cet affrontement où il croyait, à ce moment, avoir laissé toute la force de sa jeunesse et son avenir avec la perte de son pas souple et régulier de coureur des bois. Sa claudication devait, peu à peu, s'atténuer, lui disait-on, mais il ne le croyait pas ; elle en fit quelque temps un être désarmé et impuissant qui n'avait surtout pas besoin des paroles lénifiantes que tout le monde lui prodiguait, avec des regards qui les démentaient.

Marcœur, lui, ne dit rien. Il était là depuis des mois, guéri et réformé, il allait partir ; l'arrivée de Loïc désorganisa ses plans. Il savait que bien peu survivraient de ses anciens compagnons et complices d'autrefois ; il avait jugé sur pièces l'efficacité de la boucherie se poursuivant à quelques dizaines de kilomètres de là ; on entendait des grondements sourds quand le front se rapprochait. Il s'estimait heureux de n'avoir perdu dans cette horreur qu'un bras et la possibilité de filer aussi vite qu'avant devant les chiens ou la police. C'était peu quand il songeait aux monceaux de viande déchiquetée que venaient recouvrir sans cesse des nuées de mouches bleues et des tonnes de terre labourée par les obus.

Il vit arriver Loïc, le jugea et décida qu'il était trop tôt pour quitter l'hôpital. Il se débrouilla avec le thermomètre et cette fièvre inopinée surprit tout le monde, alors qu'on le croyait tiré d'affaire ; elle lui permit de gagner un mois de prolongation et de soins très maternels prodigués par la jeune fille qui était devenue sa maîtresse et ne savait encore rien de lui.

Marcœur n'était pas là le jour où Loïc fit ses premiers pas. Il refusa l'aide de la jeune beauté et commença à marcher en s'accrochant aux lits de fer puis aux cimaises des lambris. Le visage couvert de sueur, il parvint en grimaçant au bout de la grande salle, là où étaient entassés les paravents qui, certains soirs, encerclaient un lit qu'on retrouverait vide le lendemain. On escamotait les morts au petit matin, toujours l'heure à laquelle, au milieu des ronflements et des plaintes diffuses des autres, ils levaient brusquement les yeux sur les vitres, au-dessus du blanc d'Espagne qui couvrait les plus basses, regardaient une dernière fois le ciel où s'allumaient les petites lampes roses de l'aube, avant d'appeler leur mère entre leurs dents déjà serrées comme pour mordre quelque chose qui leur aurait échappé.

Arrivé aux paravents, Loïc comprit qu'il n'irait pas plus loin et entreprit de revenir vers son lit. Il s'écroula, emportant avec lui ces « cache-malice » comme les appelaient, feignant d'en rire, les hommes couchés dans leurs lits et fiers de penser que jamais ils n'encadreraient leur propre couche. La jeune fille très belle se précipita, Loïc refusa de nouveau son soutien avec méchanceté. Elle insista, il l'insulta. Il s'était relevé et les autres le conspuaient parce qu'il avait lancé des mots grossiers et sales au visage de celle qui était leur ange gardien, leur fiancée lointaine, leur maman ; elle était partie en courant chercher de l'aide : on entendait ses talons claquer dans les couloirs et les escaliers où elle se précipitait, désarmée surtout par la haine qu'elle avait vue, dans les yeux de Loïc. Agrippé au pied du lit d'un type lui criant des injures sans le voir à cause des bandeaux qu'il avait sur les yeux, il essayait de revenir sur ses pas. Le sang recommençait à couler au bas de son pyjama. Alors, Paul Marcœur entra. Il comprit dans un coup d'œil ce qui se passait. C'était sa qualité première : apprécier rapidement une situation. Il alla vers Loïc, s'arrêta à un pas de lui et, sans un mot ni un sourire, il lui tendit la seule main qui lui restait. Les cris et les insultes s'espacèrent dans la salle ; seul l'aveugle gueulait encore mais le silence lui devint perceptible et il cessa dans un hoquet. Ils restèrent ainsi quelques secondes. Loïc, accroché au montant du lit de l'aveugle, regardait cette main tendue, ce visage calme où se lisait une froideur totale dans le regard gris. Il saisit la main, fit un pas, puis deux ; Marcœur vint près de lui afin qu'il puisse s'appuyer et, unis comme ils le seraient désormais, ils allèrent vers le lit. Loïc s'écroula sur les draps blancs au moment où la jeune fille revenait en compagnie de deux brancardiers.

Dès lors, Marcœur vint tous les jours le chercher et, appuyé sur la main et le bras uniques, il commença à s'éloigner de plus en plus. Ils ne parlaient pas au début, trop occupés par l'effort de Loïc pour s'extraire du cercle mesquin de cette salle.

Au bout de quinze jours, ils étaient allés suffisamment loin dans les allées du parc de l'hôpital pour que Viladier, en caressant le tronc d'un tilleul qui pendant des semaines lui avait paru un but inaccessible, ouvre la bouche et dise merci à Marcœur ; celui-ci haussa les épaules et ils repartirent. A présent, ils parlaient. Loïc ne s'appuyait plus à lui que pour descendre les marches du perron ou celles du kiosque devant un grand bassin à nénuphars qu'ils contemplaient tous les deux pendant des heures, tandis que tournaient, sur l'eau remuée par les carpes, les feuilles rouges de l'automne. De la fenêtre de la salle commune qu'il leur fallait bien regagner quand le soleil était descendu derrière les grands arbres d'or, la jeune fille si belle les regardait. Elle était amoureuse de Paul et avait peur de Loïc, et ces deux sentiments se mélangeaient dans son petit cœur de midinette. Parce qu'elle n'était pas très sûre : que devait-elle aimer ou craindre le plus ? Les phrases dures de Marcœur ou les beaux yeux de Loïc ? Les phrases douces de Marcœur ou la colère de Loïc ?

# Chapitre 4

Le soir venait vite en cet automne et Loïc rentrait des bois. Il laissait derrière lui une clairière encombrée de troncs abattus puis ébranchés, abandonnait après son passage les traces d'un nouveau carnage dans lequel il avait fini par remarquer bien des similitudes avec celui du temps de guerre. Il s'étonnait de la satisfaction nouvelle qu'il en éprouvait. Jamais, autrefois, il n'avait ressenti ce plaisir de la destruction et cela teintait un peu d'amertume la joie qu'il avait retrouvée, la hache à la main.

Des averses éclataient parfois ; elles n'interrompaient guère ses travaux de bûcheronnage mais, malgré leur brièveté habituelle, elles faisaient lever au fond des combes des bandes légères de brume qui léchaient les pâtures déjà ensommeillées et venaient s'accrocher aux toits du Puech qu'il apercevait devant lui.

Il passait en claudiquant devant les enclos de châtaignier où l'on avait parqué les moutons au retour de l'estive ; ils se lamentaient avec des bêlements d'inquiétude, à cause des grands espaces libres qu'ils avaient perdus sans comprendre.

Bien que la fatigue de tout un jour se soit accumulée dans ses muscles, il mettait un point d'honneur à boiter le moins possible en approchant de la ferme, dont les moellons rouges des appuis de fenêtres soulignaient la pâleur crayeuse des murs. Alors que le travail ne laissait sur lui que l'engourdissement de ses membres, cette tentative de vaincre, au moins pour un moment, l'infirmité que jamais il n'avait acceptée — il ne l'accepterait jamais — lui posait sur le front des gouttes lourdes et froides de sueur. Il savait tous ses efforts inutiles ; ils n'empêcheraient pas une des Parques — dont les générations se renouvelaient —, engoncée dans son tablier et sa blouse en coutil, de dire à la cantonade en le voyant arriver sur le chemin à travers une vitre sale frottée du dos de la main : « Tiens, voilà l'Esclop qui rentre ! »

Loïc connaissait son surnom, même si personne ne l'avait employé devant lui. Il l'avait entendu entre deux portes, quelques jours après son arrivée, alors que l'orage avait abattu un micocoulier au-dessus de la porcherie. « Où est l'Esclop ? » avait demandé quelqu'un. C'était une de ces vieilles femmes suries de déception qui terminaient tant bien que mal leur carrière au Puech ; on les occupait à de pauvres besognes ; quand elles parvenaient à s'y rendre indispensables, cela leur permettait d'assurer jusqu'à la fin l'assiettée de soupe et les confitures qui leur gâtaient les dents ; sous les chignons raides plantés d'épingles d'acier, les visages y gagnaient souvent une expression molle que seule la méchanceté parvenait parfois à animer.

Ces mots l'avaient transpercé, il avait, de sa main devenue aussi blanche que le bouton, serré la poignée de la porte qu'il allait ouvrir — longtemps. Avec la même prise invincible, il aurait volontiers tordu le cou de la vieille. Ce n'était pas la première fois que sa démarche saccadée, dont personne ici n'était censé connaître la cause, lui valait un surnom. Les « amis » avec lesquels il avait bourlingué si longtemps l'appelaient Bancal ; cela revenait au même, pourtant il s'en était accommodé : ils étaient de son monde, de sa famille, à force de complicités et de dangers communs. Mais là ! Celle qui parlait n'était qu'une vieille poule qui finirait bientôt ses jours à l'hospice, quand elle ne serait plus capable de trimballer jusqu'à l'étendoir les paniers de linge de la lessive ou de porter les épluchures au dépotoir.

Parce qu'il le fallait, la vieille poule se prit les pieds, en descendant de sa soupente, dans un filin d'acier tendu en travers d'une marche de l'escalier.

Un matin, elle se leva, revêtit sa chair aigre de ses atours élimés et commença de rattraper, à petits coups de langue, la salive lui venant à l'idée du bol de café au lait qui l'attendait. Elle regarda, par la lucarne et sans la voir, la splendeur de l'aube, ouvrit sa porte, fit un pas, trébucha sur le filin et dévala chaque marche de l'escalier de meunier, comptant, avec les marches, chacun de ses os qui se brisait. En bas de l'escalier, elle resta un bout de temps avant qu'on ne la secoure, allongée sur le dos dans une posture indescriptible, voyant enfin l'aube superbe par une autre lucarne, et finissant sa vie dans un petit rire assourdi, noyé dans le gargouillis d'écume sanglante qui sortait de sa bouche.

Tout le monde était enfin accouru ; quand on constata que son regard vitreux ne contemplerait plus rien, il y avait longtemps que le filin d'acier avait disparu dans la poche de Loïc Viladier. Malgré la vie agitée qu'il avait eue, c'était la première fois qu'il tuait quelqu'un ; même au front, il n'avait jamais tiré sciemment, et jamais vers une des cibles d'en face sur lesquelles ses camarades s'exerçaient parfois comme au tir au pigeon. Ce qui, dans ce meurtre délibéré, conçu et exécuté avec maîtrise, le déconcerta le plus fut le peu de satisfaction qu'il en retira. Surtout, il se rendit compte brusquement que cet assassinat était inutile ; il resterait l'Esclop quoi qu'il fasse, à moins de détruire le Puech, et peut-être le monde entier. Pour bien ancrer cette idée en lui, il avait pris le chemin des bois, sans trouver d'apaisement à ce qui n'était pas du remords mais du dépit : celle qui avait planté la première la flèche empoisonnée de ce mot avait eu une mort trop douce puisqu'elle en riait. On avait mis cette fin tragique sur le compte d'une marche inégale, enterré la vieille femme sans trop de cérémonie et continué à vivre comme si rien ne s'était passé.

Mais Pauline avait vu le filin et Loïc en train de le détacher. Il le savait et pensait à elle en rentrant à la ferme. Parfois, il l'apercevait en train de donner des ordres aux valets, toujours flanquée de Marie dont il croyait qu'elle était sa fille. Pourquoi ne l'avait-elle pas dénoncé ? Il avait veillé plusieurs nuits dans la crainte qu'à cause d'elle on ne vînt l'arrêter. Avec le temps, il s'était rassuré, avait mis son silence sur le compte de la peur, ce qui était mal la connaître. Comment aurait-il deviné que la moindre action de Pauline n'allait que dans un sens : son propre intérêt ou celui de Marie ? Là, il n'y avait pour elles aucun avantage à tirer d'un Loïc emmené par deux gendarmes. Mais cela pourrait servir un jour, d'avoir barre sur cet homme. Toute sa vie elle avait ainsi accumulé des secrets, lourds ou futiles, tous éventuellement utilisables.

Dès qu'il arrivait au Puech, Loïc allait tout droit à la remise lui servant de chambre, près de l'étable des bœufs de labour. Il vérifiait que personne ne s'était approché de la cache qu'il avait aménagée en déplaçant deux moellons du mur et où il cachait son butin de voleur. Rassuré sur son avenir, il essuyait, repassait à la pierre et graissait sa hache sur une couenne, avant de la pendre. Ensuite, nu jusqu'à la taille, il se bouchonnait vigoureusement avec une poignée de foin ; il aimait l'odeur et les craquements des fleurs séchées qui y étaient mêlées. Une fois débarrassé de sa sueur, sa veste rouge soigneusement posée sur un chevalet qui servait aux harnachements, il s'habillait. Une chemise de toile écrue et un gilet en peau de mouton sans manches lui donnaient l'allure du berger qu'il n'était pas. Mais alors, il avait quitté son monde et, rentré dans le ventre rond et chaud du Puech, il avait trouvé, dès le début, que cette tenue lui permettait de mieux s'y couler que sa veste rouge de zouave.

La nuit venait vite, elle aussi, dans cet automne ; quand il sortait pour aller au bûcher d'où il ramenait les billots qui alimenteraient les grands feux des veillées, seule une mince bande claire soulignait encore l'horizon. Les étoiles s'allumaient d'abord dans les quartiers les plus sombres du ciel, de plus en plus vite, jusqu'à couvrir de paillettes et d'éclats tout l'espace dont, pour Loïc aussi, le Puech marquait le centre.

Ces heures entre chien et loup lui plaisaient. C'était un moment de paix pendant lequel se relâchaient, même si c'était d'une manière brève et incomplète, les nœuds de colère sourde qui l'habitaient. Le silence, à peine troublé par les bêlements de la bergerie et les rares éclats de voix venant des cuisines, s'étendait sur la terre avec la pesanteur d'un couvercle. Les oiseaux s'évertuaient à le briser : les mésanges et les loriots se couchaient en piaillant dans des abris qui se révéleraient bientôt précaires, les traquets claquaient une dernière fois du bec et les corbeaux, assemblés dans les branches hautes des chênes, disputaient d'un avenir incertain.

Loïc rentrait, son billot dans les bras, refermait la porte du genou, traversait la cuisine où s'affairaient les femmes, dans la vapeur des daubes et les éclats des chaudrons de cuivre. Il gagnait la grande salle commune du Puech ; le feu rougissait déjà les landiers sur lesquels il posait le billot dont le poids écrasait les braises accumulées, faisant s'envoler un nuage de cendres et d'escarbilles qui remontaient dans le conduit et allaient se perdre en incandescences dérisoires dans la nuit étoilée.

Alors, le feu flambait, des volutes bleues et jaunes cernaient le billot sec, attaquaient l'aubier et dessinaient peu à peu deux cœurs inversés, affrontés par leur pointe rougie. Les flammes montaient, la chaleur envahissait tous les recoins de la salle. Plus tard dans la saison et, plus tard encore, quand l'hiver se serait jeté sur le Puech, elle n'occuperait plus qu'une aire restreinte dans laquelle se serreraient, épaule contre épaule, les hommes et les femmes qui, pour l'heure, entouraient la grande table usée dont le chêne luisait des traces de coudes et de mains calleuses.

Le repas du soir au Puech gardait son décorum de moment privilégié, comme dans la vie des autres grandes fermes à cette époque. La seule particularité en étant que la table n'était pas présidée par le maître ou sa femme, mais par Pauline. On voyait là, plus encore, le chemin qu'elle avait parcouru depuis son arrivée et le nettoyage de la souillarde ! Assise à côté d'elle, Marie jouait le rôle de dauphine avec beaucoup de naturel.

Loïc Viladier mangeait seul. Son assiette sur les genoux, il découpait, avant de les porter à sa bouche au bout de sa lame de couteau, les carrés de la daube qui mijotait, des jours durant, sur les crapotins de la cheminée de la cuisine. Il avait dès le début imposé à tous cette séparation, un peu surpris de la facilité avec laquelle chacun l'avait acceptée. Une petite fenêtre se trouvait tout près de son visage et il en nettoyait la vitre avec soin, à l'aide d'un de ses grands mouchoirs dont nul, ici, ne se doutait qu'il les portait noués à son cou, à une époque somme toute assez récente de sa vie.

A travers cette vitre, Loïc regardait, comme dans l'œilleton d'un stéréoscope, le spectacle qu'il préférait. Il voyait le jour s'éteindre tout à fait dans une petite danse de lumière au milieu des ombres des châtaigniers qui se balançaient ; puis les cent points de la Vierge s'allumaient autour de l'Épi ; parfois, la lune montait à cet endroit du ciel, comme une lame fine et dangereuse, ou un disque rassurant. Lorsque le ciel couvert était fermé à toute lumière, il guettait le chant de la pluie sur les lauzes de l'appentis ou celui des grosses gouttes rabattues par les rafales sur le verre où elles chatoyaient.

Dans son dos, les bruits de la table se modifiaient ; quand ils avaient terminé, l'intensité des rires baissait, une sorte de satisfaction repue les gagnait. Ils se levaient avec des raclement sourds de chaises et de bancs, et les galoches traînaient sur le plancher. Pendant qu'ils approchaient du feu, portant leurs sièges, Loïc entendait les bruits d'assiettes, de verres et de couverts emportés vers les bacs à vaisselle. Il distinguait, mêlés aux pas se rapprochant de lui, le glissement des torchons sur la table, puis le balai de brandes frottant avec vigueur le plancher de chêne. On baissait les lampes à pétrole des suspensions qui, à cette époque, constituaient tout l'éclairage du Puech. Ils s'asseyaient alors autour du feu. Même les plus humbles servantes, après avoir expédié la vaisselle, apportaient, mais à un rang en arrière, les tabourets à trois pieds où elles posaient leurs fesses osseuses.

Ils parlaient à voix basse, un moment. Le feu montait parce qu'on l'avait tisonné ; les deux cœurs affrontés par la pointe s'étaient disjoints et séparés ; on les avait rapprochés ; imbriqués de nouveau, ils n'avaient plus de pointe, ils ne gardaient d'un cœur que la couleur de pavot, d'un rouge sombre, violent, d'où montaient des flammes longues et agiles qui allaient lécher la crémaillère en fer travaillé, jusqu'aux flancs rebondis de la hotte en campane où elles allumaient de petits points rougeâtres. La Mitoune, qui avait une peur considérable des incendies, se levait pour les étouffer en les grattant du bout des pinces à feu.

Pendant qu'ils s'installaient, Loïc avait roulé un petit fagot de caporal, dans une feuille qu'il mouillait d'un coup de langue appliqué, frotté son briquet dont la flamme puait l'essence, odeur étrangère mélangée à celles du bois brûlé, du repas qui flottaient encore dans l'air, de ces corps assis, légèrement penchés en avant — la sueur, la crasse et le tissu mouillé ; les odeurs humaines des journées de travail, des émotions, de l'amour, de la crainte.

Sa voix, dès les premiers mots, les ensorcelait. Cent ans plus tôt, il aurait facilement gagné sa vie sur les routes, à aller de ferme en ferme, de hameau en hameau avec une simple besace, à raconter des histoires. Les temps avaient changé, on lisait les journaux dans les bories les plus reculées, des postes de radio apparaissaient dans les cafés des bourgs et les conteurs, les uns après les autres, se taisaient, même si quelques vieux, çà et là, récitaient, d'une voix affaiblie par l'âge et le trouble que les temps nouveaux mettaient dans leurs cœurs, les vieilles histoires d'autrefois, du temps des loups, de la bête du Gévaudan, de l'auberge de Peyrebelle et des brigands — en 1907 encore, on se battait au fusil contre eux autour des fermes du Causse.

Avec les mots de Loïc Viladier, un autre monde arrivait au milieu d'eux ; c'était son pays qu'il leur montrait comme on montre du doigt tel ou tel endroit devant soi.

Son pays à lui : la Haute Terre.

Bien au-delà de la côte qui menait du Puech au Plateau, bien au-delà du Plateau lui-même, ils connaissaient l'existence d'une gorge profonde et obscure, sans eau, où coulaient seulement des flots de pierres noires trouées par le malheur et le diable, disait-on ; des éboulis qui s'allongeaient d'est en ouest et barraient tout le pays, un repaire de serpents venimeux où se cachaient parfois les déserteurs et les assassins.

Quand on continuait dans la direction du nord, la pente, légère, ondulée par les boraldes, se couvrait de genêts. En juin, ils tressaient une couronne d'or aux falaises, écrasées tout le jour par le soleil qui en détachait les pierres noires de la gorge, et dégageaient des parfums funèbres que Loïc leur faisait sentir en lâchant ses mots comme des pigeons.

Après les genêts commençaient des quartiers de broussailles que Loïc traversait vite, n'aimant pas ces lieux impénétrables, étouffants, qui retenaient la marche. Il se pressait d'atteindre les premiers bosquets de sureaux, de noisetiers et de cytises posés dans un ordre, une géométrie qui paraissaient précis, sur les entablements de granit, les coulées de schistes que la Haute Terre abandonnait sur ses marches. Loïc s'attardait souvent dans ces prémices ; il ne s'agissait alors que de son petit bonheur particulier, celui qu'il avait trouvé à lire, dans ces touffes posées comme des notes, une mélodie secrète dont lui seul avait le chiffre.

L'Esclop sentait leur impatience, voyait des galoches, immobiles jusqu'alors, commencer à racler le plancher. Un moment encore, il leur laissait désirer, un moment encore, il savourait pour lui-même avant de les ramasser tous dans sa main et de les lancer, par surprise, sur des étendues immenses.

Alors ils frissonnaient, jetés au milieu de l'infini pâturage qui s'encastrait, s'enfonçait, reculait ou passait au milieu de la grande forêt, là-haut, à des altitudes qu'eux, hommes et femmes vivant sur la pente d'un simple plateau, avaient de la peine à imaginer, n'imaginant rien d'ailleurs, manquant de toute possibilité de se faire une idée de ce que cela voulait dire : la Haute Terre, la montagne.

Loïc parlait d'une planète — mais ils ignoraient ce mot — étrange où aucun de leurs repères familiers n'avait plus de sens. L'herbe s'étalait vers les forêts et l'été lui-même ne la jaunissait pas, les fleurs mêlées à l'herbe se renouvelaient si vite elles aussi qu'elles devenaient immortelles, les arbres chantaient et Loïc, avec ses mains d'oiseleur et ses bras grands ouverts, tentait de leur en montrer les troncs. Ils le voyaient bien : tout cela était sans commune mesure avec leur univers étriqué, même si le Puech était l'avant-poste d'un pays d'espace et d'infini : le Plateau.

Certains étaient allés voir au bout de l'un des chemins qui montaient vers le ciel. Devant eux s'étendait le grand Causse dont les haussements d'épaules ondulaient sous le bleu et le gris des nuages. Ils étaient restés là, en face de ces landes et ces prairies d'herbe rase où les moutons n'étaient plus que des points, des têtes d'épingles confondus avec les rochers. Ils avaient compris qu'à cet endroit se tenait tapi quelque chose que soulevait parfois le vent froissant l'herbe et les aubépines. Mais ils gardaient les mots de l'Esclop dans leurs oreilles et ils avaient été déçus. Le Plateau ne leur offrait que des lignes pauvres, sans exubérance, où d'autres qu'eux, moins démunis d'esprit, auraient peut-être reconnu la main de Dieu. Quand ils se penchaient pour prendre une poignée de terre, elle s'écoulait en poussière fine au lieu de leur coller aux doigts comme celle dont parlait Loïc. A leurs pieds, l'herbe était jaune, parsemée de quelques chênes survivants, d'arbustes métalliques et de bosquets d'épines.

Ce dont parlait Loïc était bien autre chose ! Après les avoir ainsi désespérés par la vision immense d'un pays d'herbe éternelle, de fleurs, et d'arbres dressés, arrogants comme des chevaliers d'autrefois, il posait dans ce monde de démesure, de richesse inépuisable où, au plus fort de l'été, coulaient des eaux froides cascadant sur des rochers couverts de mousses épaisses qui elles aussi portaient des fleurs, il posait ou plutôt il jetait, d'un geste de semeur, une race d'hommes qu'ils ne connaissaient pas, ne les ayant jamais vus ; on n'allait pas chez eux et ils ne descendaient pas de leur montagne où ils tenaient des petites fermes en pierres noirâtres, avec des toits aux pentes extravagantes à cause de la neige épaisse qui l'hiver couvrait la Haute Terre et n'avait rien à voir avec celle engluant de boue le chemin de Vielrieu ou celle qui, sur le Plateau, posait un drap de lin que le vent soulevait avec grâce et laissait pendre ensuite en petites perles aux branches dénudées des coudriers.

Ces hommes, disait Loïc, élevaient des bêtes. Elles aussi représentaient un aspect de la démesure du monde. Les moutons avaient de longues robes pendantes de poils blancs et noirs, un pelage de laine angora qui coulait sur leurs côtes ; les vaches, gonflées par l'herbe grasse et inépuisable, produisaient des quantités de lait leur paraissant, à eux, habitués aux chiches mamelles des brebis nourries d'épines, les merveilles de Canaan ; les cornes des grands bœufs roux, pétris de muscles, se dressaient comme des branches sur lesquelles se posaient la multitude des oiseaux qui naissaient au milieu de prairies de sainfoin et de fétuque, dans les inépuisables printemps de ces contrées chimériques.

Mais les chimères sont le pain quotidien des hommes et l'Esclop le savait. Peut-être parce qu'il lui était échu le don de la parole, peut-être parce qu'il avait traversé sa propre mort, réalisant, une fois au moins, la pire des chimères. Il le savait et en jouait. Tous entraient dans son jeu, se laissaient ramasser comme des osselets, préféraient accepter d'avance la déception qui les attendait toujours lorsqu'ils voyaient à nouveau ce qu'était leur vie en vérité.

Seule, Pauline ne se laissait pas prendre à ces contes de fées. Les premiers temps, elle avait dû lutter contre l'engourdissement qui la gagnait elle aussi à entendre parler Loïc. Elle avait résisté et observait maintenant avec lucidité cet homme dont elle pensait le pire — même si elle imaginait se servir un jour de lui sans savoir comment ; elle le voyait ébahir, tromper les gens du Puech, les muer en enfants dociles, émerveillés par ses récits dont elle savait, à constater froidement leur absurdité, qu'ils ne tenaient debout qu'à cause de son talent. Contre cet envoûtement, elle s'aidait du travail mécanique de ses doigts et tricotait au crochet d'acier un grand couvre-lit au point de Millau dans des kilomètres de fil de coton. Le mouvement imperturbable, la cadence nécessaire pour aligner les rangs, la régularité impitoyable des comptes que son ouvrage exigeait lui permettaient de passer indemne au travers des inflexions voluptueuses de la voix de l'Esclop et de ne voir que l'amusante scène de cet homme, envoûtant à bon marché une bande de pauvres hères dont la plupart n'avaient que leur chemise et à qui il promettait le paradis.

Épargnée par cet ensorcellement, Pauline voyait bien que tous se laissaient prendre au piège, engluer dans les chimères et perdaient ainsi toute chance de reconnaître Loïc Viladier pour ce qu'il était : un mauvais garçon qui savait parler.

Le feu s'apaisait, comme noyé par l'herbe verte et fleurie, les ruisseaux d'écume blanche sur le basalte, les grandes oscillations des arbres. Une lumière faible, rosée malgré la fumée des pipes et des autres petits fagots qui avaient suivi celui de l'Esclop, éclairait le demi-cercle peu à peu serré sur lui-même, soudé, réuni par l'admiration et le rêve.

Au premier rang, un peu en avant, en dehors du cercle, Marie Goual était assise sur une chaise à aiguilles en cerisier. Dans cette masse compacte qu'avaient fini par constituer les gens du Puech, elle était la figure de proue de l'étrave qui venait fendre l'espace de deux mètres entre eux et Loïc. La lumière nimbait les bandeaux noirs de ses cheveux encerclant la peau blanche de son visage, où l'on finissait par ne plus voir que les deux grands yeux bleus dans lesquels s'allumaient les lueurs de la beauté conquérante qu'elle serait bientôt. Pour Loïc, elle n'était encore qu'une enfant ; il ne savait pas qu'elle était déjà dévorée de passions et avait la joie d'allumer dans les aigues-marines des étincelles de curiosité.

Pourtant Marie Goual ajoutait à l'impatience des enfants l'œuvre des douze ans d'amour subjugué de Pauline. Elle était déjà dévorée de passions et, même si Loïc ne le vit pas tout de suite — et il aurait sans doute mieux valu qu'il ne s'en aperçût jamais ou qu'il partît —, elle était déjà une femme.

De ces soirées, Marie Goual enregistra tout. Des années plus tard, elle n'aurait rien oublié. La Haute Terre, décortiquée, cartographiée d'imaginaire, mais dont l'essentiel tenait dans les mots de l'Esclop, était gravée pour toujours dans sa mémoire.

L'automne s'écoula ainsi et, pendant que Loïc parlait de la montagne, que, dans sa chambre du Puech, Yvonne de Lintes jouait du piano, son mari courait déjà la campagne, rempli d'une colère aigre et incontournable, en compagnie de pauvres types moins argentés, moins capables et moins intelligents que lui.

Bien avant le repas du soir et la veillée autour du feu, la Mitoune trottait menu dans ses pantoufles à semelles de feutre. Elle commençait son service dans la salle à manger de Monsieur. Au début de leur mariage, Yvonne de Lintes avait réclamé, et obtenu, cette pièce bourgeoise, mais il y avait longtemps qu'elle prenait ses repas dans sa chambre. Tous les soirs, Léon Saubade soupait en solitaire, assis à la table de marqueterie, devant la vaisselle fine et les couverts en argent qu'il détestait. Sur le mur, à trois mètres de lui, le portrait de sa femme lui tenait lieu de compagnie. Seule la Mitoune, qui était, croyait-on, du bois dont on fait les flûtes, pouvait supporter le regard furieux d'un homme qui s'était voulu roi du monde et se retrouvait dans un face-à-face impitoyable avec celle qui, à l'étage au-dessus, lui menait une guerre acharnée et parfaitement silencieuse. La Mitoune n'en avait cure ; elle passait et repassait les plats du dîner de Monsieur sans se soucier le moins du monde de ses yeux fous et de ses grands coups du plat de la main sur la marqueterie qui déclenchaient des tintements affolés de porcelaine et d'argent.

Dès la fin de son repas, il faisait sortir sa voiture. Le bruit de colère du moteur répercutait la clameur moderne jusqu'au fin fond du Plateau et il partait sur les routes, vers les bordels de Mende ou d'Alès, vers les cercles de jeu de ces deux villes, ou vers l'une de ces auberges dont les grandes écuries de chevaux de relais n'étaient pas encore toutes occupées par des garages d'automobiles. Dans des salles reculées et inviolables comme des coffres-forts parce qu'elles n'avaient qu'une seule sortie, il jouait toute la nuit des sommes folles dans des parties de poker ou de backgammon qu'il n'avait même pas la satisfaction de perdre ; il avait beau essayer, faire voir ses cartes aux autres, oublier des donnes, commettre des fautes à dessein, toujours le sort le rattrapait, en faisait son champion et accumulait devant lui des liasses de billets dont il savait bien qu'elles aggraveraient encore son malheur ; Léon Saubade croyait aux proverbes.

Un jour, il se rendit compte avec effroi qu'il était amoureux de trois femmes dont l'une nourrissait son mépris des *Images* de Debussy, l'autre couchait avec lui dans l'indifférence et la domination, et la troisième était une enfant de douze ans.

# II
# L'hiver

« Les rêves sont des chasseurs d'âmes... »

Jim Harrison,
*Légendes d'automne.*

# Chapitre 1

Vers le début de décembre, le vent du nord balaya le ciel qui s'éclaircit brutalement. En levant les yeux vers l'immensité limpide, les vieux remontèrent le col de leur veste pour se protéger, et de bien autre chose que la simple idée de l'hiver. Ils allaient entamer une lutte opiniâtre, essayer de traverser la saison jusqu'à un hypothétique printemps qui leur permettrait de goûter encore la tiédeur de l'après-midi sur un banc au soleil ou la levée des narcisses dans les champs enneigés.

Au Puech, tout était prêt pour l'hiver. Quand la bise revint avec méchanceté et commença de glacer les ombrages au milieu de la journée, les cordes de bois de chauffage s'empilaient ; les vipères qui n'avaient pas trouvé à temps un trou à occuper se faufilèrent entre les bûches. On avait sorti les tricots de la naphtaline et les vieilles se caparaçonnèrent encore un peu plus, accumulant quelques pelures supplémentaires sur des robes et des devantiers que la crasse, la sueur et le gras de cuisine rendaient étanches. Les plus jeunes frissonnèrent ; bientôt les routes seraient coupées, le temps serait passé des rendez-vous d'amour dans les paillers ou les remises, à plus forte raison des promenades au clair de lune, sous les hêtres. La fidélité leur coûterait, elles le savaient, quand elles se retrouveraient seules entre les murs de cette forteresse isolée par la glace et la neige, à côté d'hommes, solitaires eux aussi, les valets dont les promises connaîtraient le même sort dans d'autres fermes, ou les quelques aventuriers qui, malgré les embûches de la saison, persisteraient à courir le monde gelé, cassant comme du verre, dans des buts avouables ou non, et arpenteraient les routes en confiant leur sort au tintement grêle d'une cloche dans le brouillard.

Le 12 décembre, l'hiver s'abattit sur la ferme avec sa violence habituelle. Les jeux du vent avec les nuages et les coins d'ombre étaient des enfantillages en regard de la main d'acier qui prit alors tout en masse.

Ce matin-là, Loïc sortit sans sa hache ; il avait vu à travers son vasistas le changement de la lumière de l'aube : du tiède jaune d'or qui se délavait de jour en jour, elle était devenue bleue. La neige couvrait le Plateau, ses pentes, les arbres, les chemins et les toitures. Le froid ne gênait guère l'Esclop. Il savait depuis longtemps qu'un jour ou l'autre il devrait interrompre sa destruction de la forêt. A la place des troncs vivants et suintant de sève, il aurait devant lui des stères et des stères de rondins à refendre aux coins et à la masse. Il y trouverait le même plaisir, à peine plus morbide puisqu'à présent c'est aux cadavres d'arbres qu'il s'attaquerait ; mais sa science du bois lui permettait de reconstruire les géants de la forêt d'un simple regard sur les billes empilées.

Une heure plus tard, torse nu, il occupait le préau.

Un valet essaya bien de partager avec lui cette besogne qui aidait à oublier l'hiver et ses heures interminables ; bien vite, il dut abandonner devant la vitesse et l'habileté avec lesquelles l'Esclop refendait les moulées de chêne ou de hêtre. Dans une volée d'éclats et de copeaux, Loïc continua seul sa bataille. C'était aussi sa façon habituelle de se rendre indispensable, sans que nul s'aperçoive à quel point il parvenait ainsi à s'imposer et à conquérir sa liberté. A présent, il s'agissait de gagner, dans une activité familière, des semaines d'oubli dans un coin isolé — et pour cela le Puech était idéal — avant de pouvoir rejoindre sans risques sa montagne. Depuis que le shrapnell en avait fait une sorte d'idole infirme, il avait compensé l'irrégularité de sa démarche par un mouvement cadencé de sa vie, une mécanique impeccable et, croyait-il, sans faille.

La faille existait, cependant. Elle se tenait dans sa chambre du premier étage et s'appelait Yvonne de Lintes, ou Mme Léon Saubade, si tant est qu'on puisse encore l'imaginer l'épouse de l'homme qui rentrait au petit matin, sale, dépenaillé, ayant assouvi sans joie sa passion sur le corps ferme — et cependant déjà déchu — d'une fille de la rue des Clapiers, ou d'une servante, docile par la force des choses, dans la ferme d'un des pauvres types qui l'escortaient, éblouis. Dans les matins blêmes de l'hiver, on entendait de loin le moteur de sa Bugatti dont l'échappement grondait dans les côtes ou claquait comme un début d'orage à travers les éboulis de la route fraîchement taillée sur le dos des collines, qui avait recouvert de son bitume les vieux chemins muletiers et les drailles montant vers le Plateau. Il abandonnait son auto au milieu de la cour et jetait un regard machinal, rougi par les veilles et la boisson, à la fenêtre aveugle de sa femme dont le rideau de reps éteignait l'éclat des vitres. Il rentrait chez lui en claquant la porte, poussait un hurlement sans signification, auquel accourait la Mitoune ; elle lui tirait ses bottes de neige avec un sourire assez niais pour qu'il n'y lise aucune malice ; puis, en chaussettes, dégoulinant de grésil fondu au fur et à mesure qu'il se réchauffait, il abandonnait ses vêtements tandis qu'il grimpait l'escalier ; il hésitait sur le palier où il avait un nouveau regard, mauvais cette fois, vers la porte de sa femme. Ensuite, il jurait et gagnait sa chambre pour quelques heures de vomissements et de cauchemars. La Mitoune ramassait un à un les billets tombés de sa poche, sans avoir jamais l'idée de prendre pour elle une de ces coupures qu'elle aurait été bien en peine de dépenser. Sa cueillette terminée, elle rejoignait la chambre de son maître et posait la liasse reconstituée sous la lampe de chevet, à côté du lit sur lequel, nu, il éructait des malédictions ou ronflait en dégorgeant sa bave. Après avoir récupéré les derniers vêtements jetés au milieu de la pièce, elle allumait une lampe et tirait les lourds rideaux de la fenêtre. Elle avait été sa maîtresse, comme toutes les servantes du Puech, mais n'avait pas réussi à le garder plus de quatre nuits. Celles-ci brillaient dans sa vie comme des étoiles ; elles marquaient son apogée. C'était il y a longtemps, et elle avait vieilli, bien qu'elle eût exactement le même âge que l'homme qu'elle servait ; pour elle, les années avaient compté double parce que le feu de son amour s'était figé en ces quatre étoiles de gaz froid. A cette époque elle s'appelait encore Christine ; aujourd'hui, c'était la Mitoune et nul, même pas elle, ne savait pourquoi. D'ailleurs, ces lueurs faibles et indiscernables ne brillaient dans le passé que pour elle ; tout le monde avait oublié qu'elle avait partagé quelques heures du maître du Puech, et lui aussi, sans doute.

La lumière douce et paisible de la lampe avait remplacé la clarté impitoyable du jour et elle s'asseyait auprès de lui ; il bavait et ronflait avec des mouvements brusques et saccadés de la tête, comme s'il essayait de chasser quelque chose. Sur le lit de fer au matelas de crin, elle posait sa petite personne et l'écoutait un moment, elle guettait l'écho de son prénom dans ceux que l'ivrogne lançait dans l'intervalle de ses coups de tête ; elle était toujours déçue ; elle ne l'avait jamais entendu de sa bouche, même au temps des quatre nuits, mais elle espérait encore. A la fin, elle posait sa main sèche et menue sur son front, repoussait de sa paume la sueur qui l'inondait, vers la racine encore noire de ses cheveux frisés ; ils avaient si tôt grisonné alors que les siens gardaient, sous le foulard en casimir dans lequel elle les protégeait, une blondeur qui était sa fierté et qu'elle n'avait jamais montrée à personne en dehors de lui. Sa main, chaude maintenant de la chaleur et de la sueur de son amour perdu, apaisait peu à peu la haine qui le jetait de tous côtés. Il finissait par s'endormir. Alors, elle essuyait avec son mouchoir les filets de bave et de vomissure coulant de ses lèvres, puis elle embrassait celles-ci avec un grand frisson.

Quand la neige commença à tomber, Léon Saubade en était rendu au stade où l'ivrognerie, la débauche et l'abandon ne laissent plus d'intervalles de lucidité. Heureusement, de la même façon que la chance ne le quittait pas dans les salles enfumées où il la défiait en trichant contre lui-même, elle ne l'abandonnait pas davantage dans son rôle de propriétaire du Puech ; au cours des années pendant lesquelles il édifiait son empire agricole, il avait donné le pli à tout le monde de telle façon que, lui absent en quelque sorte — car noyé dans les vapeurs de l'alcool des tripots ou les effluves pervers du patchouli et du rose Rachel —, les gens de la ferme continuaient leur travail et les commandements du maître résonnaient encore à leurs oreilles, les guidaient, dictaient leurs actes. Certains, parmi les plus anciens, se surprenaient, alors qu'ils étaient seuls, à reprendre un geste accompli avec la nonchalance ou le laisser-aller de gens qu'on ne surveille pas et à le refaire avec l'espoir fallacieux d'entendre ses félicitations. Fallacieux parce que, apaisé par le baiser de la Mitoune, il ne quittait plus sa chambre et confondait le jour et la nuit, à cause des rideaux tirés, jusqu'à l'heure où la faim le jetait hors de son lit. Il prenait sa place à table, seul devant le tableau, appelait sa servante, mangeait en s'empiffrant puis, sans même se laver ni tailler la barbe qui lui mangeait les joues, il chaussait les bottes qu'elle avait séchées en les bourrant de paille, revêtait une sorte de carrick verdâtre, vestige d'une autre époque, traversait la cour enneigée et remontait dans son auto.

Il claquait sa portière, comme s'il giflait le Puech et surtout celle qui avait fini par se confondre avec l'immobilité de ses pierres. Le reproche vivant qu'elle représentait le chassait aussi sûrement que les désirs violents qu'il avait pour les putains ou la satisfaction dégoûtée des parties de poker qu'il n'arrivait pas à perdre. Il démarrait dans un giclement de neige fondue et de boue noirâtre, déjà loin par la pensée de ces murs dans lesquels il laissait la femme qu'il avait méprisée en confisquant sa fortune, puis s'était mis à aimer jusqu'à ressentir une douleur insupportable le jour où, longtemps après l'avoir négligée et trompée dans le lit des autres, il avait, un soir de repentir, voulu revenir vers elle ; il avait fracassé le verrou de sa porte et l'avait trouvée assise dans un fauteuil près de sa lampe, un livre à la main ; elle n'avait pas levé les yeux pour le regarder, pendant qu'il éructait les pires injures suivies des plus pitoyables supplications, qu'il clamait sincèrement un amour retrouvé.

Il se demanderait toujours, et tous les jours jusqu'à sa mort, pourquoi il n'avait pas été capable, ce soir-là, d'autre chose que de hurler des phrases rendues par la violence incohérentes et futiles, n'était pas parvenu à lui faire lever la tête ni à l'empêcher, la page finie, de la tourner et de continuer sa lecture. Si elle n'avait pas tourné ce feuillet, peut-être aurait-il pu s'imaginer, plus tard, qu'elle faisait semblant de ne pas l'écouter. Après ce geste, il eut la certitude qu'elle lisait vraiment ; donc ses mots, même proférés avec toute sa force, ne l'avaient pas atteinte. Pourquoi n'avait-il pas été capable de lui arracher le livre, de la saisir et de se servir d'elle comme il le faisait si facilement des filles dans les chambres aux paravents chinois, aux murs grenat ornés de fausses dorures, sur les draps douteux des bordels et des maisons de rendez-vous où il essayait sans merci de retrouver le goût de l'amour ? A bout de mots et de désir, il avait interrompu le flot de supplications pour ne plus laisser fuser que quelques propositions injurieuses auxquelles elle ne répondit pas davantage, tournant même une autre page de son livre. Le silence était venu, s'était glissé entre eux contre son gré et il n'avait pu le chasser, avouant ainsi sa défaite. Une pendule avait sonné quelque part dans la maison. Elle s'était levée, droite, troublante et touchante dans sa robe mauve aux boutons gainés de soie, au col montant de dentelle ; ses mains avaient fermé le livre puis l'avaient posé sous la lampe.

Tandis qu'il dévalait la pente du Puech, entraîné par les quatre-vingts chevaux de la Bugatti, tandis qu'il laissait derrière lui la remise grande ouverte et deux ornières dans la boue et la neige, il pensait uniquement au livre posé par les deux mains blanches de sa femme. Il essayait, en roulant à tombeau ouvert vers la vallée, de conserver intacte cette image muette et figée devant son regard, pour ne surtout pas entendre de nouveau les mots qu'elle avait prononcés en marchant tranquillement vers sa chambre, avant d'ouvrir sa porte puis de la boucler à double tour : « Vous éteindrez la lampe, mon ami ? Bonne nuit... »

Il faisait rugir les quatre-vingts chevaux et revenait sans cesse sur cette scène, se rappelant avoir d'abord arraché la serrure de son boudoir, ses mots à lui, son silence à elle ; et le livre, les mains blanches, la lampe et la porte de sa chambre qu'il aurait dû forcer à son tour au lieu de laisser glisser, dans l'obscurité, sa joue contre le bois lisse de la menuiserie qu'il mouillait de ses larmes en l'appelant, comme un enfant, dans un murmure qu'elle n'entendrait pas.

Bien sûr, à Pauline aussi il aurait pu crier son amour. Avec elle, il s'était trop laissé faire et avait accepté qu'elle le domine. Pourtant il savait bien à quel point son ambition se serait accordée à la sienne, à quel point il l'admirait. Mais il aurait fallu chasser Yvonne ! Il en était incapable, comme de forcer sa femme à s'étendre à nouveau pour lui sur un lit, ainsi qu'il l'obtenait parfois de Pauline. Et les billets qu'il glissait chaque mois sous la porte de cette dernière rendaient bien mince la distance avec les filles qu'il allait retrouver la nuit. Dans les brumes de sa colère, il confondait parfois ces deux femmes et son cœur battait de la même façon pour l'une et pour l'autre. Yvonne était sa défaite, Pauline une victoire qu'il avait achetée...

Yvonne de Lintes regardait Loïc dont les lancées de bras entraînaient sa masse loin en arrière avant qu'elle ne retombe avec une sorte de haine têtue sur le billot posé au sol. Réchauffé par l'effort, il avait ôté sa chemise, la sueur dégoulinait entre ses épaules et faisait saillir ses muscles qui rampaient sous sa peau hâlée comme des poignées de serpents.

C'était l'heure où le jour gagne le moindre recoin ; la réverbération de la neige accaparait le plus petit rayon d'un soleil hésitant, cerclé d'une auréole rose, et la lumière éblouissait ses yeux habitués aux pénombres, aux tombées de rideaux, à l'étouffement des pièces remplies de meubles et de bibelots.

Devant le carreau d'angle de la fenêtre, la neige avait amassé sur l'appui un petit tas plus épais. Elle s'était penchée pour mieux voir la beauté de celui qui finissait là son travail de mort commencé au fond des bois. On pouvait s'étonner de cette femme noyée dans les dentelles et l'odeur des bâtonnets d'encens qu'elle brûlait devant les estampes et les reliures de sa bibliothèque, de celle qui, un moment plus tôt, jouait Debussy, fredonnait *La Bonne Chanson* de Gabriel Fauré, ou se récitait des paragraphes entiers de *Bruges-la-Morte*, mais c'était ainsi. Dans le matin du Puech, au milieu d'un pays sauvage à peine domestiqué par la poigne de son ancien amour, à deux pas du Plateau, celle qui avait adoré *Pelléas et Mélisande*, côtoyé Derain et Guillaume Apollinaire frémissait de désir et regardait cet homme dont la beauté faisait, sur les cours et les murs de la ferme, une tache autrement éblouissante pour elle que la neige. Si elle avait été lucide, elle se serait étonnée la première de cette flambée de sa chair, elle qui avait toujours observé avec détachement — et parfois dégoût — le déchaînement qu'entraînait chez les hommes, à commencer par son mari, ce qu'elle jugeait la perspective d'un échange d'humeurs et rien de plus ; la négation de ce sentiment brumeux et magnifique des livres, qui portait le même nom : l'amour.

Elle resta ainsi, toute la matinée, à l'observer derrière son carreau ; le petit tas de neige avait depuis longtemps fondu qu'elle le regardait encore, sans se douter, le croyant trop occupé par sa besogne, qu'il l'avait aperçue, à cause d'un imperceptible mouvement du rideau et, aussi, parce que le soir, tandis qu'il racontait des histoires à la bande de pauvres diables, il avait vu, plusieurs fois, le mouvement léger, discret et vaporeux d'une robe de faille passer la porte entrouverte de l'étage d'où elle écoutait ses récits, fascinée par la voix, n'ayant ni la force de caractère de Pauline ni le secours mécanique de la broderie pour se tirer de ses griffes, pour échapper au crescendo de ses mots. Plusieurs fois, quand la lumière du foyer avait baissé au point d'enténébrer tout à fait le monde au-delà du cercle de visages attentifs, il avait capté un regard d'eau claire dans lequel s'allumaient des feux de Saint-Jean. Elle venait écouter, dans le glissement feutré de sa robe sur le parquet, accroupie ensuite au pied de la rambarde du palier, son visage fin et étroit à la beauté d'iris entre deux balustres ;

elle écoutait le plus beau des poèmes, celui devant lequel paraissaient ternes ceux qui s'encadraient de volutes, de nénuphars et de naïades sur les pages lithographiées des livres qu'elle ne lisait plus avec le même goût depuis que la chanson de la Haute Terre résonnait dans les soirées du Puech.

A midi, Loïc posa sa masse avec un mouvement lent et comme à regret. Torse nu, il sortit de l'appentis, s'ébroua comme un cheval dans l'air froid, puis, après un regard appuyé vers le carreau de la fenêtre, il remit sa chemise et sa veste rouge et prit la direction de la cuisine. Elle, touchée par ce regard, se sentit remplie de honte, rougit violemment et se mit à pleurer. Mais, petit à petit, entre ses larmes qui débordaient, un sourire vint se glisser. Ainsi, il l'avait vue, et savait qu'il l'intéressait ; le bonheur l'envahit. Quand la Mitoune lui apporta son plateau, elle la chassa, mais la pauvre fille ne s'étonna pas de lui voir les yeux tristes, elle avait l'habitude ; d'ailleurs, elle ne détestait pas Mme Saubade : elle faisait son lit tous les matins et elle était bien placée pour savoir que depuis longtemps elle ne partageait plus l'homme de sa vie avec sa patronne.

L'après-midi, l'Esclop partit vers le Plateau, en compagnie de deux valets, remonter à la pelle un bout de chemin raviné par la neige. Yvonne de Lintes le regarda prendre la route quelques pas en arrière des autres. Quand ils ne furent plus que trois points noirs déformés par la lumière au point de se confondre avec les pierres et les souches mortes, elle se mit à son piano et, avec beaucoup de paresse, caressa les touches blanches et noires en pensant au nouveau regard qu'il avait jeté vers sa fenêtre en traversant la cour. Il affirmait une nouvelle fois son intérêt pour elle — comme si c'était nécessaire... L'après-midi s'étira dans l'inaction habituelle, dans la monotonie propre à ces heures du Puech où elle vivait à peine, n'existant qu'entre les flamboiements du crépuscule et l'aube où elle tirait ses rideaux. La nuit, elle retrouvait cette volupté de l'obscurité qu'elle aimait et qui lui rappelait un bal à Meyrueis — elle s'était crue, alors, au début de sa vie et accumulait déjà les cendres qui la recouvriraient — et des soirées de Paris, pendant la guerre, où elle avait entendu Debussy jouer lui-même ses *Préludes* dans la maison de Pierre Louÿs. Dans la fièvre de quelques nuits folles, elle avait imaginé que sa vie pourrait recommencer, jusqu'à se retrouver, un matin, sans savoir pourquoi, dans les bras d'un homme qu'elle ne connaissait pas, dans une chambre où elle n'était jamais venue, au cinquième étage d'un immeuble dont les fenêtres donnaient toutes sur des murs sales. Elle s'était libérée de l'étreinte de l'inconnu qui se tournait en grommelant ; rhabillée en hâte, oubliant sa broche sur la table de nuit, elle était partie, elle courait presque. Dans la rue, elle avait rajusté tant bien que mal la voilette de son chapeau et, n'y parvenant pas, elle l'avait abandonné dans un caniveau, comme un déchet.

Un matin blême et frileux, zébré d'averses froides qui claquaient par surprise sur le zinc des chéneaux et les toiles des stores. En passant devant une boutique de mode, elle avait aperçu sa silhouette dans un miroir posé sur un chevalet ; cette vision l'avait étonnée au point de la ramener sur ses pas. Alors, sous ses cheveux défaits où elle avait juste pu raccrocher quelques épingles, elle avait vu ses yeux, cernés du noir des veilles et des excès. Elle avait eu peur d'elle-même. Elle était restée immobile devant cette image qu'elle reconnaissait à peine jusqu'à ce qu'une vendeuse, intriguée par l'air singulier de cette femme devant la vitrine, vînt écarter le voilage et apparaisse à côté de sa propre image défraîchie ; la vendeuse, jeune et belle, ressemblait à la femme qu'elle était dix ans plus tôt, avant que la vie cruelle dont elle était la victime, pour avoir cru à trois mots d'amour, n'en fasse cette sorte d'épave hagarde se demandant ce qu'elle faisait là, sur un trottoir, à contempler la réalité à laquelle elle avait abouti, l'incarnation inquiète d'une existence depuis longtemps emportée par le fleuve continu des jours. Elle avait vu sur le visage de la jeune femme dont la main soulevait le voilage, d'abord une question, puis un sourire amusé, puis une crainte changée en effroi quand elle avait réalisé ce qui l'attendait peut-être elle aussi, un jour, dans un autre matin blême de Paris. La longue main manucurée, blanche comme la neige, avait laissé tomber le rideau qui s'était balancé un moment, avant de s'immobiliser ; seul demeurait son propre reflet dans le cadre du miroir, entouré par les robes et les colifichets d'une vie dont elle ne voulait plus désormais, exactement renseignée sur son état, sur le point où elle en était arrivée, sur la déchéance qui l'attendait et dont les premiers signes s'inscrivaient au coin de ses yeux, au pli amer de sa bouche. Lentement, elle avait reculé sur le trottoir, jusqu'à ce que le reflet de la vitrine efface cette image. Elle était partie, avait regagné l'appartement de Neuilly au fond duquel elle louait une chambre. Là, elle avait retrouvé quelques forces en lavant à grande eau les cernes de la nuit et les dernières traces de son maquillage. Avec une promptitude de décision dont elle se serait crue bien incapable quelques heures plus tôt, elle avait entassé les partitions de la musique qu'elle aimait, les estampes, les livres précieux qu'on lui avait offerts et avait commandé un porteur pour les malles. Elle avait laissé presque toutes ses robes à sa logeuse dont les yeux brillaient de convoitise. A la gare, elle s'était dit qu'avec ses bagages lourds et encombrants, on aurait pu la prendre pour une émigrante. Qu'était-elle d'autre, d'ailleurs, au moment où elle fuyait ce monde qui avait tellement brillé pour elle et l'échangeait contre le dénuement des champs labourés et le vaste infini des collines boisées ?

De retour au Puech, elle avait occupé les deux pièces interdites à l'homme qui l'avait leurrée. Elle avait fait venir un tapissier de la ville ; il avait couvert les murs de tentures, pendu de grands rideaux bleus et lourds qui arrêtaient le jour de ses fenêtres et l'empêchaient de voir la courbure de l'horizon, de deviner seulement les étendues qui moutonnaient loin vers les forêts dont elle avait peur. Depuis le jour où Loïc était entré dans la cour du Puech, l'assemblage somptueux de livres, de draperies, d'estampes et de feuilles de musique qui, pour elle, était la reconstitution d'un îlot de civilisation dans un monde sauvage qu'elle redoutait, avait perdu son mystère et son attrait devant les muscles et les cheveux longs de Loïc. Elle mesurait exactement la distance qui le séparait d'elle, et elle savait qu'elle ne pourrait jamais l'asseoir à côté d'elle sur le banc canné du piano Erard pour lui jouer *La Terrasse des audiences au clair de lune* sans deviner, derrière la façade magnifique de son visage, l'ironie et l'incompréhension. Mais cela ne comptait pas et son cœur battait, à imaginer ses mouvements dans la maison, ses gestes les plus anodins. Elle aurait voulu sentir son odeur ; une semaine après son arrivée, elle avait profité d'être seule dans la lingerie avec une vieille servante sourde et penchée à mi-corps sur un baquet de lessive, pour renifler une des chemises de Loïc. Elle enrageait maintenant de ne pas retrouver son parfum lourd et vulgaire, son odeur de sueur et de résine.

Elle passa tout l'après-midi du 12 décembre dans une pénombre qui n'était même plus complice, les yeux grands ouverts, allongée dans une posture indécente sur son canapé, à guetter les bruits, à essayer de retrouver, au milieu des mouvements domestiques, des casseroles qu'on rangeait, le piétinement inégal de son idole, projetant sur le verre d'une lithographie le visage aimé ; de brefs instants, quelque chose dans le reflet aurait pu passer pour le mouvement de ses cheveux quand il les rejetait en arrière, mais elle savait très bien qu'elle se mentait.

Vers quatre heures, elle comprit que le jour baissait : les fines bandes de lumière qui parvenaient à se glisser dans l'interstice des cantonnières avaient changé de couleur, étaient devenues grisâtres. Elle souleva avec précaution le rideau. La cour, déjà sombre à cause des hauts murs, était vide.

Elle regarda au-delà de l'enceinte de la ferme. Une servante emportait dans son tablier des déchets pour les cochons. Le chemin montait à travers les pans de neige et elle vit des silhouettes qui revenaient le long de la ligne de charmes sur la première crête avant la vallée. Une des ombres oscillait légèrement ; c'était la plus haute, et elle reconnut Loïc. Tout le reste s'effaça dans un flou dont elle ne discernait plus s'il était dû à la brume ou à son sentiment. Elle vit monter peu à peu vers elle cette ombre dont les contours se séparaient de plus en plus de ceux qui l'accompagnaient, jusqu'à devenir une sorte de statue en marche et qu'elle buvait des yeux, sans oser regarder vers les épaules et le torse qu'elle rêvait de caresser.

Ils atteignirent l'entrée de la ferme. Un dernier clignotement du soleil bouscula la brume, éclata sur la neige et vint frapper en plein le visage de Loïc. Lui, instinctivement, avait regardé vers la vitre d'où il se savait observé ; il ne vit qu'un reflet de couchant sur le verre alors que, trop habituée aux pénombres, elle était éblouie par cet éclat soudain et se prenait la tête dans les mains, les yeux blessés.

Quand elle les rouvrit, les hommes s'étaient dispersés ; sous l'auvent de la remise, Loïc huilait des outils avec des mouvements lents et précis, du bout des doigts, dans lesquels elle ne pouvait s'empêcher de trouver quelque allusion amoureuse.

Le soleil avait entièrement basculé derrière les altitudes, au-dessus du Plateau où elle n'était allée qu'une seule fois ; il y avait longtemps maintenant, et elle se souvenait encore avec tendresse de l'image de Monet que composait Louise, les bras chargés de fleurs.

Une lumière sale qui, dans une heure, colmaterait les alentours, se glissait avant la nuit entre les murs de la cour. L'Esclop avait allumé une lampe Paterson et poursuivait son travail d'entretien. Les bruits de la ferme parvenaient assourdis jusqu'à la fenêtre et les carreaux minces finissaient de les filtrer, n'en laissant subsister que les éclats les plus vifs. Elle entendit claquer la porte d'entrée et vit son mari, dans le mouvement violent qui le portait sans cesse en avant, descendre les trois marches du perron et traverser la cour où la neige fondue avec la boue recommençait à se figer. Il passa sans ralentir devant l'appentis et la lampe de l'Esclop l'éclaira en plein pendant un instant ; elle reconnut, avec un regret poignant, la stature de celui qui autrefois l'avait enchantée jusqu'à l'attirer dans cet endroit qu'elle n'aimait pas et où elle savait, depuis qu'elle avait vu son image dans la boutique de mode, qu'elle avait toutes les chances de finir ses jours dans la solitude d'une vie gâchée, d'illusions perdues, à moins de saisir la chance qui se tenait à quelques pas de son premier amour et que lui ne voyait pas. Seul, maintenant, restait Loïc qui caressa encore un moment le métal huilé de ses outils ; puis la lampe s'éteignit et elle imagina qu'il claudiquait vers la maison en suivant le chemin sec sous les auvents des toits. Elle pensa à cet homme venant vers elle et à celui qui la quittait une nouvelle fois. Un hurlement de moteur vint alors de la remise et les pinceaux des phares jaunes balayèrent la cour, éclairant, une fraction de seconde, l'Esclop qui avait la main sur la porte, puis peignant la succession des bâtiments avant de se fixer sur le chemin dans les éclaboussements des flaques et des lamelles de glace projetées par les pneus du bolide lancé vers la vallée. Il serra de près, au passage, la femme qui revenait de la porcherie, avec laquelle le centaure avait dû coucher un jour mais qui, ce soir, n'avait à ses yeux pas plus d'importance que les bornes du chemin ; dans sa tête, il était déjà au-delà des crêtes du sud, sur les chemins caillouteux où la neige arriverait bien plus tard. Là, les maisons accueillantes allumaient leurs lanternes rouges dans les rues, là on se sentait protégé parce que, derrière les persiennes closes, des filles gaies et à moitié nues vous offraient leurs trésors avec une délicatesse proportionnée aux deux ou trois de ces grosses coupures qu'il récoltait dans les estaminets au bord du fleuve. Il faisait partie de la dizaine d'hommes rouges, puant l'alcool et le parfum bon marché des putains, qui, toutes ces nuits, écumaient la région dans leurs torpédos et tiraient avec eux une dizaine d'autres pauvres types trop peu fortunés pour s'offrir ces attelages ou tenir les bancos. Ceux-ci avaient l'inappréciable qualité d'être encore là, au petit jour, quand la magie de la nuit s'estompait ; alors, il fallait à tout prix trouver près de soi l'épaule de l'ami dont on sait qu'il vous fait les poches au plus noir de votre ivrognerie mais vous empêche aussi de suivre à pied le chemin creux menant, entre les viornes, vers les longues plages de gravier où bouillonnent les remous noirâtres du fleuve dans lequel il serait si facile de s'avancer jusqu'à ce que la grande paix de l'eau vous emporte et éteigne le feu de vos tourments et de votre solitude.

Mais, à cette heure, la nuit pouvait encore être belle et Léon ne pensait pas encore aux petits matins désenchantés qui menaient au bord du fleuve.

Les feux arrière de la voiture brillèrent un moment comme un rappel de la fureur qu'ils accompagnaient vers des apaisement illusoires. Puis, peu à peu, la distance pâlit leur éclat et les changea en un clignotement bientôt éteint par la brume. Ce fut alors seulement qu'Yvonne pensa que le silence était revenu.

Quand la Mitoune, portant son repas, frappa timidement à sa porte, elle ne la chassa pas, comme le matin mais, au contraire, elle accueillit avec plaisir cette présence discrète. Une heure plus tard, incapable de situer l'endroit de la maison où se trouvait Loïc, elle se sentit gagnée par la panique. Elle étouffait et ouvrit sa fenêtre. La brume avait reflué, en rampant, loin après l'endroit où s'étaient éteints les feux de la Bugatti ; à la place, l'air coupant faisait un bloc de froid qui serrait le Puech. Au-delà de sa transparence, une nuit criblée d'étoiles occupait les lointains, au-dessus du brouillard. Le monde entier était pris dans la masse glacée qui commençait devant elle. L'eau déposée sur les toits se figeait peu à peu en lames fines qui pendaient des rives. Deux ou trois de ces chandelles, à l'aplomb de la fenêtre, semblaient montrer du doigt les étoiles qui avaient la couleur des yeux des chiens. On entendait les craquements de la glace dont les plaques se chevauchaient au milieu des flaques de la cour. Des communs venaient des bruits de chaudrons entrechoqués et, à un moment, un rire aigu courut un instant dans l'air glacé et se répercuta contre les murailles ; au début gai et spirituel, il finit dans un crescendo bête et vulgaire qui la remplit d'une tristesse infinie. Juste après, une chevêche s'élança du pignon de la grange. Ses ailes blanches battaient à peine ; elle traversa la cour dans un mouvement lent et décomposé qui lui parut triste aussi, comme un présage.

Plus tard — elle avait refermé sa fenêtre, feuilleté un livre sans le voir, effleuré les touches du piano sans produire un son —, un bruit d'eau se mit à couler quelque part dans le silence de la maison ; une eau calme au début, de rivière entre les saules ; puis elle grossit et finit par basculer dans des grondements de torrent. La voix de Loïc retentit dans la grande salle et monta jusqu'à elle ; le vent de glace avait dû ouvrir sa porte pendant qu'elle regardait la nuit. Elle se sentait d'une faiblesse extrême, un vague désir la laissait engourdie et timide, et elle resta un moment sans réagir à cette eau qui montait, descendait et se ruait entre les paroles de l'Esclop.

Elle se leva et s'approcha, les mots devinrent distincts. Quelques-uns se détachaient ; ils éclataient, trop pleins de vie, et recouvraient la sienne, devenue étriquée et mesquine, puis en ramassaient les miettes pour les flotter jusqu'à des rivages d'herbe, des lisières, des hêtraies, des sapinières que le vent d'un espoir fou faisait mugir comme le troupeau promené par l'Esclop devant les autres, ébahis. A des moments, l'eau furieuse se calmait et elle dut s'approcher encore de sa porte pour en suivre les méandres. Elle se tenait debout maintenant, dans l'entrebâillement ouvert sur le gouffre noir de l'escalier au fond duquel la lueur était barrée d'ombres chinoises qui semblaient en mouvement ; c'était seulement le feu qui se balançait d'une souche à l'autre. A chaque vague de mots, Loïc traversait des coteaux où l'herbe grasse de l'été se couvrait de fleurs innombrables. Elle se tenait là, et croyait les ramasser.

L'hiver était loin maintenant, et une langueur nouvelle la gagnait, qui ressemblait à celle du printemps. Elle s'approcha encore, après avoir ouvert sa porte avec des précautions infinies pour éviter qu'elle ne grince. Elle glissa sur le parquet ciré du palier et, quand elle fut contre la balustrade, assise, la tête entre les barreaux où elle posait sa joue, elle vit le fond du puits où se tenaient les petits hommes autour de l'ange. Elle passa un moment douloureux, elle n'écoutait plus la voix et regardait chacun de ceux qui étaient là. Elle les connaissait tous et depuis longtemps : elle était la maîtresse du Puech. Mais, ce soir, ils n'étaient pas les mêmes : l'espoir se lisait sur leurs visages qui, à l'ordinaire, portaient le reflet d'une vague défaite devant la vie.

Elle s'attarda longuement sur Marie Goual. Elle n'avait jamais, comme ce soir, remarqué la beauté de cette fille. Ses cheveux noirs dénoués éteignaient la tache du feu et retombaient en arrière du visage au profil parfait où les cils battaient au rythme des phrases de Loïc ; ses bras de lait, sagement tendus en avant jusqu'aux mains jointes, longues et fines, sortaient des manches d'une robe modeste qu'elle avait vu coudre à Pauline. Elle chercha celle-ci et ne la vit pas puis, revenant à la fille, se demanda ce qu'il pensait de cette merveille qui vivait ses phrases des yeux à trois pas de lui ; elle n'osait pas le regarder et cela lui pinça le cœur. Elle chercha de nouveau Pauline, ne la trouva pas davantage mais n'eut pas le temps de s'en étonner : la voix, montée d'un ton, leur faisait dévaler des sentes de forêts au fond desquelles on trouvait de l'or.

Elle ne l'avait pas regardé mais lui l'avait vue poser comme un enfant curieux sa joue contre un balustre et l'écouter. Ce soir, il racontait pour elle, il agençait son discours pour en faire un filet et y prendre cette femme qu'il croisait, emmitouflée de cachemire de Rouen, quand il partait pour les bois. Sûr de lui, il ne pouvait regarder trop souvent dans sa direction ; le cercle avide buvait ses paroles et guettait ses mouvements ; il voyait surtout le visage de Marie, au premier plan, si près qu'il lui aurait suffi de faire deux pas pour être contre elle, et cette beauté l'émouvait ; au point qu'à un moment, il hésita dans une phrase. Cela dura une fraction de seconde mais il eut le temps de voir l'étonnement dans ses yeux et la déception dans ceux des autres ; il reprit aussitôt.

L'heure s'avança, le feu baissa et ils partirent retrouver leur malheur quotidien entre leurs draps, sur leurs paillasses, avec toutefois assez de rêve en poche pour arriver au bout de cette nuit d'hiver, parvenir au matin lumineux, reprendre espoir, résister à l'abandon, à la défaite inéluctable.

Le feu baissa encore. Tandis que l'ombre gagnait la salle, l'image de Marie en train de l'écouter se cristallisait dans la mémoire de Loïc et en faisait un souvenir qui, un jour, aurait son importance. Mais, à cette heure, seule l'autre comptait ; il chercha sa trace dans l'ombre du palier ; il l'avait vue se relever, dresser sa beauté plus accomplie dans un éclat du feu lors des dernières phrases qu'il prononçait. Il était seul, en tout cas, il le croyait.

Par la lucarne, Loïc vit que la lune s'était levée ; elle inondait d'une lumière très blanche le pays figé ; l'air était transparent comme l'eau d'une source sous laquelle les pierres montrent des couleurs avivées qui s'éteignent dès qu'elles sont sèches. A côté d'un feu encore chaud, derrière les vitres et les murs épais, il était facile de ne voir que la beauté du monde. Loïc connaissait le revers de la médaille. Sa jeunesse lui avait ouvert les yeux sur la férocité autant que sur la délicatesse du monde. Le froid et la neige tuaient comme la guerre ; il en avait eu la preuve, autrefois, quand il partait le matin pour les bois et trouvait les cadavres des oiseaux abattus dans leur vol ou ceux des bêtes fixées brutalement dans des postures de taxidermie. Ces petits corps, dans les yeux desquels il avait vainement cherché une explication, regardaient simplement, comme s'ils étaient encore vivants, l'éblouissante beauté du matin se levant sur la terre. Plus tard, il crut trouver cette explication, les tenants et aboutissants de cette pantomime de la vie qui, parfois, paraissait si futile, dans les yeux d'autres cadavres ou les paroles amères des agonisants. Pas dans les matins de gel de la Haute Terre, où les lièvres, qui respiraient encore faiblement, comme s'ils buvaient l'air, rejetaient un fin brouillard perlé et mouraient très vite entre ses mains quand il essayait de les réchauffer, les premières fois qu'il voulut les rattraper et les sauver. Il avait, devant ces échecs, reconnu la faiblesse de son aide, peut-être même sa nocivité ; dès lors, il s'était contenté de les regarder mourir et laissait le museau ou le bec s'enfoncer dans la neige en creusant un petit cratère où perlaient quelques gouttes d'eau qui, ensuite, se figeaient.

Quand le silence eut posé tous ses feutres sur le Puech, il se leva. Dans la grande salle abandonnée, seuls les cuivres pendus aux murs retenaient quelques éclats des brandons enfouis sous les cendres. La pendule traversait de son battement de cœur régulier l'air froid qui avait complètement vaincu la chaleur du feu.

Loïc traversa la pièce ; grâce à l'acuité de ses sens gagnée peu à peu dans ses courses à travers le vaste monde, il eut l'impression fugitive d'une autre présence vivante. Il posa la main sur la rampe de l'escalier et écouta. Le feu claqua dans les cendres et il haussa les épaules. Quand il fut sur la troisième marche, qui craquait toujours sous le pas, il s'arrêta et écouta encore. Il était sûr que quelqu'un était là ; il savait trop bien détecter la vie. Il monta une autre marche. De l'ombre profonde, sous le palier, du grand buffet à vaisselier, une autre ombre, plus claire, se détacha dans un froissement de lin. Quand Marie Goual fut contre la rampe, il vit apparaître, au-dessous de lui, son visage magnifique.

Elle leva sur lui des yeux suppliants et posa sa main sur la sienne. Elle était déjà grande, son visage atteignait la hauteur de ces deux mains. Elle appuya sa joue dessus et se mit à pleurer. Il caressa ses cheveux de sa main libre dans un mouvement lent, qu'elle sentit à peine. Il ne voyait plus ses yeux mais, seulement, car il y eut un nouvel éclat du feu, deux larmes qui coulaient sur sa joue.

Qu'aurait-il pu dire à cette enfant venant vers lui ? S'il trouvait facilement les mots qui endormaient les autres et leur faisaient des provisions d'illusions et des raisons de vivre, il était démuni devant cet amour qui se déclarait, au moment où son propre cœur et son désir escaladaient l'escalier, où personne n'existait plus que celle qui posait sa joue plus haut, non contre sa main mais contre le même bois rugueux qu'il avait agrippé pour monter.

Si Marie l'avait regardé à cet instant, elle aurait vu dans son regard l'incompréhension et la panique mais, dans sa maladresse d'adolescente, elle ne savait que tenter de trouver avec lui le contact de sa chair, de ses doigts sur les siens. Elle sentit qu'il les retirait et, quand sa propre main fut abandonnée sur le bois, un grand vide se creusa dans sa poitrine ; c'était sa première peine d'amour. Tandis qu'il montait une marche de plus, elle resta la joue encore posée mais déjà très loin de lui, comme une noyée emportée par le courant et que rien ne retient.

Elle était Marie, et pas n'importe laquelle de ces filles qu'on pouvait ficeler dans un filet de mots, conduire où l'on voulait grâce à une simple petite musique, puis abandonner ensuite au désespoir et à la solitude. Elle ne pleurait plus et se redressait. Il montait. Arrivé à la moitié de l'escalier, il se retourna et la vit dans un ultime éclat du feu. Le bleu de ses yeux était devenu celui de la tempête ; elle se tourna et disparut dans l'ombre ; elle ne fuyait pas, sa marche était calme, décidée. L'obscurité l'engloutit : seul, le bruit de sa robe s'éloignant dans les entrailles de la maison témoignait encore de sa présence.

Sur le palier s'ouvrait le couloir menant aux chambres des maîtres du Puech. Loïc avança sur le tapis avec maladresse ; ce n'était pas son terrain. Il arriva devant la porte d'où elle était sortie chaque soir pour l'écouter. Un fin rai de lumière passait dessous, une barre d'or qu'on aurait oubliée dans la nuit. Il posa la main sur la poignée en porcelaine. Il hésita. Déjà, son sang l'emportait et il n'aimait pas ça. Il se domina, attendit quelques secondes en regardant autour de lui. Au fond du couloir, une lucarne laissait entrer la lumière crue de la lune et découpait sur le tapis une tache ronde, rouge sang.

Dans ces quelques secondes d'hésitation qu'il mettait en avant de lui comme une défense, Pauline s'avança dans le cône de lumière telle une chanteuse sous les projecteurs de l'avant-scène. Il lâcha la poignée. Mais elle ne bougea plus et resta au milieu de la tache rouge, droite, simplement pour qu'il sache — il comprit cela, sans mots. Il releva la main, ouvrit la porte et entra.

# Chapitre 2

Comme les autres saisons, l'hiver amenait au Puech son lot de vagabonds, mais ce n'étaient pas les mêmes. Au printemps, au début de l'été ou en automne, les chemins étaient courus par ceux qui cherchaient à se louer ; une fois la neige et le gel abattus sur le pays, ne circulaient plus que des hommes durs, décidés, et dont beaucoup fuyaient. La plupart ne faisaient que passer, ils se contentaient d'un verre de vin et d'une tranche de pain. D'autres voulaient rester au Puech ; alors, on appelait Pauline. Elle les avait déjà vus sur l'unique chemin que le gros temps laissait libre et qui les amenait forcément de la vallée. De leur approche, elle avait déjà tiré un tas de conclusions. Avant d'arriver à la ferme, elle avait beaucoup vécu et beaucoup appris dans les auberges ou les domaines du Bas Pays dans lesquels elle était passée ; on l'ignorait ; on mettait sur le compte de l'intuition, et de l'autorité qu'elle avait montrée dès le début, sa façon de rejeter certains sur le chemin du Plateau — les plus chanceux trouveraient dans quelque borie enfouie sous la neige de quoi patienter loin des curiosités, jusqu'à l'arrivée du printemps qui les remettrait sur le trimard — ou d'accepter que tel ou tel autre reste quelques jours au Puech pour aider. On l'appelait, elle venait et les regardait longuement, avec soin, comme si elle cherchait dans leurs yeux ou leur allure la trace d'un ancien souvenir. Ces hommes aguerris étaient passés par bien des moments difficiles et avaient survécu ; ils la regardaient aussi, fanfarons, rusés ou très sûrs d'eux, selon leur caractère ou ce qui les avait conduits là. Quand elle avait fini de les jauger, il arrivait qu'elle dise : « Oui. » Le plus souvent, c'était « Non », et ça suffisait. En général, il ne leur fallait pas beaucoup de temps pour comprendre ; ils reprenaient leur bâton et partaient sans attendre, la route serait longue et ils devaient trouver à tout prix un abri pour la nuit. A ceux qui demandaient : « De quel droit ? » on répondait en appelant les valets. Les rares élus partaient se musser dans la paille avant d'entreprendre quelque basse besogne qui leur permettrait de rester au Puech une ou deux semaines avant de reprendre la route, souvent de leur propre volonté, parce qu'un simple rayon de soleil était entré par une vitre, les avait touchés, avait levé dans leur litière des odeurs de grands prés et de liberté ; ils étaient des oiseaux de passage.

Le lendemain du jour où Loïc Viladier passa outre à la déclaration d'amour de Marie Goual pour choisir de pousser une porte qui lui ouvrait un autre monde, un homme, vêtu d'une pèlerine verte, arriva sur le chemin de la vallée. Deux femmes le virent. La Mitoune parce qu'elle faisait la chambre de Madame et Pauline parce qu'elle voyait tout. La première buvait du petit-lait : on avait eu beau effacer toute trace de ce qui s'était passé là pendant la nuit, il en restait suffisamment dans l'air de la pièce et dans les yeux de Madame pour que Christine sache à quoi s'en tenir. Elle ignorait qui était venu, mais savait que quelqu'un était venu. Et ce n'était pas son amour à elle dont elle guettait depuis l'aube le moteur de la voiture.

C'est ainsi qu'elle vit l'homme en vert qui avançait sur la neige tombée de nouveau au milieu de la nuit sur des lieues à la ronde. Le soleil semait à grands gestes des éclats de pierres précieuses sur le moindre accident de terrain, la plus petite bosse, le plus minuscule bosquet. L'homme atteignit les deux arbres ; là, le chemin tournait brusquement dans la direction de la ferme ou se poursuivait vers le Plateau dont on distinguait les ondulations à la limite du ciel bleu. Lui aussi fit lever, au milieu d'une éteule de seigle, la troupe de corbeaux dérangée par Loïc deux mois plus tôt ; ils s'envolèrent avec des croassements de colère avant de s'abattre plus loin, après la mare gelée. Quand ils furent retombés, et le silence avec eux, on entendit un ronronnement, bientôt remplacé par un vacarme de tempête dont les échos se mêlaient dans le cercle des collines. C'était comme un éclair noir qui aurait zébré par le travers toute la blancheur du monde. Il s'interrompit un moment parce que la voiture traversait la petite gorge puis il explosa de nouveau, tandis que l'homme sautait sur le bas-côté.

Le bolide passa devant lui. Ses pneus moulinaient la neige fraîche et soulevaient de chaque côté de la tache bleue de la carrosserie des gerbes de poudre blanche. Dans son sillage, deux traces déroulaient leurs rubans comme si quelque chose essayait encore de le retenir dans la vallée. Le cœur de la Mitoune battait follement en voyant ce spectacle magnifique et elle ne se souciait plus de l'homme en vert. Pauline souriait, peut-être de compassion : elle savait que cette arrivée fracassante du maître du Puech allait se terminer en hurlements, dans les vomissures et, plus tard, les gestes tendres d'un amour ranci. Mais elle ne perdait pas de vue le piéton et constata qu'il avait repris sa route vers le porche de pierre à l'entrée de la cour. Il y pénétra au moment précis où deux valets ramenaient vers la maison Léon Saubade qui, cette nuit-là, avait dû en faire plus que de coutume et où Loïc Viladier reprenait ses travaux dans l'appentis.

Pauline ne bougea pas : on viendrait bientôt la chercher. Les valets soutenant Monsieur étaient parvenus à le hisser jusqu'à la porte, tandis qu'il lançait vers le ciel des imprécations infernales. Dans le vestibule, il s'étala, renversa un vase sur un guéridon et ses cris habituels se mêlèrent à l'éclat de la porcelaine, pendant que la Mitoune accourait.

On appela Pauline pour donner son avis sur la requête de l'homme à la pèlerine : il demandait à rester quelques jours au Puech contre du travail. Elle regarda son visage sans vulgarité ni beauté, ses cheveux bruns, propres et coupés court, sa barbe rasée et ses yeux intelligents. Mais, si elle répondit « Oui » avec un sourire inhabituel, ce ne fut pas à cause de cette mise soignée : rares étaient les gens honnêtes courant le pays en ces temps d'hiver malgré le soleil trompeur. Quand le nouveau venu avait croisé Loïc devant l'appentis, elle avait été la seule à voir le clin d'œil de connivence qu'ils avaient échangé.

Par la grâce royale dévolue à Pauline, Paul Marcœur s'installa donc au Puech, comme l'avait fait Loïc Viladier quelques semaines plus tôt. Et Pauline l'observa à son tour.

Depuis des mois, elle n'accueillait plus le pourceau dans le lit de lavande. Pourtant, il la coinçait parfois entre deux portes et soupirait encore à son oreille des mots d'amour auxquels elle n'avait jamais cru, sachant qu'elle avait acquis sur lui cette royauté pour s'être déshabillée dans un clair-obscur où elle lui était apparue telle une Ève de Cranach dont elle ignorait évidemment jusqu'au nom. Lui en était arrivé à un tel point d'abandon et de mépris personnel que la domination de Pauline pouvait continuer, pérennisée par le seul souvenir des rares étreintes qu'il croyait lui avoir arrachées alors qu'elle les distribuait avec la parcimonie des récompenses accordées aux fauves par leurs dompteurs. A présent, le maître du Puech, dans ses sursauts vers elle, avait juste assez de lucidité et de force pour risquer ses tentatives entre les portes. Elle s'en débarrassait d'une vague promesse, parfois d'un geste plus vif qu'il aurait mal accepté s'il n'avait été accompagné d'un de ces regards qui, depuis le début, lui enlevaient tous ses moyens et le laissaient désarmé comme un enfant pris en faute. Bien entendu, Monsieur, au retour d'une autre de ses virées, s'était étonné de la présence de Marcœur, dont l'aspect, malgré la brume accompagnant ses arrivées tonitruantes dans les matins d'hiver, lui rappelait sans doute un de ceux qui, la nuit, dans les arrière-salles, plumaient ses compagnons. Il s'était étonné mais tout aussitôt satisfait de quelques mots de Pauline à peine compris ; après tout, il avait assez à faire avec sa colère, la difficile montée jusqu'à sa chambre, avant laquelle il devrait traverser la salle à manger sous le regard de sa femme dont le portrait figurait une nouvelle Némésis dans l'ombre du pan de mur où il était accroché ; et il lui faudrait encore tolérer les gestes d'amour de la Mitoune, trop faible à ces moments pour chasser la souillon qu'elle était devenue et qui se penchait sur lui pour l'embrasser.

Pauline devinait déjà comment Marcœur allait faire pour se rapprocher de l'Esclop. Il se comporta exactement comme elle le prévoyait. Pendant que l'autre poursuivait sa vieille querelle avec les billes de bois, il s'installa sous l'appentis et l'aida, suffisamment, mais sans plus, afin que leur amitié ne paraisse pas trop soudaine aux gens du Puech. Pauline était assez fine pour qu'aucun ne se doute qu'elle observait ce manège. Au bout de quinze jours, Marcœur partageait avec l'Esclop jusqu'au carré de grange qui était le domaine réservé du bûcheron et dans lequel nul avant lui n'aurait eu l'idée de s'immiscer. A vrai dire, Loïc quittait ses fanes de maïs toutes les nuits, dès que la ferme s'était endormie. Il ne rencontrait plus Pauline dans le couloir des chambres ; une fois avait suffi.

Un autre changement notable intervint dans les quinze jours qui les amenaient tous à Noël. Les récits de l'Esclop autour du feu se firent plus courts et plus rares. Pauline admira sans réserve la façon dont il fit avaler à ces êtres ce qui aboutissait finalement à les priver tout à fait d'espoir. Elle surprit quelques conversations à l'office et dans les communs ; ils se plaignaient, mais sans en vouloir à Loïc : il leur avait amené tellement de rêve et d'espérance ! Ils admettaient, avec le fatalisme dont ils étaient pétris, que le stock d'histoires finisse par s'épuiser, que la Haute Terre où ils n'iraient jamais devienne la matière de leurs propres divagations, des récits mensongers, des mythes qui se transmettraient plus tard, quand le Plateau serait le dernier refuge des croyances et des contes de fées.

Débarrassé de son astreinte de récitant, Loïc conserva sa place au coin du feu et continua d'observer le pays blanc sous la lune, espérant qu'une des rares averses qui survenaient encore dans les jours les plus doux vienne battre un moment sa vitre carrée, étoilée des symétries mystérieuses des cristaux de givre.

Marcœur était en fuite. Il l'avait expliqué à Loïc dès qu'ils avaient pu avoir une de ces conversations à mi-voix dont ils prirent l'habitude, dès que, protégés par le bruit des coups de hache de l'Esclop et de l'éclatement des billes de bois, ils purent parler entre leurs dents, comme jadis au coin des rues ou dans les bistrots, derrière le zinc desquels ils montaient leurs expéditions nocturnes. C'était pendant les dix ans qui séparaient la blessure de Loïc de son arrivée au Puech.

Tous les deux — et aussi la belle infirmière qui avait troqué sa coiffe à croix rouge contre une tenue de passe-muraille, avant de se tuer en tombant de la corniche du deuxième étage d'une villa qu'ils venaient de piller à Passy — avaient mené la vie décousue et exaltante des mauvais garçons ; Loïc y avait trouvé quelques consolations à sa haine du monde entier, avant que la vision d'un érable du jardin du Luxembourg ne lui rappelle trop douloureusement sa montagne et ne le jette sur les routes, trois mois avant son ami.

Marcœur avait à ses trousses une sale affaire. Lui qui avait réussi, en vingt ans de brigandage, dont dix avec Loïc, à ne jamais tuer personne, était recherché pour le mecurtre d'un homme chez lequel il s'était introduit, le croyant en voyage. Pour la première fois de sa vie, ses renseignements de première main s'étaient révélés faux, et le type l'avait surpris. Il le menaçait d'un revolver pendant que sa femme hurlait à la fenêtre ; Marcœur lui avait sauté dessus. Excédé par les cris, furieux de s'être fourré dans un guêpier, il avait bêtement sorti son couteau. Quand il avait retrouvé son sang-froid, il s'était rendu compte que le revolver n'était même pas chargé et que les voisins restaient sourds aux cris d'une femme devenue veuve sans s'en rendre compte ; il entendait toujours ses hurlements pendant qu'il s'enfuyait. Sa première erreur ! Il y pensait encore deux mois plus tard et ses dents se serraient de rage. Il avait cavalé un moment à travers le nord de la France et s'était caché un mois en Lorraine. Se sentant de nouveau à portée de la police, il avait repris le train vers le nord, puis en sens inverse, vers Lyon. Il avait ensuite couru à travers la Provence en laissant volontairement des traces ; elles menaient toutes à la frontière italienne. Avec d'infinies précautions, il avait regagné Lyon puis, par Saint-Étienne et le Massif central, il avait pris le chemin de l'endroit où se trouvait Loïc, dont il avait été informé grâce au réseau d'amitiés indéfectibles tissé dans le milieu fermé du crime par leurs dix années communes de rapines.

Il avait rencontré la première neige entre Châteauneuf-de-Randon et la Baraque-du-Cheval-Mort. C'était pour lui une bénédiction et il avait regardé avec joie la couverture blanche sur la Margeride. Cette neige, qui allait s'épaissir de semaine en semaine, serait sa meilleure alliée ; elle coupait les routes et bloquait les avis de recherche pour quelques mois. Il lui restait à ce moment une dernière vallée à traverser. Il détacha les lanières de la main artificielle en cire qui lui avait permis d'éviter, jusque-là, de se faire repérer comme manchot. Cinq jours plus tard, il était au Puech.

Même si son arrivée tomba mal pour Loïc à présent installé comme un coq en pâte, à aucun moment l'Esclop n'eut l'idée de le lui reprocher. Dix ans de loyauté sans faille avaient ancré leur amitié et, de toute façon, jamais il n'aurait pu oublier le regard gris dans la salle de l'hôpital, ni la main unique, tendue et secourable. Marcœur regrettant devant lui d'avoir refroidi quelqu'un qui était seulement stupide, il se sentit tenu de lui raconter l'épisode de la vieille poule et du filin ; ils étaient quittes. Malgré les délices qu'il connaissait chaque nuit dans le lit d'Yvonne de Lintes, Loïc gardait la tête suffisamment froide pour apprécier la situation. Ils étaient tranquilles jusqu'à fin avril dans le nid du Puech. Après, il leur faudrait battre des ailes, et vite. Ce serait le moment où la neige ne persisterait plus que sur quelques versants d'ombre. Dès lors, les nouvelles recommenceraient à circuler à toute vitesse. Il leur faudrait filer par le Plateau, idéal pour y semer des fausses pistes, puis gagner les terres hautes. L'inconnu, pour Loïc, c'était sa maîtresse ; de son côté il s'en serait depuis longtemps détaché ; si elle l'aimait encore, il ne risquerait rien ; sinon, elle représentait un danger minime. Elle serait la seule à pouvoir faire, plus tard, le rapprochement entre ses récits nocturnes ou ses racontars sur l'oreiller et une cache éventuelle. Il aviserait le moment venu. Dans ses calculs, il négligeait Pauline, parce qu'il la méprisait. Quant à Marie, la peau d'Yvonne de Lintes lui avait fait complètement oublier la jeune beauté en bourgeon qui avait posé sa main sur la sienne au bas de l'escalier.

Il fit part à Marcœur de ses projets et des possibilités qu'ils avaient d'échapper pour toujours aux recherches. L'autre réfléchit comme d'habitude et acquiesça. Loïc ajouta qu'il fallait se méfier d'un redoux toujours possible relançant les notes de préfecture ; donc, ils devaient être ensemble, un œil en permanence sur le bout de chemin par où se présenteraient forcément les képis. C'est de cette façon que Paul Marcœur, qui avait la main trop soignée, l'usa sur le bois : de l'appentis, on voyait parfaitement la route.

Loïc, occupé par le plaisir et la surveillance des chemins, oublia Pauline et Marie Goual dont il était pourtant le centre d'intérêt. Pour Pauline, les choses s'étaient compliquées. D'un côté, elle se demandait ce que la présence des deux hommes, leur complicité, les amours de l'un, les raisons qui avaient poussé l'autre sur les chemins de l'hiver pourraient amener de neuf dans l'existence monotone du Puech. De l'autre, il y avait eu cette soirée ; avant de se montrer à Loïc au moment où il entrait chez Yvonne de Lintes, elle avait vu la main posée et le demi-tour emporté de Marie qui restait son souci, sa préoccupation principale. Depuis le jour d'hiver 1916 où elle avait ouvert la porte à sa mère, la vie de Pauline n'entretenait qu'un espoir — mais démesuré —, n'avait qu'un but : Marie. Elle l'avait munie de toutes les armes possibles. Elle lui avait donné le goût de l'infini avec le Plateau où la jeune fille aimait aller se perdre ; elle avait entassé pour elle un petit magot aux dépens du pourceau — et cela continuait parce qu'il espérait toujours que de nouveaux abandons de Pauline l'aideraient à oublier le portrait de sa femme et les matins après la débauche. Et même, depuis quelque temps, elle réfléchissait au moyen de faire entrer dans ses plans les regards vers Marie qu'elle avait surpris chez Monsieur. Elle aurait éclaté de rire si quelqu'un lui avait parlé de morale ! Pauline connaissait le monde et son véritable visage ; elle s'accommodait facilement de n'importe quelle éventualité, y compris la pire des turpitudes. Elle était assez désabusée et lucide pour employer n'importe quel moyen afin d'atteindre son but : à partir du Puech, lancer Marie comme un météore, le moment venu, afin qu'elle se fasse une place dans l'autre monde, le vrai, celui des paillettes, des comptes à terme et de la considération. Tant que Marie était une enfant, tout était simple. Il suffisait de mettre devant ses yeux les trésors de Golconde, elle les reconnaîtrait plus tard quand elle les retrouverait, même sous des formes atténuées et artificielles ; Pauline était sûre qu'alors elle saurait tirer son épingle du jeu. Depuis qu'elle grandissait, il fallait aussi tenir compte des hommes.

L'intérêt de Marie donnait à Loïc Viladier un relief nouveau. Les yeux fixés en permanence sur l'Esclop, sauf aux heures qui suivaient la montée à pas feutrés de l'escalier et l'ouverture quotidienne de la porte d'Yvonne de Lintes, dont elle entendait le léger grincement dans la nuit du Puech écrasé sous la neige, Pauline commença de s'inquiéter.

Qu'allait faire Marie ? Si l'Esclop la repoussait, elle savait évidemment que c'était pour rejoindre sa belle patronne. Au printemps d'avant, une des rares fois où Yvonne de Lintes avait quitté le Puech pendant quelques jours, Pauline l'avait amenée dans la chambre et le salon du premier étage ; elle avait allumé toutes les lampes et montré à la jeune fille les livres, les tableaux encadrés de tentures de chintz, les fauteuils de velours vert à galon jaune d'or et, dans la chambre, le lit aux draps de satin, les sous-vêtements fins et soyeux dans les tiroirs de la commode, les parfums et les poudres de la coiffeuse. Elle n'avait pas eu à expliquer quoi que ce fût. Marie Goual avait compris depuis un bout de temps où Pauline la menait. Elle regarda en silence ce luxe inconnu du reste du Puech et le compara avec les rutilances du printemps sur le Plateau ou les nuits d'étoiles sur ses chemins ; il n'y avait pas de conclusion à tirer à l'avantage de l'un ou l'autre de ces réserves de bonheur ; c'était autre chose. Pauline pensait qu'un jour Marie mettrait en balance la vie illustrée par le salon et la chambre d'Yvonne de Lintes avec celle, crasseuse, faite de doigts gercés et de soumission à une brute qu'il lui faudrait accepter pour posséder, dans une ferme du Plateau, les étoiles et le soleil dans l'herbe et les asphodèles. C'était ce qu'on pouvait espérer de mieux — et encore, à condition qu'il se range — d'un Loïc Viladier.

S'il était allé vers elle et avait accepté ce qu'elle lui offrait, ou si Marie avait essayé de le retenir, Pauline n'aurait eu qu'à sortir de l'ombre du palier un peu plus tôt pour empêcher l'irréparable. Mais Loïc l'avait repoussée et, dès lors, elle pouvait choisir entre le désespoir et la vengeance.

Certes, la petite avait tourné les talons et le lendemain elle avait les yeux secs. Pauline n'oubliait pas qu'elle-même avait connu le malheur de l'amour sans réponse et qu'elle non plus, à ce moment, ne pleurait pas ; les larmes venaient plus tard. Des années s'étaient écoulées, mais la pente que sa vie avait prise alors, les chemins dangereux sur lesquels elle avait été entraînée et que toute sa conduite depuis lors s'efforçait de masquer, elle ferait tout pour en protéger Marie. Il restait une alternative à ce désespoir : la vengeance, dont Pauline connaissait la satisfaction amère. Que choisirait Marie ?

# Chapitre 3

QUAND Marie prit le chemin de La Baboche, Pauline pensa qu'elle avait fait son choix.

L'hiver s'était encore appuyé davantage sur le Puech. La neige cessa de tomber ; une bise dévala du Plateau et forgea une carapace où les pas des hommes ouvraient des cratères dont les bords tranchants déchiraient le cuir des meilleures bottes. Les oiseaux ne passaient plus dans le ciel très pur et se contentaient de sautiller à ras de terre. Beaucoup moururent de froid, mais aussi d'avoir perdu l'envie de vivre. Le soleil se levait sur un monde figé. Les branches elles-mêmes, dans leurs étuis de givre, remuaient à peine malgré le vent et, à distance, ce mouvement était imperceptible. La bise soulevait seulement, vers midi, quelques nuages fins d'une neige superficielle que le soleil avait réussi à libérer ; ces légers poudroiements frémissaient dans la lumière, finissaient par retomber et se prenaient à nouveau.

L'air était transparent comme l'eau d'une source ; on voyait au loin les fumées des bories isolées. Encore plus loin, naviguait le mirage intermittent de la petite ville, inaccessible et sans intérêt : à moins de disposer comme Monsieur d'une automobile dont les pneus en gomme se jouaient du verglas, il était impossible de l'atteindre et d'en revenir avant la nuit. Aucune charrette attelée ne serait passée dans les congères et, quand la brume déroulait pendant deux heures sa ouate impénétrable, quelqu'un qui se serait trouvé seul sur la route n'aurait jamais pu gagner à temps le Puech ou une de ces fermes qui fumaient pendant le jour ; même sorti de la brume, il restait le froid qui allumait les étoiles et couchait toute vie assez inconsciente pour ne pas avoir gagné à cette heure le cœur battant de quelque feu.

A la mi-janvier, pendant deux jours, l'étau se desserra un peu. Un vent chaud monta du sud, rameuta d'épais nuages de tous les quartiers du ciel, et relâcha pour quelques heures l'emprise de l'hiver. La lame de glace du chemin ternit brusquement et il se transforma en une pataugeoire dans laquelle les roues de la Bugatti faisaient toujours lever des gerbes d'une eau devenue sale. Monsieur fut le seul à courir les routes en dehors de ses heures habituelles ; peut-être était-il plus sensible que d'autres à la tiédeur gagnant les êtres et le monde. Ce furent des jours perdus pour Loïc et Yvonne de Lintes. Les gens du Puech attendaient, quant à eux, avec la sagesse acquise dans la résignation, le prochain coup de froid qui viendrait à nouveau figer ces eaux gouttantes et ces terres molles.

Le deuxième matin de redoux, Pauline vit Marie partir sur le chemin. Elle la suivit facilement du regard à cause du châle bouton-d'or serré autour de ses épaules. Elle ne se demanda pas très longtemps où elle allait parce qu'elle la vit prendre la direction de La Baboche, la seule ferme au bout de l'allée d'amandiers sur le versant opposé de la colline. Juste avant, il y avait eu un moment où elle aurait pu emprunter d'autres chemins. Celui de la ville, c'était peu probable : trop loin. Il restait la route du Plateau. Et là, c'était une autre affaire ! Cela aurait signifié un dessein singulier, une tentation qui aurait surpris Pauline ; mais il existait la possibilité, même minime, d'un chagrin tel qu'il ait poussé Marie à s'enfoncer dans les solitudes du froid et de la neige, mortelles en dépit des chaleurs venues du sud. Ce fut un moment pénible : le chemin disparaissait derrière une bosse et la tache jaune du châle mit un certain temps à refaire surface. Quand elle la vit monter sur l'autre versant, au sommet duquel un tressaillement de l'air et quelques bouffées gris souris marquaient le feu de la ferme, Pauline reprit confiance. C'était la seule chose sensée à faire pour Marie : aller à La Baboche, trouver là un exutoire à sa déception ; se venger de Loïc, espérait Pauline : alors, il ne s'agirait plus de désespoir mais de rancœur, d'orgueil bafoué.

Le soleil transformait le pays en un immense miroir dont la surface renvoyait une lumière d'une intensité telle que Marie avait dû replier son châle sur son visage.

Elle parvint à La Baboche les souliers à peine mouillés et les bas secs, ce qui prouvait sa détermination et sa lucidité. Malgré la neige fondant sous le soleil et l'insistance du vent du sud, malgré le chemin où les allées et venues des deux Rodolphe avaient creusé des ornières transformées en marécage par l'eau du dégel, elle avait réussi à poser ses semelles sur l'empierrement, tout au long de la montée.

La cour était vide, l'air portait tous les bruits et l'on entendait les coups de cognée des Rodolphe, à un kilomètre de la ferme ; ils arrivaient dans la cour et l'écho les renvoyait vers les solitudes où les deux cousins étaient les seuls vivants à s'échiner encore à des tâches repoussées de jour en jour par leur négligence et leur paresse, jusqu'à ce que les provisions de bois soient basses au point de devoir profiter du moindre redoux pour les compléter. On savait qu'ici tout marchait de travers et le désordre de la cour témoignait de l'incapacité des habitants de suivre une conduite. Les terres étaient mal entretenues, les labours trop tardifs ou trop précoces, les semailles de même ; le puits, jamais curé, les obligeait, en plein été, à de fastidieux transports de barriques depuis une source qui se trouvait loin de la ferme, après un désert de caillasse où son jaillissement faisait lever au printemps des bouquets de giroflées et d'orchis militaires, avant de se perdre au milieu des pierres. Bon an mal an, ils tenaient le coup. On mettait ces négligences dangereuses sur le compte d'une paresse de famille. C'était une conclusion hâtive. Autre chose, à quoi nul ne pensait, en était la véritable cause : un flot d'argent et d'or tombait depuis des années dans la poche du devantier de la vieille Marthe et les deux hommes en cherchaient les traces avec la soif des désespérés.

Il n'y avait plus de chien à La Baboche, depuis que Rodolphe le Jeune s'était débarrassé de celui laissé par son père ; l'animal, pris d'affection pour lui, le suivait partout et signalait sa présence quand il profitait de l'éloignement de Rodolphe le Vieux pour farfouiller, pendant les siestes de Marthe, dans les greniers, les poulaillers et les fenils, à la recherche du moindre éclat entre les planches ou les tas de fiente. Un jour, ulcéré de la compagnie du chien, Rodolphe l'avait entraîné vers les hauteurs, sous prétexte d'une partie de chasse au lièvre. Là-haut, dans la solitude des pierres et de l'herbe haute de juin, il l'avait abattu puis jeté dans un aven. En rentrant, il avait annoncé à Marthe et à son cousin que l'animal avait dû se perdre ; personne n'en avait plus parlé ; Marthe avait seulement remué les épaules d'un air contrarié.

Marie entra dans la cour dans un silence juste troublé de roucoulements et de grattements de pattes sur les gouttières en zinc : les pigeons confondaient l'embellie du vent d'Espagne avec le printemps.

Elle alla tout droit à la porte entrouverte et frappa à la vitre. Le feu était allumé dans la grande cheminée, habillée de planches noircies dont l'une servait d'étagère où s'empilaient des trésors hétéroclites et dérisoires, comme les boîtes de fer-blanc où l'on range le café et le sucre, des bobines et des rubans. La table, calée contre un mur, était encombrée des restes du déjeuner des Rodolphe, miche de pain de trois kilos, jambon du dernier cochon abattu dans le rituel sanglant de l'automne. A côté, une grande pendule, qu'on appelle comtoise — seul le mouvement, simplifié et inaltérable dans son reproche, était venu, avec ceux des autres fermes, depuis le Jura sur le dos d'un colporteur, cent ans auparavant —, lançait son balancier et mesurait, avec un léger grincement, l'écoulement d'un temps qui avait englouti l'existence de trois êtres pétris de désirs inassouvis, sous les lauzes brisées de la toiture. Avec les années et les négligences des Rodolphe, elle laissait passer des flocons bleus ou des feuilles rousses ; ils se contentaient de les essuyer ou les pousser du pied, n'ayant plus qu'un but : trouver la cache et s'enfuir, ignorant que Marthe serait toujours la plus forte avec son tonneau des Danaïdes qui n'avait qu'une entrée et ne se vidait jamais.

Les solives noires soutenaient un plancher et, pendus à des ficelles, des paniers en osier, des chapelets d'ail et d'oignons, un autre jambon et le fusil de Rodolphe le Jeune. Aux murs, sur des clous forgés aux têtes énormes, étaient pendus les cirés des deux cousins, à côté d'une accumulation de vieux calendriers des Postes et de chromos de carton en forme de poche où l'on mettait les lettres rarissimes qu'aucun des trois ne savait lire, les factures qu'ils ne payaient jamais, et encore des boutons, des épingles et des rubans. Ce monde avait ancré ses amarres dans un autrefois refusant le Progrès que les autres vénéraient ; son seul témoin était ici une lampe à acétylène inutilisable subtilisée par Rodolphe le Vieux à une des équipes de Martel venue explorer les avens et l'ayant pris pour guide. Dans cette pièce, rien n'avait véritablement bougé depuis des siècles ; le mouvement du balancier battait un temps différent de celui du monde où Marie vivait, et plus encore de celui vers lequel elle se dirigeait. Plus bas dans la vallée, cette chose qu'on appelait Progrès fissurait l'ancienne civilisation dont les sources se tarissaient une à une ; celle de La Baboche paraissait seule sourdre encore au milieu du désert. Les malheureux, qui venaient depuis des lieues chercher auprès de Marthe la guérison ou l'apaisement de leurs chagrins, n'avaient laissé ici que de l'argent. Il minait les Rodolphe qui en rêvaient non pour faire de La Baboche une ferme modèle, mais pour des buts étriqués et mirifiques à leurs yeux, comme de se payer une bamboula en ville et passer une nuit, de temps en temps, dans les draps d'une femme qui sentirait bon.

Marie s'était avancée jusqu'au milieu de la pièce. Elle finit par découvrir Marthe dans un fauteuil aussi sale que ses oripeaux ; elle dormait. La jeune fille avait fait craquer les lames du grossier parquet en châtaignier, sans la réveiller. A un mètre d'elle seulement, sa présence, sans doute à cause d'un sens issu de ses dons miraculeux, déclencha un ronflement rauque et glaireux ; en une seconde, elle ouvrit les paupières, appréhenda la situation et gueula d'une voix de fillette : « Qu'est-ce que tu fous là, toi ? »

Sur son front, la crasse avait incrusté dans les sillons de ses rides des traînées noirâtres qui descendaient jusque sur ses joues. Des touffes de cheveux filasse parsemaient un crâne aussi rose que la peau des petits cochons et retombaient autour des oreilles avec des élégances de perruque ; c'était seulement qu'elle ne les avait pas coupés depuis des années. Sous les sourcils dont la blancheur étonnait au milieu de tant de saleté, les yeux extraordinairement noirs de Marthe regardaient la jolie fille qui n'avait pas cillé quand elle l'avait interpellée. Plus bas, les lèvres entrouvertes sur une gencive rougeâtre, restaient suspendues comme si d'autres hurlements se préparaient à venir à leur tour fracasser le silence de la grande pièce où le soleil, après avoir éclaboussé la neige des toits, entrait à flots, et mettait encore davantage en évidence cette décrépitude. Mais rien ne venait, et seul le halètement convulsif secouant le gros corps de Marthe témoignait de l'ébullition que le réveil en sursaut, la présence de quelqu'un, et sans doute son aversion pour la beauté avaient déclenchée. Marie n'était pas impressionnée par la montagne de graisse qu'était devenue, à force de stations prolongées dans le fauteuil, de boulimie perpétuelle et de lampées de gnole, la femme que les pèlerins reconnaissants de tous les pays d'alentour décrivaient comme une sainte qui leur avait ôté leurs maux, avec une douceur et une compassion dont elle jouait suffisamment bien la partition pour qu'ils en apprécient la musique. Sans répondre et en évitant les deux pieds de Marthe posés sur ses pantoufles déformées, qui répandaient une odeur cruelle, elle se dirigea vers la fenêtre et regarda au-dehors. A travers la vitre mince et l'huisserie mal jointe, elle entendait encore les coups de cognée des deux Rodolphe, loin dans la combe de Majour. Tranquille pour un moment, elle revint se planter devant la sorcière.

Son cri de tout à l'heure n'était probablement qu'un vieux réflexe : elle la regardait maintenant d'un air bonasse. A ce moment, on lui aurait donné le bon Dieu sans confession. Mais la jeune fille n'avait rien à donner ; elle était là seulement pour demander. Marthe, d'une voix adoucie comme son nouveau regard, dit : « Passe-moi la miche de pain, petite ! » Elle ajouta : « Et le couteau, et le jambon ! »

Marie alla vers la table et ramena le tout. La vieille s'en empara et se tailla une épaisse tranche de pain gris, puis elle entama le jambon dans sa partie la plus grasse. Elle posa la tartine sur ses genoux où les auréoles douteuses de sa robe se fendaient de plis, puis elle tendit la miche et le jambon : « Pends-le à ce clou, et mets le pain dans le garde-manger... »

En ouvrant la porte grillagée, Marie fit envoler un essaim de mouches vertes qui allèrent se coller contre la vitre ; les montants de bois du garde-manger étaient couverts de graisse et elle essuya ses doigts à sa jupe. Marthe mâchonnait avec un plaisir évident. Ses dents, qu'elle avait tirées de sa poche l'instant d'avant, étaient venues reprendre leur place sur les gencives rouges ; malgré sa mastication appliquée et sa goinfrerie, cela suffisait à lui donner un air plus humain. Marie se demanda ce que les deux yeux noirs, qui la détaillaient avec autant de précision que si elle avait été nue, transmettaient à ce vieux cerveau maintenant tout à fait lucide. Enfin elle parla :

— On m'a dit que vous pouviez faire beaucoup...

L'autre la coupa entre deux bouchées :

— Bien plus qu'on ne peut t'avoir dit, ma fille !

Marie allait reprendre, elle l'arrêta de la main et commanda :

— Apporte la cafetière !

Marie chercha des yeux une tasse, n'en trouva pas.

— Il y a un verre sur la table !

Marthe prit le verre et, quand il fut plein, le vida et le tendit de nouveau :

— Encore ! Il faut que je sois tout à fait réveillée, tu comprends ? Tu as l'air et la tournure de bientôt me demander des choses intéressantes...

Malgré le sarcasme dans le ton employé, Marie voyait la dureté de son regard s'accompagner d'un intérêt qui, à en juger par l'éclat des deux prunelles, devait être considérable.

— Et ne tourne pas autour du pot ! Avec moi, ça ne sert à rien !

Elle rota et tendit son verre que Marie posa sur l'évier.

— Je veux me venger de quelqu'un.

Elle avait parlé d'une voix nette, pas forte mais claire, dans laquelle il n'y avait aucun des sentiments qu'exprime en général ce genre de phrase. La surprise était suffisante pour que Marthe ne répondît pas tout de suite. Elle siffla entre ses dents. Marie était devant l'évier et regardait l'arrière de La Baboche ; de là on voyait très bien dans la direction du Plateau, marqué par une ligne nette comme un trait de crayon entre la neige et le bleu du ciel. Quand elle se retourna, avec un pincement de regret et d'émotion qui ne se voyait pas sur son visage, elle se trouva face à face avec le regard de Marthe.

— Comme tu y vas, ma fille ! Il est beau je suppose, et il ne t'a pas regardée, n'est-ce pas ?

Marie ne répondant pas, elle reprit :

— Mais pour ça, je sais ce qu'il faut faire... Alors...

Marie la coupa :

— Non ! Ce que je veux, c'est me venger !

Et plus bas :

— Il est trop tard, maintenant ; l'autre fois, oui, mais plus maintenant.

— Te venger, te venger ! Facile à dire ! Mais comment ?

Il y eut un silence ; un paquet de neige glissa sur le toit à cause du redoux et tomba dans des flaques. Marie avait la voix toujours aussi claire pour répondre :

— Je veux qu'il meure.

Elle regarda avec insistance les yeux qui la fixaient. Elle s'attendait à y lire de la colère mais ils pétillaient de malice et un sourire monta aux lèvres de Marthe.

— Alors, tu crois que je tue les gens comme ça, petite ?

— On le dit en tout cas !

— Ah, on le dit... et tu crois que c'est vrai ?

— Oui ! répondit Marie.

— Il faut un vrai motif pour vouloir la mort de quelqu'un et je ne suis pas sûre que ce soit ton cas.

Marie pensait : « Elle n'a pas nié pour ce que j'ai dit, donc c'est vrai. Mais elle ne veut pas. » Elle reprit :

— Pourquoi ne voulez-vous pas ?

Marthe se grattait les cuisses à présent, et son léger sourire avait disparu. Elle ne répondit pas tout de suite. Marie insista :

— Pourquoi ?

Plus de sourire, mais un rire énorme éclata et brisa le silence, telle une vitre qui tombe. Elle en hoquetait, avec des mouvements des mains comme un enfant qui joue, un montreur de marionnettes ; un peu de salive coula de sa bouche, elle la rattrapa du bout de la langue tout en continuant à rire. Marie aurait voulu l'arrêter, de n'importe quelle façon ; elle la détestait, elle la haïssait tout à coup, une haine brutale, spontanée, sans appel. Comme elle tournait le dos à la vieille femme et allait vers la porte elle entendit entre deux hoquets :

— Parce que tu es trop belle, ma fille ! Oui, c'est ça : tu es trop belle ! Tu crois pas qu'en plus je vais te débarrasser de l'autre ! Tu en veux trop pour toi toute seule ! Et puis, même si je voulais, comment tu me paierais ça ? Tu n'as rien à me donner, rien que ta beauté, et moi, je m'en fiche !

Elle avançait vers la porte. Si Marthe avait vu son visage, elle aurait eu peur, mais elle riait de plus en plus. Quand Marie eut la main sur la poignée, elle se tourna et lança :

— Maintenant, c'est de vous que je vais devoir me venger !

— C'est ça ! ma belle, venge-toi ! Et comment ? Tu m'as vue ? Qu'est-ce que tu veux me prendre encore ?

Le rire reprit, teinté à présent d'amertume et finit

dans un hoquet. Marie ouvrit la porte, toujours tournée vers la vieille femme.

— Je vous prendrai tout ça !

Et des yeux elle montrait les meubles, les murs, toute la pièce.

— Va au diable ! Pauvre folle !

Marthe ne riait plus, elle paraissait soupeser ce que Marie avait dit ; elle dut conclure que ce n'était pas grand-chose et elle haussa les épaules.

Marie sortit, traversa la cour, où les flaques d'eau miroitaient sous le soleil avec des reflets d'huile et reprit le chemin du Puech sans se soucier, à présent, de la boue. En arrivant à une croix de pierre plantée à l'entrée d'un chemin de terre vers la gauche, elle croisa Rodolphe le Jeune qui rentrait, la hache sur l'épaule, vêtu d'une gabardine infecte ; son cousin était loin derrière, un fagot en travers du dos. Le Jeune siffla et lança : « Nom de Dieu ! C'est pas tous les jours qu'on voit des jolies filles comme ça par ici ! »

Il allait ajouter un autre compliment, mais le regard de Marie l'arrêta ; il n'avait jamais rencontré une haine pareille dans les yeux de quelqu'un. Elle continua son chemin, marchant de nouveau sur les bordures ; ses pas découvraient l'herbe encore verte sous la neige. Le Jeune repartit vers La Baboche en grommelant : « Belle fille, mais pas commode. Non... pas commode du tout. »

Quand il entra dans la salle commune, il fut étonné par l'air sombre de Marthe. Mais c'était un silencieux et la vieille n'aimait pas les questions ; il n'en posa aucune.

Marie marchait vers le Puech à pas pressés. Elle arriva sur la Butte de Lourme : il y avait une grosse pierre couverte de mousses brunes ; elle s'assit et regarda longuement La Baboche ; à cette distance, elle paraissait une bête couchée sur l'horizon.

Pauline vit les reflets dorés du châle que le soleil déclinant allumait autour de la silhouette de Marie. Elle laissait faire ; le moment venu, la petite reviendrait à la ferme.

Qu'était-elle allée faire à La Baboche ? De toute façon, Pauline irait trouver la vieille, et elle saurait ; plus ou moins facilement, mais elle saurait... Elle agissait toujours ainsi : surveiller d'assez loin et ensuite intervenir, s'il le fallait. Un seul mot justifiait sa conduite : celui d'*amour ;* elle se le répétait dans ses moments de doute ou de léger remords devant cette mainmise qui durait depuis treize ans. Elle aimait Marie et ce sentiment valait toutes les justifications du monde. Aujourd'hui encore, elle était à peu près sûre de deviner ce que la jeune fille allait chercher auprès de Marthe. Elle se souvenait avec une netteté de papier photographique des deux êtres au bas de l'escalier et de la main de Marie lâchant la rampe, avant de s'éloigner dans les ténèbres. Pauline, par ailleurs, connaissait Marthe et ce qu'on attendait d'elle. Les remèdes aux maux habituels des hommes ne concernaient en aucune manière Marie ; il restait les envoûtements, les poupées en cire ou en bois de sureau dont on parlait à voix basse dans les veillées, avec suffisamment d'insistance pour que cela soit vrai — Pauline était de ceux qui pensent que toute fumée provient d'un feu. Elle envisageait aussi que celle dont elle gouvernait le cœur soit capable des plus extrêmes tentatives pour effacer ce qui s'était passé au début de l'hiver dans la salle du Puech. Là, il y avait du danger et Marie risquait d'en pâtir.

Le soleil descendait toujours et les reflets du châle avaient pris une teinte mauve. Marie revint vers le Puech. Le vent avait soufflé tout au long de l'après-midi ; fatigué, il devait se contenter de poussées lentes et paresseuses sur les alentours de la ferme. Elle traversa la cour. Pauline guettait son arrivée, dissimulée par la tombée d'un rideau. Quand Marie fut devant la fenêtre, elle s'arrêta et, se tournant vers la vitre, elle regarda Pauline, surprise, qui se demanda comment elle avait été devinée ; elle se rappela qu'elle avait tout appris à Marie et eut juste le temps d'esquisser un sourire de satisfaction en constatant à quel point ses leçons avaient porté, avant de lire dans le regard de celle-ci une détermination et une soif de vengeance qui ne concernaient plus seulement Loïc. Bien entendu, quand, au cours de la soirée, les yeux de Marie croisèrent de nouveau ceux de Pauline, ils étaient redevenus aussi paisibles qu'une eau d'été.

Le lendemain, le vent du sud lança sur le pays ses derniers assauts et donna encore quelques illusions aux gens et aux pigeons des gouttières. Marie ne s'aperçut pas de la visite que Pauline rendit à Marthe et au cours de laquelle elle apprit sans beaucoup de mal les questions et les réponses de la veille. Entre les deux femmes qui se trouvèrent face à face cet après-midi-là, l'intelligence de l'une trouva une adversaire à sa taille dans la roublardise de l'autre qui trompait son monde depuis des années, au point de faire croire à ceux qui traversaient pour venir chez elle des lieues de pays désert qu'elle avait été investie par les forces du monde d'un pouvoir de guérir leurs maux, leurs souffrances, d'apporter de l'eau au moulin de leur ambition, simplement parfois de leur redonner espoir en une vie qui, comme toutes les autres, semblait se dissoudre dans le commun des jours, des années sans espérance. Mais, à la fin, devant Pauline, Marthe avait été incapable de se défendre. Elle lui révéla même, à cause d'un regard de biais, ce qu'elle avait réussi à cacher aux deux Rodolphe. Pauline rentra de La Baboche avec une vue exacte de ce qu'il fallait attendre de Marie. Mais il lui restait du temps pour trouver les parades qui protégeraient la petite.

L'hiver était là ; beaucoup l'avaient oublié trop vite, il se rappela bientôt à eux. Après une magnifique nuit mouillée d'étoiles, le froid figea en quelques heures toute l'eau qui s'était écoulée, toute vie qui s'était risquée hors des tanières ou des quatre murs des fermes. Les chemins redevinrent durs comme des rochers. Les plumes des oiseaux firent, sur la neige, sous les hêtres et les fils des clôtures d'où ils étaient tombés, des taches de couleur que la bise du nord retroussait à présent en y mélangeant les reflets d'un soleil glacé lui aussi. Même quelques hommes s'y trompèrent. Loïc et Paul Marcœur, qui étaient allés au petit matin dégager à la pelle une congère sur la route du bourg, juste avant le retour de Monsieur d'une de ses virées dangereuses, trouvèrent le cadavre d'un colporteur égaré dans les solitudes avec son panier d'osier en bandoulière. Il avait les pieds et les mains noirs, son visage était pris par la barbe dans une mare de glace ; ils durent la briser pour le libérer. Ils le ramenèrent au Puech, exactement comme s'ils portaient une poutre. Quand Monsieur arriva enfin, au moment où, comme toujours, Pauline et Yvonne de Lintes se demandaient s'il rentrerait ou bien s'il avait trouvé lui aussi la conclusion de son destin, la question était de savoir ce qu'il fallait faire du corps. La solution la plus sage semblait être de le mettre dans la neige profonde. De l'avis de certains, il se conserverait très bien jusqu'au printemps dans ce genre de sépulture, habituelle en hiver sur le Plateau où il était alors quasi impossible de creuser une tombe décente. En gros, l'histoire de la mère de Marie Goual recommençait. Mais Monsieur arriva. Il parla des gendarmes, ce qui fit frémir les deux voyous ; ils en vinrent à regretter un instant de ne pas avoir balancé tout simplement le colporteur dans un aven ; juste un instant, parce que Monsieur déclara aussitôt qu'il emmènerait le corps le soir même en ville avec la voiture. Ceux qui étaient là pensèrent qu'il était devenu fou, mais on dut convenir assez vite que c'était la meilleure solution : la tombe de neige était peu sûre à cause des renards. Finalement, on l'approuva, et les deux hommes qui avaient découvert le colporteur avec encore plus de chaleur que les autres : cela réglait la question des gendarmes. On enveloppa le cadavre, toujours aussi raide, dans une bâche de toile et on le mit dans le coffre de la torpédo. Il n'y eut qu'Yvonne de Lintes, descendue peu avant l'arrivée de son mari, pour penser avec un peu de pitié à cet homme venu, à cause d'une illusion de printemps, se perdre dans la neige pour tenter de gagner trois sous avec de misérables bricoles. Elle y pensait encore le soir. Dès la tombée de la nuit, la voiture démarra, dérisoire corbillard pour une destinée de pacotille, et emporta son mari, le plus fou des vivants, et le pauvre mort anonyme avec ses dentelles, ses passementeries et ses aiguilles à coudre. Elle y pensait au point de ne pas entendre Loïc quand il frappa à sa porte. Elle l'avait fermée, perdue dans des idées noires à cause de la dureté une fois de plus constatée de cette terre du Puech et de ceux qui y vivaient. Même le plaisir expert et l'espèce de tendresse maladroite qu'elle attendait de l'ange et qu'elle lui rendait avec application n'auraient pas suffi, cette nuit, à combler le gouffre de regrets creusé par les hivers dont elle avait encerclé sa vie. Il n'insista pas, ce n'était pas son genre : il prenait simplement ce qu'on lui offrait sans rien exiger.

Dehors, tandis que le froid descendait sur la terre avec ses mâchoires d'acier qui, de jour en jour, allaient se resserrer davantage sur le Puech, la voiture emportait le mort vivant qu'était Monsieur — après avoir tout pris, il avait fini par tout perdre — et le colporteur, recroquevillé dans sa gangue de glace, vers les lointaines lumières de la ville où Léon Saubade allait profiter d'un des derniers soirs où l'hiver permettait encore de prendre la route de la vallée, pour tenter de retrouver un peu de chaleur dans les beuglants et les jambes des filles.

Pendant ce temps, Marie rêvait, pendant ce temps, Pauline calculait, pendant ce temps, le monde se figeait.

Il se figea tout à fait dans les jours qui suivirent. On arriva à cette immobilité des grands froids capables de transformer l'immense circulation des sèves et du sang en une indiscernable palpitation, qui semble à peine frissonner sous les habits de mort revêtus par le monde. Pour ceux qui s'obstinaient à y survivre dans les lambeaux volés d'une chaleur rare — celle des feux, des draps et des sourires minces arrachés par les mots aux exilés de l'hiver —, le Puech, le Plateau, le pays sur des kilomètres à la ronde avaient alors quitté toute appartenance à ce qui s'appelait la terre, la France, le peuple des hommes ; ils avaient lâché les amarres pour s'enfoncer, avec le détachement de l'oubli, dans un univers compact dont la neige faisait l'unité. Tout autour de la ferme, et aussi loin que le regard puisse porter, ce n'était que du blanc. Un blanc qui éblouissait et blessait les yeux quand on le regardait trop, qui se mélangeait d'un bleu acier tranchant et rejoignait l'autre bleu, celui de l'horizon. Un blanc qui volait au bleu la qualité lumineuse dont il revêtait le monde. La moindre aspérité, le plus petit rocher, la moindre souche en était soulignée, il leur conservait des contours et des formes qui sans lui se seraient éteints dans la lumière. Entre les frissons timides de l'aube et les chutes de pourpre du couchant, cette lumière redevenait vivante. La nuit l'étouffait par l'indistincte monotonie de son ombre, sur laquelle les étoiles avaient la saveur des sucres et brillaient d'un éclat très pur parce que le froid posait sur le pays une dalle de cristal qui réfractait leurs couleurs.

Comment vivre dans ce Koh-i-Noor sans tout y perdre ? A cela s'ingéniaient les gens du Puech. Comment trouver la force d'aller d'une nuit à l'autre sans sombrer ? Il arrivait parfois dans ces solitudes que certains lâchent tout, à commencer par le goût devenu trop banal d'exister encore, et, sous de vagues prétextes, s'éloignent des murs, de la chaleur des feux pour s'enfoncer, désespérés ou sereins, dans l'espace sans fin et sans repère.

Juste avant qu'il ne fût trop tard pour s'échapper de cette prison, Monsieur, le lendemain du jour où l'on avait trouvé le colporteur dont il avait amené le cadavre à la ville, monta jusqu'à la chambre de sa femme. Une lumière timide, venue tout autant de la neige que du soleil hésitant, baignait la chambre d'Yvonne de Lintes. C'était la première fois qu'elle voyait Léon dans le plein jour, depuis des mois passés à s'éviter, peut-être seulement à se protéger l'un de l'autre. Elle fut effrayée par son aspect, par son visage surtout dans lequel se lisait, sous les marques trop évidentes de sa déchéance — à laquelle elle s'attendait depuis longtemps —, une colère que seule l'espèce d'éducation qu'il s'était efforcé d'acquérir, à cause d'elle et de sa position, empêchait de déborder et de tout dévaster. Elle ne craignait rien pour elle-même ; jamais il ne la toucherait, il savait parfaitement ce que lui avait coûté, à elle, cet amour éperdu puis déçu. Elle avait peur pour lui et pour ceux qui se trouveraient sur sa route au mauvais moment, quand sa faiblesse de caractère — elle le savait par ailleurs d'une incroyable veulerie — se serait épuisée à contenir cette colère et ne le retiendrait plus. Elle pensa à Loïc et frémit à l'idée qu'un jour ils puissent se trouver face à face — elle croyait celui qui couchait avec elle doté d'une belle âme. Elle seule pouvait sentir, derrière le masque de Saubade, le torrent de colère retenu, tant son visage semblait souriant et amène ; et plus encore ses paroles :

— Ma chère amie, que diriez-vous de m'accompagner ? L'hiver va être long et rude cette année. Je n'ai aucune envie de le passer ici ! Je vais aller sur la Riviera, ensuite en Italie. Voulez-vous venir avec moi ?

Elle ne répondit pas tout de suite à cause de ce qu'elle devinait derrière ces paroles. Oui, il allait partir, il l'avait décidé ; elle savait aussi qu'il ne partirait pas seul ; ce n'était pas son genre. Alors, pourquoi lui proposait-il de l'accompagner ? Cherchait-il le moyen de se justifier, certain à l'avance de son refus ? Pensait-il qu'une acceptation lui donnerait prise sur elle ? Peut-être avait-il le vain désir de rattraper un sentiment depuis longtemps défait, et dont elle n'était même pas sûre qu'il eût jamais existé pour lui. Elle imagina ce que pourrait être ce voyage, elle pensa avec un peu de douleur à la mer qu'elle n'avait jamais vue, aux pins battus de vents du large sur quelque côte souriante de la Méditerranée, aux citronniers et aux lauriers-roses dans des serres inondées de lumière, à des soirées brillantes dans les ors et les crépitements de joie des casinos auxquels sa fortune lui permettait l'accès, à des matins dans des chambres de palace quand on ouvre la fenêtre en plein janvier pour voir au loin, sur la mer verte et ourlée de petites vagues, les voiles des régates, dans la bonne odeur des petits déjeuners servis par des employés stylés sur des nappes blanches comme l'innocence. Les rideaux de soie remuaient dans le vent très doux, on s'étirait, le moindre geste soulevait des parfums rares, ceux que la richesse met aux aisselles des femmes, aux cols des hommes. Sur les tapis moelleux, elle marcherait pieds nus, n'ayant devant elle qu'une journée occupée à des promenades sur le bord de mer ou dans les musées qu'elle rêvait depuis toujours de visiter, pour voir si les bleus de Fra Angelico sont bien ceux que l'on prête au ciel du Paradis. C'était tout cela que lui offrait cet homme sauvage.

— Non, je ne veux pas partir, pas maintenant...

Elle fut surprise par l'éclair de contrariété allumé par sa réponse dans les yeux qui avaient perdu leur clarté d'autrefois pour se brouiller des séquelles de l'ivrognerie et de la plus crapuleuse des débauches, celle qui ne cherche même pas la jouissance mais l'oubli. Un éclair et pas plus. Il dit simplement :

— Comme vous voudrez.

Elle crut qu'il allait ajouter quelque chose, cela passa aussi comme un nuage ; s'il entrouvrit la bouche, aucun mot ne franchit ses lèvres. Il alla vers la porte. A mi-chemin, il s'arrêta et se retourna vers elle, mettant la main devant ses yeux comme pour cacher le jour et mieux la voir. Elle sut qu'à ce moment, dans cet instant si bref, tout aurait encore été possible entre eux, et même de reprendre les choses au début ; cela ne dépendait que de lui. Le miracle ne survint pas davantage et il la quitta en disant, au moment d'ouvrir la porte :

— Je pars ce soir.

Sur le palier, il ajouta :

— Je ne sais pas combien de temps... deux mois peut-être.

Dans l'après-midi, elle entendit qu'on traînait sa malle dans le couloir. Dissimulée derrière le rideau, dans le fin rai de lumière qu'il laissait passer et qui réchauffait ses doigts, elle vit Léon traverser la cour pour aller à sa voiture. Il s'arrêta au milieu de l'aire, leva la tête vers sa fenêtre, mais pour lui il n'y avait qu'un rideau tiré. Il haussa les épaules ; plus loin il frappa le sol avec le talon dans un geste de colère enfantine ; il était trop tard à présent pour eux deux. Il monta sur son siège et la voiture démarra. Elle savait très bien qu'une autre l'accompagnerait ; cela lui était égal, et c'était peut-être sa propre indifférence qui la touchait le plus.

Après le départ de Monsieur, le Puech s'enfonça dans l'immobilité et le silence. Ses retours au petit matin ou ses fuites nocturnes ne rythmaient plus le temps. Seuls, les gestes qui assuraient la marche de la maison continuèrent ; ils n'avaient jamais cessé et on ne les remarquait pas ; pourtant, sans eux, la vie se serait interrompue tout à fait et le Puech aurait sombré. Le monde avait en quelques heures trouvé sa position d'équilibre parfaitement accordée avec les activités quotidiennes : les feux à surveiller, la cuisine et les soins aux bêtes qui, dans les étables et les bergeries, mâchonnaient perpétuellement le foin sec en y cherchant des saveurs de luzerne fraîche et portaient dans leurs yeux les traces de la liberté contrainte. Les gens qui vivaient au Puech se contentaient plus facilement de l'atmosphère douillette régnant à l'intérieur des murs. Les femmes trouvaient dans les ravaudages et les travaux d'hiver de quoi meubler cette immobilité ; le fait de se trouver confinées ensemble leur permettait de renouer d'anciennes amitiés ou de réveiller des haines qui, en tout cas, les occupaient. Les hommes fumaient et pensaient à leur jeunesse.

Le départ de Léon ouvrit toutes les nuits à Loïc la porte d'Yvonne de Lintes. Ce qui se passait derrière, personne n'en parlait jamais ; chacun trouvait selon ses convictions des excuses à l'un ou à l'autre ; d'ailleurs, cela importait peu : la marche de la maison reposait sur les épaules solides de Pauline et, depuis longtemps, Madame ne se mêlait plus de rien.

Loïc, en dehors de la chambre de sa maîtresse, redevenait un des leurs. Il passait ses journées sous son appentis à alimenter de bois éclaté les foyers du Puech. Maintenant, lui et Marcœur étaient inséparables, cela ne choquait personne. Ils continuaient à se parler entre les dents, pourtant ce qu'ils disaient n'avait rien de secret ; c'était le fruit de l'habitude.

L'un comme l'autre avaient vécu, pendant dix ans, une existence qui exigeait un éveil permanent, ne laissait pas un moment de répit. Ils étaient arrivés à un point tel qu'ils n'aspiraient qu'à trouver un peu de paix, un peu de repos ; ils imaginaient donc avec plaisir leur vie future dans la montagne. Là, le fruit de leurs larcins, dont ils trimballaient une bonne partie dans leurs musettes, leur assurerait un train de vie bien supérieur à celui dont ils se contentaient d'habitude. Ni l'un ni l'autre ne s'étaient lancés dans cette existence de hors-la-loi pour s'enrichir mais pour se venger de la société, des bourgeois, des chefs. Ils échafaudèrent des plans consistant à passer quelques saisons sur les hauteurs du pays de l'Esclop ; elles leur permettraient de se faire oublier et de reprendre assez de forces, de courage et de conviction.

Après sa visite à La Baboche, Marie redevint la petite fille qu'elle était peu de temps avant. Elle se montrait vive, enjouée parfois et s'occupait dans la maison à ce que Pauline lui avait enseigné, avec une application d'apprentie. Mais Pauline la connaissait trop bien pour imaginer qu'elle ait oublié la rencontre avec Marthe ou n'en tienne aucun compte. Après sa conversation avec la vieille, Pauline était convaincue qu'elle avait remplacé Loïc Viladier par Marthe, dans ses idées de vengeance. Devant le refus qu'elle avait essuyé, il ne lui restait que cette revanche au second degré.

Une seule, la Mitoune, perdit tout dans cet hiver. Le départ de son amour — pour la première fois, il quittait aussi longtemps le cercle dans lequel pouvait s'exercer le faible pouvoir de consolation qu'elle lui prodiguait — la rendit à une solitude dont, étonnée, elle se rendit compte qu'elle était son lot ; quoi qu'elle entreprenne pour se prouver le contraire, elle ne la vaincrait jamais. Il ne lui restait même plus les gestes dérisoires de la tendresse pour imaginer, de sa part à lui, un retour de flamme qu'elle espérait pourtant tous les jours.

Les premiers temps, quand la nuit tombait avec brutalité sur le pays pris de glace et envahissait les pièces de la maison avant qu'on n'allume les lampes, elle se surprit à écouter les bruits venus de l'étage, à attendre qu'il l'appelle, qu'il réclame son aide avant de s'enfuir vers ses débauches. De la même façon, quand la lumière de l'aube chassait avec autant de rapidité l'obscurité de la terre, elle se tenait derrière la porte, à guetter encore le retour de l'enfant prodigue dont les hurlements et les sarcasmes avaient eu pour elle la même saveur que les mots d'amour les plus doux. Elle attendit en vain ; les semaines passèrent, elle finit par admettre que ses espoirs n'avaient plus d'objet. Elle en fut atteinte au plus profond d'elle-même. Un matin, dans la pauvre pièce sous les toits qu'on lui avait concédée et où l'eau gelait dans le pichet de sa table de toilette, elle se vit telle qu'elle était devenue et non plus telle qu'elle s'imaginait depuis que les jours-étoiles avaient réuni sa jeunesse à l'appétit de Léon Saubade. Elle possédait un miroir, juste un éclat de miroir au tain piqué, pendu au-dessus de la table, et elle s'examina, dans la lumière sans pitié d'une lucarne découpant le rectangle parfait d'une tranche de ciel bleu. Il lui fallut quelques secondes pour réaliser qui elle voyait tant elle se trouva changée. Son petit visage s'était allongé, des rides fines mais serrées accentuaient encore cet étirement ; surtout, elle s'aperçut que ses cheveux n'étaient plus blonds. Ils avaient blanchi et elle ne s'en était pas rendu compte ! Elle essaya de penser à son âge ; elle avait évité de le faire pendant des années, tout le temps où elle espérait encore qu'il lui reviendrait ; aujourd'hui, elle était incapable de le fixer avec précision. L'avait-elle jamais su ? Les gens comme elle, qui venaient de nulle part et se retrouvaient un jour domestiques dans une grande ferme comme le Puech, à l'âge où les autres jouent à la poupée, avaient des enfances brèves, vite oubliées dans le déroulement inéluctable des travaux et des jours. Ainsi, elle allait vers la vieillesse — ces cheveux blancs en témoignaient —, si elle ne l'avait pas déjà atteinte... Sa vie lui paraissait un bloc indistinct en dehors de cet amour et de la nouvelle servitude qui l'avait accompagné et suivi. Elle prit le foulard qui lui servait d'habitude à cacher ses cheveux aux autres et qu'elle dénouait seulement devant Monsieur ; au lieu de s'en coiffer, elle le plia soigneusement et le rangea dans son armoire, sous les draps. A ce moment, elle pleura, en pensant qu'un jour il reviendrait, qu'elle serait toujours là pour lui mais que son cœur à présent était sec : il était trop tard. Elle ne pleura pas longtemps et ses yeux étaient tranquilles quand elle descendit et fit son entrée sous sa nouvelle identité ; celle-ci étonna les autres à peine un moment.

Une fois par semaine, Thomas, un des valets, chaussait des raquettes à neige et partait pour le bourg au petit jour. Il était le seul capable de faire l'aller-retour dans la journée et donc l'unique lien entre le Puech et le monde extérieur ; tous ceux qui avaient essayé de le suivre avaient renoncé à aligner leurs pas sur les siens, se frayant un chemin dans la neige avec une force et une obstination dont les autres étaient dépourvus. Il ramenait de la petite ville des provisions indispensables, des médicaments pour les malades, des nouvelles et le courrier. Au milieu de ce dernier arrivèrent plusieurs lettres et cartes postales de Monsieur que la Mitoune examinait sans y croire tellement les photos représentaient des paysages inconcevables pour elle. Elle les montait ensuite à Yvonne de Lintes qui ne s'était jamais doutée de l'amour que la servante portait à son mari. Ces lettres et ces cartes apportaient des messages d'une banalité effrayante avec parfois quelques annotations admiratives qui semblaient avoir été placées là afin de donner des regrets à la destinataire. Mais celle-ci les abandonnait sur sa table à peine lus. La Mitoune s'en emparait. Elle dévora les premiers avec avidité, puis, peu à peu, peut-être parce qu'elle n'y comprenait pas grand-chose, elle les contempla, elle aussi, avec détachement ; ces nouvelles d'ailleurs ne faisaient plus battre son cœur ; elle passait à présent le temps qu'elle avait à elle dans sa chambre, à peigner ses cheveux blancs.

En février, le froid accentua encore sa pression sur le pays autour du Puech et il vint un moment où même Thomas ne se risqua plus sur les routes. Un soleil blanc ne dégageant nulle chaleur montait le matin au-dessus du monde et traversait le ciel jusqu'au soir sans modifier l'impression de bloc de métal glacé que la terre donnait sur des lieues alentour. Sa lumière cruelle explosait dès l'aube et balayait en quelques heures les zones d'ombre dans lesquelles le regard aurait pu trouver refuge. L'Esclop et Marcœur, toujours occupés sous l'auvent à préparer le bois de chauffage ou à tracer pour la millième fois des projets d'avenir qui leur permettaient de tenir bon dans cette immobilité, devaient se protéger derrière des chiffons dont ils se couvraient la tête en ménageant une mince fente devant leurs yeux. Quand il regardait pendant le jour la fenêtre du premier étage, Loïc ne voyait plus comme au début les légers mouvements de rideaux qui avaient trahi sa maîtresse. Même si les nuits avec Yvonne de Lintes restaient pareilles, le temps de la passion sauvage était en train de s'achever, remplacé par un attachement plus profond. Loïc le devinait à sa façon de l'accueillir dans sa chambre, avec des baisers qui n'avaient plus la même signification et révélaient eux aussi des changements qu'il redoutait ; sa liberté n'avait pas de prix à ses yeux et il ne l'aliénerait pour rien au monde ; là aussi, il préparait sa fuite.

De jour en jour, jusque vers la moitié du mois, le froid continua de porter ses coups. Aucun mouvement ne troublait plus les pentes des collines et les alentours des fermes. La seule marque de vie était la fumée des feux qui montait avec une légèreté de percaline dans le bloc de verre où semblait pris le monde. La nuit venue, on se retrouvait un moment autour d'eux, mais c'en était fini des veillées interminables de l'automne ; dès que les corps avaient réussi à se réchauffer autour des flammes, ils regagnaient leurs chambres ou leurs mansardes aussi vite que possible, pour emporter, sous les draps ou dans la paille, le peu de chaleur qu'ils avaient volée. Le silence s'installait brutalement ; on entendait encore craquer les bûches dans la grande cheminée avant que les cendres ne finissent par étouffer cette dernière trace de vie. Dès lors, seule la chambre d'Yvonne de Lintes restait à battre comme un cœur dans le milieu de la grande maison.

Février finit dans la même immobilité glacée mais, grâce à Pauline qui, tous les matins, après avoir déjeuné d'un bol de café, détachait un feuillet du calendrier humoristique dont elle détestait la vulgarité, tous virent que l'hiver allait vers son déclin. La régularité avec laquelle il accablait le Puech et ses environs fit place à des soubresauts ; il restait tout aussi meurtrier mais entrecoupé de jours où le soleil perdait son aspect de plâtre et jaunissait en apportant quelques légères touches de chaleur. Peu à peu, on put à nouveau regarder sans masque et s'apercevoir que les fumées montant au-dessus des toits semblaient plus gaies, moins rigides.

Vers le 10 mars, la température remonta en quelques heures. Le vent soulevait des copeaux de poudreuse, il perdit sa dureté et se mit à jouer entre les arbres d'où les premiers paquets de neige commencèrent à tomber. La nuit reprenait tout dans un gant de fer, mais, espérant de nouveau, ils restèrent plus longtemps devant le feu.

Un soir, Pauline, la première, remarqua que l'eau des chéneaux continuait à couler bien après la tombée du soir. On était le 20 mars ; le lendemain, le printemps arriva.

# Chapitre 4

Ce jour-là, l'aube ramena sur la terre les couleurs de chair disparues depuis des mois. En quelques heures, la main chaude du soleil nettoya les toitures, les lauzes brillèrent comme si elles venaient d'être taillées. Dès lors, l'air fut rempli d'un bruit permanent de cascade, les ruisseaux débordèrent et s'étalèrent dans les champs où l'herbe apparaissait par plaques. Les chemins, transformés en égouts par la fonte des neiges, restèrent impraticables. Pendant une semaine, on n'entendit que le bruit de l'eau, comme si le Puech avait occupé le lit d'une rivière. Enfin, un matin, un oiseau s'envola du trou où il se cachait et lança un trille ; il donnait le départ d'une vie nouvelle.

Quand elle l'entendit, Marie Goual sortit, en protégeant ses yeux de la lumière de sa main en visière. Elle avait passé tout le temps de l'immobilité entre les murs du Puech ; sa peau était blanche comme la neige qui s'accrochait encore au milieu d'une dernière prairie en face de La Baboche. Des narcisses y poussaient par milliers mais, alors que dans les autres prés ils mélangeaient leurs tiges vertes à l'herbe, à cet endroit, seules les fleurs semaient sur la neige blanche leurs cœurs jaunes et poudreux.

Quelques jours après, Monsieur revint. Au milieu de ce remue-ménage du printemps, on vit que sa colère l'avait à peine quitté. Il reprit ses virées nocturnes avec la même application studieuse qu'il mettait depuis des années à se détruire. Il ne parla à personne de ce qu'il avait vécu, des endroits où il était allé. Il regarda les cheveux de la Mitoune comme s'il faisait une découverte extraordinaire ; dix secondes plus tard, il avait oublié ce changement. Elle reprit auprès de lui son rôle de souffre-douleur. La passion la poussait autrefois à l'assumer ; elle était à présent remplacée par une obligation qui lui laissait le cœur froid. Avec sa femme, il réussit seulement à être odieux trois ou quatre fois. Il aurait pu réussir son retour ; il le manqua puisque la vie continua pour lui dans les mêmes conditions, pires peut-être. Il disparaissait de plus en plus longtemps à la ville. Des indiscrétions arrivèrent aux oreilles d'Yvonne de Lintes et lui apprirent qu'il avait « quelqu'un » là-bas ; sans doute la compagne de son voyage en Italie. Ayant refusé de l'accompagner qu'aurait-elle pu dire aujourd'hui ? De toute façon, elle s'en moquait. Quand Loïc la rejoignait dans sa chambre, elle se demandait comment cela finirait ; elle ne se posait pas de telles questions pendant l'automne. Elle se prit à imaginer des départs avec lui vers des endroits où ni le poids du Puech ni la présence, malgré tout quotidienne, de cet homme hargneux qu'elle ne pouvait oublier tout à fait ne pèseraient sur eux.

Pendant que les uns et les autres raccrochaient cahin-caha le train de leurs vies, le monde explosait. Ses couleurs changeaient dans une lumière de plus en plus claire et tiède, le paysage se modifiait chaque matin. Les lointains s'ourlaient de teintes bleutées ou roses qui évoquaient des étalages de sucreries. Les ruisseaux étaient rentrés dans leurs lits ; ils restaient gros et gonflés mais l'eau de nouveau transparente se faufilait entre les pousses vertes des sagittaires et des ciguës. Dans les champs, après la floraison éphémère des narcisses, l'herbe naissante craquait sous les pas des moutons qui s'étaient lancés, saturés de la paille et du foin des étables, à l'assaut des pâtures en trébuchant de joie.

Au-delà des prairies, la forêt changeait elle aussi ; dans les bourrasques les arbres avaient abandonné à leur pied les branches mortes et s'étaient couverts de bourgeons poisseux ; les oiseaux les suçaient du bec avec tendresse tout en lançant leurs premiers chants d'amour. Les corbeaux avaient repris, par groupes de trois ou quatre, leurs conciliabules graves autour des piquets en châtaignier ; le soir, ils se réunissaient dans les arbres où ils menaient grand train, comme s'ils se racontaient ce qu'ils avaient vu pendant le jour, appelant la nouvelle saison à s'installer tout à fait.

Loïc et Paul Marcœur surveillèrent de plus en plus les chemins. Ils avaient encore du temps devant eux, les nouvelles n'allaient pas si vite, mais leur vie d'autrefois les avaient rendus prudents ; en tout cas, on ne les prendrait pas par surprise. Fin mars, ils commencèrent à parler de départ ; ils estimaient avoir encore un mois devant eux pour se préparer — bien davantage d'ailleurs à l'idée de quitter le Puech qu'à faire leurs bagages : un sac pour chacun, c'était tout et, en plus, ils les tenaient prêts. Si un képi se montrait, ils savaient déjà par quel chemin prendre la tangente : une sente, que personne n'empruntait, sauf à la période de la chasse, commençait derrière la ferme, à la porte dérobée d'une resserre.

L'air chaud monta du sud, chargé de gros nuages qui roulaient au-dessus des montagnes bouclant l'horizon ; elles les arrêtaient. Quelques-uns s'échappaient et, lâchés comme des chiens fous au-dessus de la plaine, ils apportaient des averses d'une eau lourde dont les gouttes épaisses crépitaient sur les toits, éclataient dans la poussière grise et constellaient les aires de traces rondes. Dans l'espace entre les averses, une fine buée montait de la terre. Certains soirs, la fraîcheur de la nuit rappelait qu'on sortait à peine de l'hiver, mais le plus souvent les soirées baignaient dans la douceur. Quand les gros nuages furent épuisés avec le vent d'Espagne qui les portait, le ciel resplendit, les nuits embaumèrent du parfum des fleurs qui montaient à l'assaut des prairies.

Dans ces soirs chargés d'effluves, Marie reprit ses balades vers le Plateau ; restée sagement tout l'hiver entre les murs du Puech, elle recommença ses courses sous la lune. Pauline la suivait de loin, pour s'assurer qu'elle cherchait seulement à retrouver ce qu'elle-même lui avait fait désirer au fil des années.

Quand, le 9 avril, elle la vit confectionner une pelote d'étoupe et de vieux fils, elle pensa que ses suppositions allaient se vérifier.

A six heures, Monsieur partit comme à son habitude. Le grondement de son moteur paraissait amolli dans l'air du soir rempli depuis les heures chaudes par l'odeur des lilas, des prairies et des feuilles des arbres. Les bourgeons poisseux s'étaient changés en petits drapeaux vert clair qui se déplissaient et, peu à peu, couvraient les branches. Quand la nuit descendit, le bruit de la voiture s'était depuis longtemps noyé dans l'air chargé de froissements et de chants d'oiseaux.

Vers onze heures, le Puech était silencieux ; à présent, le travail ne manquait pas et la fatigue jetait les gens de la ferme sur leurs lits ou leurs paillasses pour des sommeils débraillés et lourds. Dans sa chambre, Pauline guettait. Elle retrouvait l'inquiétude, son lot durant les années où elle surveillait Marie dans son berceau, à deux pas d'elle. Aujourd'hui, elles étaient séparées par un mur épais mais elle avait gardé de cette époque un sens aigu qui lui permettait de deviner ses moindre gestes.

Au fond de la maison, une pendule sonna douze coups ; ils s'égrainèrent dans les couloirs obscurs, à travers les pièces désertées, allèrent buter contre les portes fermées des chambres. Peu après, un autre bruit alerta Pauline : des pieds se posaient avec légèreté sur les lames de parquet qui grinçaient discrètement. Elle était restée habillée ; elle se leva et ouvrit sa porte. Le couloir était sombre. Un courant d'air se glissa dans l'obscurité et amena des odeurs de grand large dans l'atmosphère confinée où se réunissaient les lourdes respirations des autres dont elle entendait à présent les ronflements. Le courant d'air signifiait qu'on avait ouvert la porte d'entrée ; tout ce qui se passait dans la maison avait un sens exact pour Pauline tant elle avait fait sienne cette bâtisse depuis qu'elle y vivait. Elle suivit le couloir, traversa la salle commune jusqu'à la petite lucarne par laquelle, autrefois — et cela semblait déjà si loin —, Loïc regardait au-dehors. Dans la cour, la nuit était épaisse mais, au-dessus des étables, une lueur blanche annonçait le lever de la lune. La silhouette de Marie se faufila à travers l'espace nu des aires et franchit le porche. Pauline sortit à son tour.

Elle fut étonnée par la douceur de l'air ; calme et retenu dans l'enclos de la cour, il brassait, au-delà des murs, les odeurs lourdes des chemins de la nuit qu'elle croyait avoir oubliées. Elle avança avec précaution et vit à nouveau la silhouette de la jeune fille. Elle marchait à présent sur la route. La lune, sortie des limbes de l'est, éclairait tout le pays d'une lumière très blanche qui soulignait les détails sur un vaste espace de terrain, jusqu'aux lisières des bois. Même loin en arrière de Marie, elle ne risquait pas de la perdre. Elle se retourna et regarda vers le Puech. La ferme était aplatie comme un sac, ses toitures brillaient ; tout dormait, seules les étoiles que la lune n'avait pas encore pâlies palpitaient avec la régularité de petits cœurs brillants.

Il n'avait pas plu depuis une semaine et les pas se posaient sur une terre sèche et poudreuse. L'air était de plus en plus chargé d'odeurs, d'autant qu'elle était arrivée là où le chemin longeait le ruisseau. Les peupliers et les aulnes des rives bruissaient dans le vent qui commençait à voler dès qu'on sortait de l'abri de la ferme et du repli de terrain où elle se lovait. Plus loin, en avant, il y aurait le grand découvert des premières pentes du Plateau. Au-dessus de lui, comme au-dessus du Puech, les étoiles sortaient difficilement victorieuses de leur lutte avec la lumière de la lune ; dans le mitan du ciel, elle triomphaient et la grande écharpe de la Voie lactée s'enfonçait comme une épée incandescente vers les hautes terres.

Marie arriva aux deux arbres qui marquaient la bifurcation du chemin. Comme le prévoyait Pauline, elle prit la direction de La Baboche qui était encore loin, bien après les luzernes encerclant des dolines noirâtres où la nuit faisait flotter de légers voiles de brume en raison de l'eau retenue dans leurs fonds par les sphaignes. Sur le chemin de la borie, les deux ombres remontèrent, après le creux du carrefour, le versant exposé ; là, le vent bousculait tout et cavalait comme un fou. Il s'appuyait contre les bordures de pierre du chemin, repartait et tentait de saisir tout ce qui bougeait à la surface de la terre. Par endroits, il s'abattait sur elles avec la force d'une gifle, puis tourbillonnait à nouveau avant de filer au grand galop vers l'autre bout de l'horizon.

Maintenant, La Baboche apparaissait en plein, droit devant, sous la lune, allongée comme le Puech mais moins massive, endormie elle aussi. Bien avant, le squelette blanchi d'un châtaignier posé comme une borne, un calvaire sur le bord du chemin, marquait le début des terres de Marthe. Marie s'arrêta et Pauline la vit se dissimuler derrière le tronc. Elle eut juste le temps de se jeter sur le côté du chemin, dans l'abri d'une pierre énorme au-dessus d'une doline ; si Marie regardait en arrière, elle ne pouvait pas la remarquer, malgré la clarté de plus en plus indiscrète de la lune.

Pauline se coula contre le rocher ; invisible, elle se demanda ce que Marie allait faire. Cela dura un moment ; la jeune fille devait examiner les alentours, à la recherche d'un signe de vie. Rien ne bougeait là-haut et, au bout de quelques minutes, elle se remit en mouvement. Elle se courbait un peu pour ne pas courir le risque d'être aperçue de la ferme. Pauline la suivait de nouveau et atteignit le tronc mort ; elle se dissimula à son tour. A ce moment elle aurait encore pu l'arrêter ; elle ne le fit pas.

Marie était derrière un bosquet de noisetiers ; après, il y avait une mare, puis la cour de La Baboche et une garenne, près de l'étable et du fenil. Si Pauline avançait encore elle risquait d'être repérée. Elle resta dans les ombres des branches cassées du vieux tronc et attendit.

Un long moment passa ; elle frissonnait : toujours le vent qui à cet endroit balayait la pente avec une force terrible. De chaque côté du chemin, il brassait les angéliques à grandes remuées de tiges ; la surface des prés ressemblait à une mer démontée, avec des vagues qui courbaient les avoines et les fléoles. Plus haut dans le ciel, vers le Plateau, la lumière des étoiles de plus en plus nombreuses avait résisté à l'assaut de la lune ; elles semblaient elles aussi remuées comme l'herbe par un grand vent de large.

Pauline n'eut pas le temps d'imaginer davantage à quoi cela lui faisait penser. Un crépitement se fit entendre dans la direction de La Baboche, et la langue rouge d'une flamme sortit en claquant par une des ouvertures, du côté de l'étable qui touchait à la garenne. Aussitôt, elle vit la silhouette de Marie réapparaître derrière les noisetiers et prendre, à travers champs, vers les bosquets du ruisseau. Elle disparut au milieu de l'herbe. Pauline s'approcha de la maison ; les flammes s'échappaient maintenant en crevant les fenêtres dont les vitres éclataient. Elle entendait des cris ; deux hommes sortirent par la porte de devant et regardèrent vers l'étage, ils avaient l'air hébété et hurlaient. Pauline fit le tour du corps de ferme ; elle savait très bien où elle allait ; arrivée à la porte de derrière, elle entra dans la salle commune.

Déjà la fumée se glissait sous le battant qui fermait le passage vers l'étable. Dehors les hurlements continuaient ; ils se mélangeaient aux plaintes des dix moutons de La Baboche qu'on avait libérés de l'étable et qui tournaient dans l'arrière-cour, trop affolés pour gagner les champs. Rodolphe le Jeune rentra dans la maison et grimpa l'escalier en courant. Il avait laissé la porte grande ouverte ; l'appel d'air fit ronfler l'incendie derrière celle de l'étable, puis les flammes apparurent en dessous comme des petites mains bleues ; elles prirent de la vigueur, devinrent jaunes et consumèrent le battant avec une force et une rapidité incroyables. Le feu s'engouffra dans la salle commune et bondit jusqu'aux solives, entraîné par le vent. Pauline était déjà dehors avec, sous le bras, le paquet bien ficelé qu'elle avait tiré de la caisse de la pendule juste avant qu'elle n'eût pris feu.

En courant vers le châtaignier mort, elle entendait le ronflement de l'incendie attisé par le vent de plus en plus fou. Les bourrasques rabattaient dans la direction de Pauline des cris désespérés. Arrivée à l'arbre, elle s'arrêta et regarda vers la ferme ; à la fenêtre de l'étage, Rodolphe le Jeune faisait enjamber l'appui à la grosse Marthe.

Pauline revint au Puech au milieu de la nuit. Sur le versant, la lueur rouge de l'incendie bougeait dans les sautes du vent. Personne à la grande ferme ne s'était aperçu de rien. Elle rentra chez elle sans bruit.

Dans sa chambre, elle alluma sa lampe et posa le paquet sur son lit. Elle dénoua les coins du torchon en oxford ; l'éclat des six barres d'or qu'il enveloppait flamba sous la lampe. A peine impressionnée, elle renoua le torchon et cacha la fortune qu'il abritait dans un renfoncement du mur, derrière la commode. Toujours habillée, elle s'allongea sur son lit et attendit le retour de Marie.

Le lendemain, la nouvelle de l'incendie se répandit dans tout le pays comme une traînée de poudre. On commenta longuement le sort des deux Rodolphe et chacun fit semblant de plaindre la pauvre Marthe dont il ne restait plus qu'un charbon informe à mettre en terre. Ensuite, on apprit que les gendarmes allaient enquêter dans toutes les fermes sur ce qui ressemblait terriblement à un crime.

Cette information décida Loïc Viladier et Paul Marcœur à avancer leurs préparatifs de départ à la nuit suivante.

La Bugatti quitta le Puech à l'heure habituelle. On parla un moment de La Baboche puis la conversation perdit de son intérêt et tous allèrent se coucher. Loïc monta pour la dernière fois l'escalier. Il entra dans la chambre d'Yvonne, bien décidé à taire ses intentions de fuite.

Une heure plus tard, alors que le Puech paraissait endormi comme à l'accoutumée, Loïc redescendit. Il parvenait, à peine rhabillé, vers la moitié de l'escalier quand une lampe s'alluma, l'éclairant en plein. Au pied des marches, Monsieur se tenait debout, très calme en apparence mais les yeux fous ; il dirigeait vers sa poitrine un Hammerless et se préparait à l'assassiner. Loïc ne dit rien, il n'avait pas la moindre chance et nier serait inutile : si l'autre avait abandonné son indifférence passée au point de revenir sans que personne entende le bruit de son moteur — ce qui supposait un brin de route à pied dans la nuit — pour le tenir dans la ligne de mire d'un fusil à deux coups, c'est que tout était joué.

Léon Saubade était trop occupé par sa vengeance pour entendre le léger bruit de la porte qui s'ouvrait et pour lire l'éclat d'espoir dans les yeux de Loïc. Il commençait à presser sur la détente quand la douleur lui traversa le dos. Il lâcha le fusil et s'abattit en avant sur l'arme tombée au sol.

Son couteau à la main, Paul Marcœur fit signe à Loïc qui ne bougeait pas, frappé de stupeur. Les deux hommes se faufilèrent jusqu'à la porte et se lancèrent côte à côte dans la cour. Avant de quitter la pièce, Loïc eut le temps d'apercevoir Yvonne de Lintes en haut de l'escalier, trois mètres au-dessus du cadavre de son mari ; ses beaux yeux se remplirent de larmes en le voyant disparaître dans la nuit.

Ils coururent, toujours l'un près de l'autre, jusqu'à la grange ; ils prirent leurs sacs qui étaient prêts. Au moment où ils quittaient le Puech, ils entendirent les appels et les cris des gens qui allaient en tous sens.

Déjà ils foulaient l'herbe de la prairie et s'enfonçaient dans l'obscurité du monde, par une nuit sans lune.

Ils étaient sur la route de la Haute Terre.

Pauline avait toujours tout prévu. Cette fois, la mort brutale de Léon Saubade la prit de court ; elle n'entrait pas dans les possibilités, même les plus pessimistes, qu'elle avait envisagées. Quand elle vit le grand corps de celui qu'elle avait mené par le bout du nez pendant des années, allongé, la face contre le parquet, au pied de l'escalier, elle comprit qu'un brin de paille s'était glissé dans la mécanique qu'elle huilait depuis le début et qui devait amener Marie Goual à la tête du Puech.

Pauline n'avait aucun scrupule, ou, plus exactement, elle avait depuis longtemps perdu tous ceux que sa vie d'autrefois lui avaient laissés ; ils étaient tombés les uns après les autres comme des pelures d'oignon, à l'occasion de ses stratégies. Quelques semaines plus tôt, elle avait remarqué les regards que Monsieur jetait sur Marie. Il faut dire que celle-ci avait grandi pendant cet hiver interminable. Son corps avait changé et, même si elle retrouvait parfois des attitudes ou des jeux d'enfant, elle devenait, mois après mois, une femme, et pas n'importe laquelle. Sa beauté attendait juste l'occasion, un printemps ou un amour, pour exploser au visage du monde. Le regard de Monsieur était celui qu'un homme — pas n'importe lequel : un expert, un homme à femmes — jette sur celle qu'il va convoiter bientôt, quand les derniers voiles seront tombés. A partir de là, Pauline avait échafaudé un plan qui, malgré son côté parfaitement immoral — jeter Marie dans les bras du pourceau —, la satisfaisait au-delà de tout puisqu'il lui permettait d'envisager la mainmise de Marie sur le Puech.

L'accès inattendu de jalousie de Léon Saubade, son retour à la ferme sur la pointe des pieds et le vilain coup de couteau de Paul Marcœur jetaient à bas cet édifice.

Quand elle le vit sur le parquet, elle comprit que rien, et pas même le médecin qu'on était allé chercher en hâte, ne conserverait la vie à celui qu'elle avait fait danser avec autant de facilité. Il était encore vivant quand on le releva ; on le porta dans sa chambre. Vivant, mais sans connaissance. On réussit tout juste à arrêter le saignement de son dos où la lame de Marcœur avait fait un trou très net ; on ne parvint pas à lui faire reprendre conscience. Le médecin arriva et félicita pour le pansement ; après avoir soulevé les paupières obstinément baissées, il écarta les bras en signe d'impuissance et hocha la tête. Puis il dit : « Allez chercher le curé ! Dans une heure, il sera mort. »

Il rangea sa trousse et s'en alla en disant qu'on l'attendait du côté de Drugas et qu'il espérait avoir là-bas plus de chance qu'ici. Sur le pas de la porte, il ajouta : « N'oubliez pas de prévenir les gendarmes ! »

Cette recommandation, comme la première, était superflue. Quelqu'un avait dit que le curé était déjà en route ; quant aux gendarmes, ils avaient maintenant l'habitude : ils avaient rôdé toute la journée autour de La Baboche et devaient d'ailleurs venir au Puech dans la matinée.

Le médecin repartit sur les routes dans sa vieille voiture, dont les phares jaunes éclairaient à peine le chemin. Sa prédiction devait se réaliser, ce qui n'était pas surprenant de la part d'un homme habitué comme lui à ce genre de blessures — on jouait encore beaucoup du couteau, à cette époque, entre les collines et le Plateau sur lequel, régulièrement, les différends de voisinage ou les crises de jalousie se traitaient de cette façon. Léon Saubade avait été piqué vers minuit, le docteur était venu à deux heures du matin ; Monsieur mourut à trois heures, sans grande démonstration, juste un hoquet avant lequel il ouvrit les yeux. On vit son regard se fixer une seconde sur sa femme ; il était rempli de terreur comme s'il avait déjà examiné l'envers du décor. Puis il ferma les paupières de nouveau ; on n'entendait plus le léger ronflement qu'il faisait, peu avant, quand sa poitrine se soulevait avec difficulté. Cinq minutes plus tard, le curé arriva, mais lui était à pied et n'eut pas à s'excuser d'arriver trop tard ; il était essoufflé pour avoir couru afin de rattraper une âme dont il connaissait trop bien la destination. Il eut l'air désolé de constater que, comme beaucoup d'autres, elle lui avait échappé ; la déception lui fit accomplir un geste stupide : il passa la main, pour les fermer, sur deux paupières closes à jamais.

On avait installé Léon Saubade sur son lit. Les Parques organisèrent une veillée. Elle serait courte : le temps que cela fût prêt — son costume de noces trop petit, trouver les bougies —, l'aube commençait à poindre au-dessus de La Baboche, ou plutôt de ce qui en restait. La Mitoune s'était chargée de tout avec un chagrin paisible. Pauline fut étonnée : elle connaissait l'étendue de son amour pour Monsieur. Yvonne de Lintes revint un moment, elle s'était habillée de noir et paraissait gênée ; personne ne lui reprochait pourtant quoi que ce soit. De toute façon, Madame incarnait l'avenir du Puech et ce n'était pas le moment de lui donner l'idée de s'enfuir. Elle regarda une minute celui qui l'avait trompée bien avant qu'elle-même ne cherchât à se forger des illusions dans les bras d'un beau parleur avec lequel toutes les femmes se trouvant là auraient volontiers couché, ne serait-ce que pour l'entendre dire à elles seules les mots qu'il prononçait si bien. Prenant Pauline à part, elle demanda :

— Que va-t-il se passer ?

— Rien, Madame. Que voulez vous qu'il se passe ? répondit Pauline.

— Mais les gendarmes ?

— Les gendarmes ? Ils croiront ce que je leur dirai.

— Bon ! Alors, je vous fais confiance, l'honneur... vous comprenez...

Pauline la coupa :

— Ce qui compte, c'est le Puech, le reste...

L'air soulagé, Yvonne de Lintes regagna sa chambre d'où elle ne sortirait que pour l'enterrement.

Quand les gendarmes arrivèrent, le soleil était déjà haut. Ils commencèrent par dire, avec la mine sévère habituelle des uniformes, que, décidément, le coin était dangereux. Pauline les attira dans la cuisine et les installa devant des verres de muscat. Ils ne refusèrent pas ; ils venaient de Vielrieu et le trajet depuis La Baboche où on les avait prévenus était rude sous le soleil de onze heures. Ils dénouèrent leurs cravates et ouvrirent leurs cols.

Pauline raconta ce qui s'était passé : deux hommes, employés au Puech depuis le début de l'hiver — elle dit : « des chemineaux », ce qui pouvait signifier beaucoup de choses —, deux hommes avaient essayé de s'emparer de l'argent de la maison. M. Saubade les avait surpris et l'un des deux l'avait poignardé. Ensuite ? Ils s'étaient échappés. Quand le brigadier demanda vers où, elle leur montra la direction opposée à celle prise par les deux fuyards ; elle les avait vus filer vers le Plateau : depuis sa chambre, elle surveillait la cour pendant la nuit, craignant qu'après ce qui s'était passé l'avant-veille à La Baboche Marie n'ait quelque nouvelle idée folle. Elle savait que personne ne viendrait la contredire. Elle savait aussi que les deux hommes s'enfuyaient vers la Haute Terre.

Loïc avait négligé cette possibilité : il ne craignait que les recoupements d'Yvonne de Lintes, mais Pauline aussi supposait très justement quel serait leur refuge. Elle les avait observés, s'était imaginé qu'ils pourraient lui servir un jour — c'était elle qui les avait fait accepter par Monsieur — parce qu'ils étaient différents de ceux qui passaient d'habitude sur les chemins du Puech. Les circonstances ne s'étaient prêtées à aucune combinaison et, au contraire, leur présence, et ce qui en avait découlé, menaçait les stratégies de Pauline et les fondements mêmes du Puech. Elle ne regrettait rien, ayant pour règle de prendre les choses comme elles venaient, seul moyen d'avoir prise sur elles. Elle pensait aussi qu'il pouvait arriver un jour où elle ait besoin de se cacher — parce que tout pouvait arriver — et la Haute Terre, à travers ce qu'en avait dit l'Esclop dans les veillées de l'automne, paraissait le refuge le plus sûr dont elle ait jamais entendu parler. Dès lors, lancer les gendarmes sur la piste des deux hommes ne rimait à rien ; après tout, Monsieur avait bien cherché ce qui lui était arrivé.

Bien entendu, les gendarmes gobèrent sans aucune difficulté ce qu'elle racontait ; ils interrogèrent deux ou trois personnes, dont Marie Goual, mais c'était pour la forme, et on chercherait Viladier et Marcœur vers le sud alors qu'ils auraient depuis longtemps atteint leur royaume du nord, à l'abri des grandes herbes, de la forêt et de la solitude de la montagne.

On enterra Monsieur deux jours plus tard, à la ville, dans le caveau de famille qu'il s'était offert à grands frais, peu après son ascension précipitée grâce aux deniers des de Lintes, et où il avait fait transférer les restes de ses parents qui reposaient jusque-là dans le petit cimetière de Sauveterre, pas loin de la mère de Marie Goual.

Ce fut un drôle d'enterrement. La pluie dégoulinait sur les dalles de marbre. Peu de gens étaient venus du Puech, où la vie et le travail devaient continuer ; beaucoup de notables et Madame en veuve, ce qui lui allait particulièrement bien. La Mitoune aussi faisait la veuve, mais en fait son chagrin se limitait à ses yeux rouges. Pauline, évidemment accompagnée de Marie, marquait déjà des points pour la suite : elle suivait Yvonne de Lintes comme son ombre. Il pleuvait de plus en plus fort. On écourta la cérémonie. Pauline remarqua, dans les premiers rangs, quatre ou cinq types qui ressemblaient au moins par un détail à celui qu'on mettait en terre : ils avaient dans les yeux une colère perpétuelle ; c'étaient ceux avec lesquels Léon courait, la nuit, les estaminets et les bordels. A côté d'eux se tenait un monsieur bien différent, en costume de flanelle gris, sous un imperméable anglais, avec lequel Yvonne de Lintes eut une longue conversation sous un tilleul très triste, après les remerciements que chacun expédia, à cause de la pluie.

L'enterrement bâclé, Yvonne de Lintes, Pauline et Marie rentrèrent au Puech dans la voiture de Monsieur conduite par un des valets. La Mitoune et les autres durent se contenter de la charrette, c'était naturel.

Il ne pleuvait pas sur le Puech. Bien au contraire, c'était un soir de printemps magnifique et, par une ironie du sort qui serra le cœur de Madame, les rossignols chantaient dans les noisetiers comme celui de l'empereur de Chine. Pour la première fois depuis la mort de son mari, Pauline lui vit les larmes aux yeux. Quand elle entra dans la salle commune — Pauline toujours à ses côtés —, elle regarda autour d'elle et s'approcha de l'Hammerless qu'on avait posé à nouveau sur les pieds de bouquetin du râtelier ; elle caressa la crosse doucement, du bout des doigts. Puis elle alla s'enfermer dans sa chambre. Un peu plus tard Pauline, se trouvant seule en bas — les autres se traînaient encore sur la route dans la charrette —, prit le fusil, le cassa et enleva les deux cartouches de douze que Monsieur n'avait pas eu le temps d'envoyer dans la poitrine de Loïc ; ce n'était pas le moment qu'Yvonne de Lintes tente de le rejoindre.

La nuit venue sur cette maison sans maître, Pauline repensa à la journée qui venait de s'écouler. Elle se dit que ses leçons avaient été apprises au-delà de ce qu'elle avait espéré : à aucun moment Marie n'avait montré la moindre émotion. Elle avait déjà vu cette indifférence sur le visage de la jeune fille le lendemain de l'affaire de la Baboche, surtout quand elle avait dû répondre aux questions des gendarmes. Son visage était impassible et ses yeux montraient l'innocence la plus parfaite.

Après avoir réfléchi sur la force de caractère de Marie, elle pensa à l'avenir du Puech ; c'était le même sujet. Il s'agissait maintenant de se faire une alliée indéfectible d'Yvonne de Lintes ; elle avait commencé à y travailler et marqué un avantage considérable avec l'histoire des gendarmes. Il fallait poursuivre, enfoncer le clou ; ce serait plus difficile qu'avec Léon : à lui, il suffisait de promettre quelques secondes de bonheur pour le faire manger dans sa main. Difficile ou pas, il le fallait, sinon toute la peine prise pendant des années aurait été inutile.

Avant de se coucher, elle ouvrit la fenêtre de sa chambre et regarda la nuit. Celle-ci était remplie d'étoiles, surtout vers le Plateau. Elle se rappela sa course derrière Marie. L'air était doux, la cour silencieuse ; tout le monde dormait dans la maison, sauf Yvonne de Lintes : on voyait un rai de lumière entre ses rideaux. Pauline essaya d'imaginer la solitude de cette femme qu'elle n'avait jamais aimée, avec qui elle allait devoir composer, sur laquelle il lui fallait prendre prise pour sortir Marie de la condition qui la guettait maintenant. Elle la plaignait ; après tout, elle avait perdu un homme qu'elle n'aimait plus depuis longtemps mais aussi Loïc, qui, Pauline en était sûre, comptait beaucoup pour elle. Ne lui donnait-il pas, dans cette même chambre où elle se trouvait seule à présent, l'illusion d'une jeunesse qui devait ce soir lui apparaître bien morte ? Il était parti sans elle. Pauline se doutait bien que Madame était tout aussi capable qu'elle de deviner où il avait fui ; elle savait aussi que cela ne lui servait à rien : jamais elle n'irait le chercher là-bas. Quand elle se voyait dans un miroir, elle devait s'estimer heureuse d'avoir eu tout un hiver pour l'aimer ; il n'était plus temps de croire qu'elle pourrait rattraper l'ange, même dans la solitude des hautes terres. Pauline savait tout aussi bien que le temps était également enfui pour elle. Elle était parvenue à garder Monsieur sous sa coupe parce que la colère le lançait en avant, l'empêchait de voir à quelle vitesse les années passaient et, avec elles, la beauté des femmes. Sur la sienne, Pauline n'avait plus aucune illusion, mais elle disposait, par procuration, de celle de Marie Goual.

Elle réfléchissait devant la fenêtre ouverte. Elle surveilla longtemps celle de la nouvelle maîtresse du

Puech : elle attendait que la lumière s'éteigne derrière les rideaux ; si rien d'irréparable ne survenait cette fois, elle pourrait dormir tranquille les autres nuits.

Enfin, la chambre d'Yvonne s'obscurcit. La lune venait de se lever et blanchissait la cour en y projetant des ombres hautes et crénelées. On voyait très clair dans la chambre à présent ; elle alla vers la commode et la tira ; elle examina à nouveau les barres d'or dans le torchon d'oxford : elle tenait là une assurance pour l'avenir et cette fortune permettait de tirer quelques traites d'espérance. Elle replaça l'or dans sa cache, repoussa le meuble et s'allongea sur son lit. Elle était lasse, vaguement inquiète malgré tout ; elle comprit mal pourquoi, entendant à nouveau les rossignols de plus en plus fous, elle fut la première à pleurer vraiment ce jour-là.

Une semaine plus tard, au milieu de l'après-midi, un tonneau anglais attelé d'une jument arabe aux attaches très fines entra dans la cour du Puech.

L'homme qui en descendit était encore habillé de gris, d'une élégance un peu désuète avec un costume de toile, une chemise au col à la russe, une canne et des bottes lustrées. Il y avait longtemps qu'on ne s'habillait plus ainsi mais il n'était pas ridicule. Agé de cinquante ans environ, il avait aussi beaucoup d'élégance dans la démarche, et la manière dont il s'inclina devant Yvonne de Lintes était parfaite. Ils se rendirent dans le salon du premier étage ; la Mitoune leur servit du thé, ce qui n'arrivait jamais du temps de Monsieur. Ils parlèrent pendant une heure environ puis ils montèrent l'un à côté de l'autre dans le tonneau qui prit le chemin des champs. C'était un magnifique jour de printemps, les prairies étaient couvertes de fleurs sur lesquelles le soleil et le vent venaient se rouler en changeant les couleurs de l'herbe. Pauline suivit des yeux le tonneau pendant tout le temps où celui-ci tourna autour du Puech, sauf au moment où il disparut derrière le rideau des peupliers le long du ruisseau. Il ressortit très vite et continua, jusque dans les endroits les plus reculés du domaine. Ils rentrèrent alors que le soir s'annonçait, dans une douceur affolante qui jetait dans les bosquets les oiseaux ivres d'avoir passé tout le jour dans les prairies au milieu des fétuques et des fritillaires.

L'homme aida Yvonne de Lintes à descendre. Avec toujours beaucoup d'élégance, il lui baisa la main. Tandis qu'elle entrait dans la maison, il repartit vers la ville.

La nuit vint et, avec elle, de nouveau l'inquiétude de Pauline. Elle sentait que cette visite allait changer l'avenir du Puech ; pour la première fois depuis longtemps, cet avenir lui échappait et elle n'aimait pas ça.

A neuf heures, Madame la fit appeler.

Quand Pauline se trouva dans le salon où elle n'était pas venue depuis la mort de Léon Saubade, elle se rendit compte, une fois de plus, à quel point cet endroit différait de tout le reste du Puech. Les lourdes draperies, les livres et le piano détonnaient tout à fait quand on les comparait avec la ferme elle-même et ce que Pauline avait regardé une bonne partie de l'après-midi, en suivant des yeux le tonneau pendant l'espèce de « tour du propriétaire » effectué par l'homme. Du vivant de Monsieur, il s'agissait d'un refuge, maintenant cette pièce paraissait un tombeau. Yvonne de Lintes était vêtue d'une robe noire aux poignets et au col de dentelle blanche qui atténuaient l'impression de deuil. Elle était très pâle avec un air las, un regard triste que Pauline savait ne pas devoir mettre sur le compte de son veuvage. Elle avait aussi beaucoup vieilli ; Pauline, au coup d'œil pourtant très sûr pour ces choses, ne s'en était pas rendu compte les jours d'avant.

Quand elle entra, Madame était debout devant la cheminée où, malgré la douceur de l'air, elle avait fait allumer un feu. Cependant, elle paraissait avoir froid et serrait ses mains l'une dans l'autre pour se réchauffer. Elle invita Pauline à s'asseoir dans un fauteuil crapaud, en face du canapé où elle-même s'installa. Mais Pauline se contenta de poser ses mains sur le dossier et resta debout avec un mouvement de tête qui pouvait signifier un remerciement. Madame parut hésiter avant de parler puis elle se lança :

— Pauline, je vous ai demandé de venir pour vous faire part de mes intentions...

Elle escomptait peut-être une dénégation mais Pauline ne dit rien, laissant entendre ainsi qu'elle ne discuterait pas, mais qu'elle estimait avoir droit à cette considération. Yvonne de Lintes reprit donc :

— Voilà, vous avez vu ce monsieur qui est venu cet après-midi ; il veut m'acheter le Puech. Il vient de Bordeaux et il cherche une grande ferme pour lui et sa famille. J'hésite...

Elle attendit de nouveau, espérant peut-être que Pauline l'aiderait. En vain, encore une fois...

— Ce n'est pas une question de prix ; il est très riche et il a très envie de la propriété. Pour moi, c'est plutôt une question de sentiments. Oh, je sais bien que vous êtes au courant de tout ce qui se passait ici...

Elle insista : De tout. Une pause, puis elle reprit : Si je vends, il va me falloir quitter tout ça.

Elle fit un geste de la main qui débordait largement les murs de la pièce calfeutrée où elles se trouvaient ; il englobait tout le Puech, la ferme et les terres qui l'entouraient, les hommes qui vivaient dessus. Pauline n'aurait jamais cru possible cet intérêt se révélant brusquement pour des choses que Madame avait toujours paru si peu considérer.

— Oui, je sais que cela vous étonne mais voyez-vous, je suis plus attachée que vous ne le croyez à ce domaine, même si cela me surprend moi-même. Elle ajouta, en chuchotant presque : Je crois bien m'en être rendu compte seulement cet après-midi...

Pauline ne disait toujours rien, qu'aurait-elle d'ailleurs pu répondre ? Elle attendait la suite. De fait, Mme Saubade continua, en redressant la tête et en la regardant, à la limite du défi :

— J'ai décidé d'accepter, je vais vendre le Puech à M. Larroque. Je vous ai demandé de venir pour vous dire que je vais aller habiter en ville et que j'ai besoin de quelqu'un, disons... d'une gouvernante ; si vous êtes d'accord, ce sera vous. Sur un ton très amical, elle ajouta : Avec Marie, évidemment.

Le plus difficile pour Pauline fut de ne laisser apparaître aucun des sentiments qui l'agitaient. Ainsi la catastrophe représentée par la mort de Léon Saubade se transformait, à cause d'un Larroque, de Bordeaux, qui voulait jouer les gentlemen-farmers dans la grande nature, en une occasion unique d'offrir à Marie ce dont elle rêvait pour elle depuis le début. En ville, dans l'entourage de Mme de Lintes, un tremplin idéal s'offrirait à elles ; là il serait facile de faire remarquer Marie, tout deviendrait possible parce que la condition même d'Yvonne de Lintes, ses origines, sa fortune retrouvée donneraient un lustre magnifique à cette fille qui n'avait que sa beauté ou presque — Pauline n'oubliait tout de même pas les billets de cent francs du pourceau qui se reproduisaient à la Caisse d'épargne, ni les six barres d'or qui dormaient dans sa chambre.

Ce qui arrivait était inespéré, mais elle garda le visage plein de réserve qui lui servait de masque.

— Madame me fait beaucoup d'honneur en me demandant de continuer à la servir. Je viendrai avec vous, bien entendu.

Elle laissa passer les cinq secondes qui convenaient avant d'ajouter :

— Merci, Madame.

Tout en parlant, elle s'interrogeait ; cette femme, sur laquelle la fuite de son amour avait posé les premières traces ineffaçables de l'âge, se doutait-elle de ce qu'il y avait eu entre elle et son mari ? Non, sans doute, sinon elle ne lui aurait jamais demandé de l'accompagner dans sa nouvelle vie. Et Pauline pensait que cette nouvelle vie, elles la termineraient sans doute ensemble ; l'espèce de pacte qu'elles concluaient en cet instant signifiait aussi que, bientôt, elles s'enfonceraient toutes les deux dans la vieillesse, elles avaient à peu près le même âge. Laquelle serait la plus forte jusqu'à la fin, cette question elle aussi était sous-entendue par le pacte.

Elle constata du soulagement sur les traits d'Yvonne de Lintes ; donc elle n'était pas sûre de sa réponse ; c'était aussi bien : elle lui en serait un jour reconnaissante. Elle demanda :

— Quand est-ce que Madame compte quitter le Puech ?

— M. Larroque est prêt à traiter dès demain avec le notaire ; disons dans un mois, Pauline...

— Bien..., répondit celle-ci en se retirant.

Sur le pas de la porte, elle se crut obligée de redire : « Merci, Madame. » Mais Yvonne de Lintes regardait ailleurs, vers les tableaux, les livres, et elle serrait toujours très fort ses mains l'une sur l'autre, comme si elle avait encore très froid.

Pauline alla voir Marie. La porte de sa chambre était fermée. Elle frappa doucement et n'entendit pas de réponse. Parce qu'elle se savait beaucoup de droits, elle ouvrit et entra. Marie dormait. Jamais elle ne tirait ses rideaux et la lune éclairait la pièce. Pauline resta un moment à regarder cette petite fille qui respirait calmement dans un sommeil sans rêves. Elle pensait aux années écoulées et à celles qui viendraient, en se disant que sans Marie sa vie aurait été bien vide. S'enfermer avec Mme de Lintes dans une maison bourgeoise pour attendre la vieillesse : quelle fin ! Mais Marie était là, et avec elle s'ouvrait un avenir qui, sinon, aurait depuis bien longtemps échappé à Pauline. Que ce soit à cause d'elle-même ou des circonstances, peu importait.

Au bout d'un moment, Marie dut sentir une présence et se réveilla ; elle sourit. Pauline lui raconta ce qui se passait et ses yeux brillèrent. Un instant plus tard, comme elle voyait la cour du Puech sous la lune, elle dit :

— Si on sortait ? Oh, je t'en prie, juste un moment...

Elle s'habilla et le moment où elle fut nue devant elle rappela à Pauline qu'elle ne s'était pas trompée.

Dehors, le ciel était de plus en plus foncé vers l'horizon où semblaient s'être regroupés les paquets d'étoiles. Des bandes sombres de nuages étaient poussées par un vent qui, à ras de terre, devenait un souffle léger, et brassait les bruits et les odeurs de la nuit à la douceur un peu écœurante. Pauline remarqua que la chambre de Madame était obscure.

Un peu plus tard, elles étaient sur le chemin. A leurs côté, les prairies avaient perdu tout éclat. Marie s'arrêta. Elles se trouvaient juste en face du versant de colline qui montait vers La Baboche. Marie fit un pas en avant, écrasant des pieds de menthe sauvage qui poussaient au bord du chemin. Elle regardait vers les ruines de la borie. La lune donnait à ses cheveux noirs des éclats d'acier et le cœur de Pauline battait très fort.

Marie se tourna vers elle et, montrant La Baboche, elle murmura :

— Il faut que je te dise...

Elle la coupa, brutalement et lui tendit les bras.

— Je sais !

Marie se précipita. Elle fit lever une violente bouffée d'odeur de menthe. Elle se blottit dans les bras de Pauline.

La tête posée sur son épaule, quand elle levait les yeux, elle voyait, au loin, les étoiles qui tombaient sur le Plateau.

# III
# Le fil des ans

« L'essentiel n'est pas de vivre : c'est d'avoir une raison de vivre. Et cela n'est pas facile à trouver. »

JEAN GIONO,
*Le Moulin de Pologne.*

# Chapitre 1

En ville, Mme de Lintes avait abandonné le nom de Saubade. Le sien, connu, prestigieux, vierge d'arrivisme et de débauche nocturne, lui serait plus utile dans la reconquête de son milieu. Elle habitait, avec Pauline et Marie Goual, le beau quartier des Chartiers, vers le milieu de l'avenue des Tilleuls. Il y avait un an qu'elles étaient arrivées. La grande maison datait du second Empire, quand la bourgeoisie de province s'essayait à imiter la capitale. Un jardin carré, entouré de lauriers-tins, la séparait des grilles et de la rue. A l'arrière de la maison, un vaste potager descendait en pente douce vers la rivière qui ronronnait au printemps, entre deux rangées d'aulnes ; les feuilles grasses, poisseuses de sève, attiraient les insectes qui s'y collaient.

Là, entre les carrés de salades et les tomates en espaliers, Marie Goual se tenait parfois, quand le chagrin la prenait au souvenir du Puech et qu'elle tentait d'oublier le Plateau magique de son enfance. Ce n'était que *parfois*, dans ces moments de tristesse qui arrivent par surprise, dans la plus parfaite excitation ou même le plus parfait bonheur. Car Marie était heureuse dans cette ville dont les trésors dépassaient de loin tout ce qu'elle avait imaginé avant d'y venir, ayant connu seulement le bourg où elle allait à l'école autrefois.

Quitter le Puech, un an plus tôt, avait été un moment difficile. Elle et Pauline étaient parties, seules, avec Yvonne de Lintes ; le Bordelais avait gardé les autres à son service. Grâce au départ de Pauline, la Mitoune avait gagné des galons qui permettraient à ce cœur tendre d'oublier que ce n'était plus le même homme qui dirigeait Le Puech.

Quand la voiture conduite par Thomas avait pris le chemin qui grimpait vers le Plateau avant de bifurquer dans la direction de la grand-route, Marie s'était retournée. Pauline la surveillait du coin de l'œil ; elle avait vu une espèce d'angoisse sur son visage. Ils étaient arrivés en ville à la tombée de la nuit, et la débauche des lumières publiques avait rendu à Marie son sourire.

Les jours suivants, elles s'étaient installées. Les premiers temps, quand Marie passait dans les couloirs, elle laissait glisser son doigt sur les filets de dorure des encadrements, caressait les lambris de chêne et touchait les tentures des fenêtres avec un plaisir gourmand ; tant de richesse après le Puech et ses crépis rugueux, c'étaient les Mille et Une Nuits.

Elle occupait une chambre mansardée en haut de la maison ; par le chien-assis, elle voyait les arbres et le toit du kiosque à musique d'un grand jardin public étendu sur un vaste espace, vers le nord. En tordant le cou, elle apercevait la longue avenue traversant la ville. Quand la nuit venait, elle voyait s'allumer les enseignes des grands magasins qui dans ces années d'avant-guerre commençaient à envahir pour de bon le centre des villes de province. Ç'avait été une découverte extraordinaire pour elle que cette explosion de lumières, les alignements de maisons magnifiques du beau quartier et le parc où, les après-midi, les bonnes promenaient les landaus ; le brillant, la nouveauté de ces endroits contrastaient tellement avec le paysage souvent sévère, en tout cas dénué de paillettes, qui entourait le Puech ! Le ciel, lui aussi, était au rendez-vous, celui étoilé des nuits où elle courait le Plateau dans la solitude et l'enivrement de son enfance, celui aux nuages changeants qui la ravissaient tellement, autrefois. Elle le retrouvait, même s'il se réduisait ici à des mouchoirs, encagés dans les limites des toits et des murs des grandes bâtisses, même si les étoiles pâlissaient à cause des fumées de la ville. Dans les soirs du premier printemps, elle remontait le boulevard en compagnie de Pauline ; des venelles ouvertes entre les jardins à pelouses, la douceur de l'air faisait sourdre des odeurs lourdes de fleurs.

Par la suite, Marie, habituée au spectacle de la ville, regretta le grand ciel libre et l'infini perdu. Pourtant, elle aimait cette vie et quand cette nostalgie la prenait, elle allait se perdre un moment dans les limites du grand potager descendant vers le fleuve pour retrouver des odeurs de terre et de plantes qui suffisaient à combler le vide ouvert alors dans son cœur. Elle avait découvert, sur les berges, un chemin de halage oublié, par endroits envahi de ronces, de saponaires et de folle avoine, où elle marchait en descendant jusqu'au pont qui enjambait le courant ; elle y contournait des criques de gravier où personne ne venait jamais, avec des roselières et des ajoncs sur lesquels les libellules faisaient l'amour. Ces petits territoires lui laissaient retrouver un moment le monde qui l'avait comblée et supporter sans trop de regrets sa vie nouvelle.

Après sa fugue sur le Plateau, il y avait eu quatre ans de chasse au trésor ; en ville, cinq années d'apprentissage firent une jeune fille — en fait, très vite, une femme — de la petite sauvageonne que, sans Pauline, le Puech aurait figée.

Yvonne de Lintes s'était lancée dans une existence mondaine pour oublier, sans doute, les deux hommes qui avaient dilapidé sa vie, l'un en la trompant, l'autre en la quittant. Elle avait connu les folies de la passion, ceux qui l'incarnaient n'étaient plus là ; elle choisit de limiter son existence au contact d'êtres sans démesure.

Les liens renoués avec son amie Louise, à présent une bourgeoise mariée à un avocat et mère de trois enfants dont elle ne s'occupait guère, lui permirent d'évoluer à nouveau au milieu de gens pour lesquels la vie et les objectifs se bornaient à leurs rentes et à de minuscules aventures sentimentales. Le nouveau rôle de Pauline auprès d'elle la lui avait rendue très proche. Dire qu'elle devint aussi sa confidente ou son amie serait exagéré ; il leur était interdit à toutes deux de parler du passé. Le présent leur suffisait d'ailleurs et même si Pauline trouvait, parfois, Madame en train de regarder sans les voir les grands arbres et les pelouses du parc derrière les voilages de sa fenêtre, elle se contentait de penser qu'elle sortirait de son rôle en essayant de lui parler. Leur sujet de conversation favori était Marie. Yvonne de Lintes avait paru la découvrir au bout de quelques semaines et une sorte d'affection maladroite la gagnait en voyant passer dans la grande maison cette beauté qui aurait pu être sa fille. Alors que Pauline, poursuivant son plan, laissait une liberté en apparence entière à Marie, Mme de Lintes s'inquiéta vite de ses façons d'agir. Elle en parla ; Pauline haussa les épaules ; elle ne pouvait tout de même pas lui avouer qu'il lui paraissait normal et, pire, souhaitable, qu'elle ait devant les hommes un air hardi et, devant les femmes, une condescendance critique, qui ni l'un ni l'autre n'étaient de son âge. L'exemple de Pauline, la liberté que Marie avait connue au Puech avaient fait d'elle quelqu'un de beaucoup plus mûr et lucide que sa jeunesse ne le laissait supposer. Yvonne de Lintes essaya de corriger ces penchants : elle décida d'offrir une éducation à la jeune fille. Un professeur vint, plusieurs fois par semaine, lui donner des leçons particulières. Elle apprit beaucoup, et vite. Elle possédait deux atouts essentiels : son intelligence et une facilité pour la dissimulation dont seule Pauline avait mesuré l'ampleur. Au demeurant, elle n'eut guère à cacher ; apprendre lui plaisait et elle sentait, obscurément peut-être, que cela lui servirait. Elle n'avait connu que les balbutiements de l'école ; grâce aux leçons particulières, elle devint capable de s'exprimer correctement et même de faire preuve d'une certaine érudition ; ça ne menait pas loin, mais les femmes que Madame fréquentait n'en avaient pas plus à leur disposition et cela leur suffisait amplement.

Quand elle vit les progrès rapides de Marie, Yvonne de Lintes commença de l'emmener avec elle aux après-midi chez ses amies. Dans des salons tristes à l'atmosphère feutrée, meublés en un style pesant et sans grâce, autour de tables où on leur servait du chocolat qui fumait, elles prirent l'habitude de se trouver ensemble. Marie, assise sur une chaise un peu en arrière de Madame, ne se mêlait pas aux conversations, mais elle apprenait vite en observant le jeu, que ces femmes voulaient subtil, du papotage et de la médisance. Elle y apprit, avant tout, une vérité définitive : ce qui comptait se résumait en deux mots : « hommes » et « argent ». Quand ces deux mots étaient réunis dans un même personnage, celui-ci méritait qu'on lève les yeux sur lui.

Pauline aurait pu être jalouse de l'ascendant d'Yvonne de Lintes. Ce ne fut pas le cas, parce que, réunies devant le feu du salon, alors que Madame avait rejoint sa chambre et retrouvé ses vieux rêves dans les rayonnages de sa bibliothèque ou les partitions de son piano — car elle avait apporté du Puech et installé dans cette chambre ce qui lui permettait, autrefois, d'oublier le grand monde inquiétant, l'espace des collines et du Plateau qu'elle n'avait jamais aimé —, une fois seules devant ce feu et aussi lors des promenades sur le boulevard où Madame ne les suivait pas, elles retrouvaient intacte la complicité, l'espèce de lien obscur et très profond qui les unissait depuis si longtemps, depuis que Pauline avait pris dans les bras, un soir de l'hiver 1916, un paquet enveloppé dans un fichu effrangé, des mains d'une femme qui allait mourir et dont elles ne parlaient jamais.

Le jour où Marie eut quinze ans — la date de son anniversaire avait été fixée une fois pour toutes par Pauline —, Yvonne de Lintes invita les filles de ses amies qui avaient le même âge. Ce fut un échec dont elle-même se rendit compte. Certes, Marie fut parfaite, d'une amabilité extrême, d'une grâce complète, mais, dans ses yeux, tout au long de cet après-midi interminable, Madame mesura la distance séparant déjà la jeune fille des autres, qui étaient encore des gamines. Elle en fut bouleversée et pressentit ce jour-là que cet amour aussi lui échapperait.

Elle n'eut guère le temps de ressasser sa déception : à la même époque, un homme s'intéressa à elle. Elle était veuve, riche — on le savait : les notaires sont là pour ça — et, malgré la cinquantaine proche et quelques rides d'amertume découvertes avant de quitter le Puech, elle était encore très belle. L'homme s'appelait Charles Dubois. Pour compenser cela aux yeux du cercle habituel des relations d'Yvonne de Lintes, il possédait deux minoteries à Vielfort et plusieurs fermes sur les contreforts du Causse ; elles lui laissaient un joli paquet de revenus chaque année. Il n'avait ni la séduction de Léon Saubade à l'époque des rossignols, ni la beauté fatale de l'ange du Puech, mais il était grand, élégant et poli, d'une attention excessive quand ils étaient ensemble ; elle réfléchit longtemps avant de se décider. Ils se promenèrent pendant un mois, durant l'automne de 1932, dans les allées du jardin public. Les feuilles tombaient lentement avec une grâce et un légèreté ravissantes, l'air était doux à l'abri des maisons encerclant le parc ; même les saisons, qui lui faisaient peur autrefois, étaient ici différentes. Sur le bassin deux cygnes naviguaient avec des nonchalances de princes, entre les taches blanches et roses des nymphéas. Plusieurs fois au cours de ces promenades, elle eut envie de poser sa tête sur l'épaule de Charles mais elle se retint : quand, le soir, elle se retrouvait seule dans sa chambre, elle retrouvait aussi deux hommes dont elle ne parvenait pas à se débarrasser.

Yvonne de Lintes et Charles Dubois avaient « vécu » tous les deux. En décembre, alors que la neige couvrait les toits gris de la ville et que, dans les rues, le vent de l'hiver passait au galop en gelant l'eau des gouttières, ils devinrent amants. Cette liaison de grandes personnes, sans passion, les réunit quelques après-midi dans la garçonnière du minotier qui habitait, le reste du temps, une grande ferme caussenarde, au milieu des seigles et du blé poulard à trente kilomètres de là. Ils en retirèrent du plaisir mais aucune joie, et cela paraissait dans l'ordre. Pourtant, juste avant Noël, il lui demanda de l'épouser, avec beaucoup de gentillesse. Elle réfléchit ; elle aurait peut-être accepté pour chasser une fois pour toutes les fantômes du passé — sans être sûre d'y parvenir par ce moyen ; elle en parla à Pauline, c'était une erreur : elle ne répondit pas franchement mais regarda avec une certaine insistance les rides au coin de sa bouche et de ses yeux, et les quelques fils blancs qui s'étaient glissés dans ses cheveux. Le lendemain, elle déclara à Charles Dubois qu'elle ne voulait pas l'épouser mais qu'ils resteraient amants s'il le souhaitait. Ils se virent encore deux ou trois fois puis, un jour de tempête de neige et de froid sibérien, la voiture du minotier se perdit sur le Causse entre deux de ses fermes ; on le retrouva quelques jours plus tard, mort de froid, il s'était endormi sur son volant.

Une nouvelle page se tournait pour Yvonne de Lintes. Elle se lança à fond dans des œuvres charitables, se prépara à passer les dernières années de sa vie dans la solitude partagée avec Pauline, dans une grande maison froide. Depuis les quinze ans de Marie, elle n'avait plus aucune illusion sur la part que celle-ci prendrait dans son avenir et elle avait raison.

En 1933, Marie eut dix-huit ans. Sa beauté éclatait comme une grenade ; elle en avait la même saveur sucrée. Elle avait acquis pendant ces années une grande facilité à se mêler au monde, en particulier à celui de Madame, qu'elle accompagnait toujours avec la fidélité d'un petit chien. Yvonne de Lintes était fière d'elle, de l'avoir à ses côtés, comme si un peu de sa beauté à elle revenait ainsi au grand jour. Elle habillait Marie comme elle l'aurait fait pour sa fille, lui offrait des bijoux ainsi que font les mères. Elle lui montrait, d'ailleurs, une affection quasi maternelle et Pauline était la seule à savoir que cette façade cachait une crainte sourde des dangers découverts le jour de ses quinze ans. Les autres ne voyaient rien et ils accueillaient la jeune fille exactement comme si elle avait été une demoiselle de Lintes. Les hommes, les jeunes cela s'entend, mais aussi d'autres, plus âgés, tournaient autour d'elle et l'on — Pauline et Madame — sentait bien que ce n'était pas seulement pour la beauté magnifique, la grâce printanière qu'elle traînait derrière elle.

Marie était grande à présent, avec une taille très allongée mise en valeur par les robes que Madame lui faisait faire chez une couturière de la place d'Armes, sur des patrons de Paris expédiés, à grands frais, du faubourg Saint-Honoré. Ses yeux d'aigue-marine avaient perdu depuis longtemps la fraîcheur candide des yeux d'enfant ; un velours plein de mystère la remplaçait ; ses mains très blanches avaient la grâce de celle des madones du Quattrocento et, au-dessus de tout cela, coulait une fontaine de cheveux noirs, aile-de-corbeau, qui descendaient sur ses épaules. Pauline les coiffait matin et soir, comme autrefois, et comme si elle entretenait un trésor ; c'était bien de cela qu'il s'agissait dans son esprit. Marie se laissait faire sans rechigner ainsi que font habituellement les jeunes filles.

Sa beauté et sa richesse envisageable faisaient qu'on — les amies, « les dames » — promettait à Marie un mariage avec un fils de famille auquel elle apporterait l'ornement de la première et, grâce à la seconde, les rentes qui permettent les pas en avant des générations : on l'imaginait, bien sûr, héritière désignée de la fortune retrouvée des de Lintes.

Elle eut donc un chevalier servant, un futur mari peut-être. Il s'appelait Michel Laval. Il avait l'âge de Marie et sa destinée, depuis longtemps écrite dans le ciel, était de reprendre l'étude de notaire de son père. Il était joli garçon et formait avec elle un couple parfait qui ravissait la mère du jeune homme, une bourgeoise suffisante et ronde à laquelle le souvenir de la particule accolée, autrefois, au nom d'un grand-père maternel donnait une satisfaction intermittente vite remplacée par des périodes d'aigreur, à cause de sa disparition à la génération suivante. Dans ces moments, elle se rattrapait comme elle pouvait, en disant du mal des autres ; seule, d'ailleurs, la future fortune de Marie, tout à fait vraisemblable, avait permis de lui trouver des dons qui, autrement, seraient sans aucun doute passés inaperçus. Elle commençait à échafauder le plan d'avenir de son fils qui se laissait porter sans difficulté par les événements. S'il était fier de se trouver à côté d'une aussi jolie fille et de lui tenir la main, ce qui faisait enrager ses amis — des garçons qui avaient, comme lui, hérité d'un destin tout tracé dans le ciel de lit de leur berceau rembourré de satin —, cette fierté n'allait pas jusqu'à lui faire apprécier les vraies qualités de Marie tels le courage ou la ténacité. De toute façon, ces gens vivaient comme sous l'Ancien Régime, dans une opulence qui ne passerait pas le cap de la prochaine guerre mais qu'eux croyaient éternelle. En dehors des notaires, des avocats et des médecins, les autres, la majorité, étaient des propriétaires terriens qui se voulaient de grands seigneurs, même si leurs biens n'étaient entrés dans les familles qu'à la Révolution. Ils donnaient des bals, faisaient leur cour aux importants et cultivaient un système d'alliance dans lequel, les fils transmettant le nom, seule la fortune de la future bru entrait en ligne de compte. Ils se réunissaient entre eux, parlaient d'eux en bien, des autres en mal ; surtout des aventuriers qui, après la Première Guerre, s'étaient lancés dans le commerce ou l'industrie, y avaient fait fortune et en profitaient pour s'échapper de la ville, aller ailleurs, sur la Côte d'Azur ou à Paris.

Partout, déjà, le monde avait changé, les années folles étaient descendues jusque dans la province, les autos avaient remplacé depuis longtemps les bogheis et les cabriolets, mais eux s'obstinaient dans des manières désuètes.

Michel fit ce qu'on lui demandait : il courtisa Marie. Elle accepta ses attentions sans se forcer, encouragée par Yvonne de Lintes dont on parlait comme de la mère de Marie.

A l'automne de 1934, on commença à évoquer des fiançailles, à mots couverts, par sous-entendus ; il fallait des assurances d'Yvonne de Lintes pour que les choses aillent un peu plus loin. L'hiver passa ainsi, d'autant que Michel partit quelque mois pour la capitale ; sous prétexte d'effectuer un stage dans l'étude d'un ami de son père, mais aussi et surtout pour

« jeter sa gourme », comme on disait, avec de discrets ricanements salaces.

Quand il revint, c'était l'époque des soirées de printemps ; il reprit sa place auprès de Marie. Pendant tout ce temps, il n'avait jamais été question d'amour entre eux. La jeune fille se contentait de tenir son rôle de fiancée potentielle, lui l'emploi de chevalier servant ; une docilité qui convenait à tout le monde. Ils se promenaient ensemble dans le jardin public, toujours accompagnés d'amis de leur âge. Enfin, au cours d'une conversation particulière, Yvonne de Lintes donna des assurances. Mme Laval décida aussitôt d'organiser un bal, au cours duquel on annoncerait les fiançailles des jeunes gens. Michel avait fait sa demande à Marie qui, poussée par Yvonne de Lintes, avait dit « oui ». Pour la première fois, Marie avait mis Pauline devant le fait accompli. Ce n'était au fond que le résultat prévisible des filets qu'elle avait tendus ; pour Marie, l'ascension commençait avec ce mariage ; peu importait que Pauline, exclue, prît un air contrarié ; elle aurait bientôt les toilettes et le train de vie qui étaient les équivalents tangibles des richesses découvertes autrefois ; elle avait bien retenu la leçon : l'or et la gloire valaient toutes les étoiles du ciel et le givre étincelant sur les aubépines.

Le jour du bal arriva. Pour la première fois aussi, Pauline ne s'occupa ni de l'habiller, ni surtout de la peigner. Quand Marie le lui demanda, en tendant sa brosse, elle ne lui répondit pas, la regarda au fond des yeux une seconde et alla s'enfermer dans sa chambre. Madame la remplaça, en disant qu'elle trouvait Pauline bizarre depuis quelque temps ; elle évoqua « un âge critique », et rassura Marie, troublée un moment. Bientôt, elle n'y pensa plus et partit pour le bal avec Yvonne de Lintes.

La soirée battait son plein : une réussite. On dansait, le buffet bien garni attirait tous les célibataires de la ville en position d'être acceptés. Marie était plus éblouissante que jamais. La mère de Michel parlait avec Yvonne de Lintes. Vers dix heures, elle pensa que le moment était venu d'annoncer les fiançailles de « mon fils avec votre fille », comme elle disait en accentuant légèrement ces derniers mots.

Michel et Marie s'arrêtèrent de danser quand la mère réclama le silence. Elle commença : « Mes chers amis, je suis très heureuse de vous annoncer les fiançailles de... »

A ce moment, il y eut un mouvement à l'entrée du grand salon où se tenait la réception. Les gens s'écartèrent, on vit s'avancer une femme, entièrement vêtue de noir, très droite et très pâle. La mère de Michel lut dans ses yeux, quand elle fut en face d'elle, une dureté qu'elle n'avait jamais rencontrée nulle part. Elle se tourna vers Yvonne de Lintes ; blanche, elle aussi, comme une morte, elle regardait Pauline, seule maintenant dans le cercle des invités. Marie semblait ne pas se rendre compte de la situation, elle dit à voix basse quelques mots à Michel qui ne les comprit pas. Pauline fit encore deux ou trois pas, se trouva devant la mère et Yvonne de Lintes. Elle dit : « C'est impossible ! »

Mme Laval demanda, avec une pointe d'angoisse dans la voix : « Qu'est-ce qui est impossible ? Et d'abord qui êtes-vous ? »

Pauline ne releva pas la dernière phrase : elle prouvait le mépris profond de cette femme qui ne l'avait jamais regardée, alors qu'elle accompagnait souvent

Madame ; sans s'émouvoir et d'un voix très claire, elle dit : « Ce mariage est impossible : Marie n'est pas libre ! »

Il y eut un moment d'agitation indescriptible pendant lequel les gens transmettaient aux plus éloignés les paroles de Pauline. Yvonne de Lintes serrait ses mains l'une contre l'autre. Mme Laval devint rouge comme si elle était insultée personnellement et Michel s'écarta de Marie. Celle-ci, très calme, regardait fixement Pauline qui vint vers elle, lui prit la main et l'entraîna ; elle se laissa faire ; elles traversèrent le salon. Au fur et à mesure qu'elles avançaient, un passage s'ouvrait devant elles.

Dehors, c'était un soir de printemps comme elles en avaient tellement connu autrefois. Une heure plus tôt, une averse avait mouillé les trottoirs qui brillaient un peu sous l'éclairage public. Maintenant le ciel était dégagé et des jardins montaient des vagues de parfums. Il faisait doux malgré la pluie, presque chaud. Elles n'étaient pas très loin de chez elles et elles allaient à pied. Pauline avait lâché la main de Marie qui la suivait. Elles arrivèrent à la grande maison où l'obscurité et le silence qui l'accompagnait étaient impressionnants après les lumières et le brouhaha du salon des Laval.

Pauline alluma une lampe qui fit danser de grandes ombres sur les lambris des murs. Elles montèrent à la chambre de Marie. Là, Pauline l'aida à quitter sa robe de bal et lui donna une chemise de nuit qu'elle avait faite elle-même, puis elle décrocha les peignes retenant ses cheveux et la jeune fille ferma les yeux pendant qu'elle les brossait. Elles n'avaient ni l'une ni l'autre prononcé un mot. Marie s'allongea sur son lit, elle pleurait. Pauline s'assit à côté d'elle et, pendant qu'elle caressait son front, parla :

— Ne m'en veux pas. Je ne pouvais pas laisser cela continuer. Michel Laval n'est pas pour toi. Tu t'es trompée et moi aussi sans doute en permettant que les choses aillent aussi loin. Avec l'autre aussi tu te trompes ! Je sais ce que je dis, j'ai connu ça... il y a longtemps. Tu as cru tout avoir, mais ce n'est pas possible. Pour l'amour, j'ai tout joué et j'ai perdu, Marie. Un autre homme qui passait à ce moment m'a pris le reste. Il est trop tôt...

La respiration de Marie devint régulière et elle s'endormit, comme une petite fille. Pauline ajouta, ne parlant plus que pour elle-même : « Il s'appelait Jean... » Elle entendit le claquement de la porte d'entrée. Quand elle fut certaine que Marie dormait tout à fait, Pauline prit la lampe, tira le rideau du chien assis par lequel on voyait, au-dessus de la nappe des lumières de la ville, celle des étoiles scintillantes dans un ciel sans nuages.

En descendant, Pauline vit que le salon était allumé. Yvonne de Lintes était assise sur le canapé ; elle avait l'air affolé, mais elle n'avait pas pleuré ; sans colère dans la voix, elle demanda :

— Pauline, pourquoi avez-vous fait ça ?

— Pour elle, Madame, pour qu'elle ne soit pas malheureuse toute sa vie.

— Pourquoi avez-vous dit que Marie n'était pas libre ?

— Il y a deux mois, pendant l'absence de Michel Laval, elle a rencontré un jeune homme. Ils se retrouvent sur la berge du fleuve, c'est là que je les ai vus, il y a une semaine. C'est là que je les ai surpris..., précisa Pauline.

— Mais alors, avant ce soir, Marie savait que vous étiez au courant ! s'exclama Yvonne de Lintes.

— Bien sûr, répondit Pauline.

— Et elle allait accepter de se fiancer avec Michel Pourquoi, Pauline ?

— Parce qu'elle voulait tout : le brillant de la femme de Laval et l'amour de l'autre, dit Pauline.

Yvonne de Lintes se taisait, essayant sans doute de comprendre. Un long moment passa ainsi, pendant lequel un gros insecte, attiré par une des lampes, vint se jeter contre une vitre avec un bruit sourd. Ce fut Pauline qui reprit la parole :

— Nous allons partir, Madame, toutes les deux. La place de Marie n'est pas ici, je me suis trompée ; j'avais cru qu'elle saurait d'instinct ce qu'il lui fallait faire pour devenir quelqu'un. Mais ce n'est pas ici qu'elle y parviendra.

En disant « ici », elle montrait le salon, la maison tout entière et un tas d'autres choses qui englobaient les rues, le parc, l'hôtel particulier des Laval, toute la ville même.

Comme Yvonne allait parler, elle la coupa d'un geste :

— Non, Madame, je sais ce que je veux dire. Marie, il lui faut la liberté et la réussite ; surtout la liberté, et ce n'est pas auprès d'un homme comme Michel Laval qu'elle la trouvera. Auprès de l'autre non plus, d'ailleurs. Mais celui-là, c'est réglé, il va partir. L'imbécile m'a fait un peu chanter, je me suis laissé faire. Bientôt, il disparaîtra et je sais que Marie, qui croit être amoureuse, ne le regrettera pas longtemps. Croyez-moi, cela vaut mieux pour tout le monde... et même pour vous, ajouta-t-elle.

Yvonne de Lintes la regardait ; elle avait maintenant l'air de comprendre, Pauline était convaincante et elle-même gardait dans un petit recoin de sa mémoire le jour des quinze ans de Marie. Elle soupira et dit :

— Peut-être avez-vous raison, Pauline. Je me suis sans doute trompée moi aussi en croyant que Marie pourrait pénétrer dans ce monde-là. Mais, si vous partez, où est-ce que vous irez ?

— Ne vous inquiétez pas, je le sais moi, mais...

— Mais vous ne voulez pas me le dire, n'est-ce pas ? la coupa Madame avec ce qui était presque un sourire.

— Non, pas encore... Il faut que Marie s'éloigne.

— Pour cela aussi, vous avez sans doute raison... Mais, ajouta-t-elle, je veux vous aider, je vous donnerai de l'argent : celui que je comptais donner à Marie, tout de suite...

Pauline acquiesça ; il n'était pas question de refuser cela, même si on cachait dans un torchon de quoi faire face, longtemps.

— Je regrette, savez-vous, pour le scandale de ce soir ; j'espère que cela ne va pas trop vous nuire.

— Bah ! cela passera vite... répondit Yvonne de Lintes.

Elle ajouta, d'un ton froid, très amer :

— Je suis trop riche, Pauline ! Avec mon nom, cela rattrape tout !

Pauline, sourit :

— Oui, vous avez raison... Nous partirons dans une semaine ! Je connais quelqu'un qui me remplacera.

— Je vous fais confiance, Pauline. Maintenant, il vaut mieux que nous allions nous coucher... nous nous sommes tout dit, non ?

L'accent qu'elle avait en prononçant ces derniers

mots attira l'attention de Pauline qui tenait déjà la poignée de la porte. Elle se retourna et dit :

— Non, nous ne nous sommes pas tout dit ; il y a encore une chose que je tiens...

Yvonne de Lintes l'interrompit :

— Que vous couchiez avec mon mari ? Mais Pauline, il y avait bien longtemps que cela ne comptait plus pour moi !

Pauline la regarda avec une lueur d'admiration dans le regard. Elle dit à voix basse :

— C'est vrai, nous n'avons plus rien à nous dire ce soir...

Elle fit un signe de tête et sortit ; elle tenait la lampe à la main ; tandis qu'elle montait vers l'étage, elle voyait les éclats de lumière frapper les dorures et les miroirs de l'escalier. La maison était plongée dans un silence absolu, seule sa robe noire bruissait légèrement en frottant sur le nez des marches cirées, comme le passage d'une eau.

Sur le palier où s'ouvrait le couloir sombre menant à sa chambre, elle s'approcha de la baie en vitraux qui éclairait l'escalier. Par un des triangles de verre transparent, au milieu de la robe de la jeune femme modern style représentée par le vitrail, elle regarda au-dehors. Le ciel s'était obscurci, on ne voyait plus les étoiles et une averse crépita sur le verre. Ce bruit, venu du bout du monde, apportait les images des soirs du Puech. Elle resta longtemps ainsi, un peu angoissée, se demandant ce que serait l'avenir aux côtés de Marie qui dormait là-haut.

## Chapitre 2

À pas de loup, l'automne était venu. L'auberge de la Gardelle était maintenant cernée par les teintes violentes sur le pelage des arbres. Tout autour, les bois dressaient une barrière de feu et d'ocre dont, parfois, des feuilles s'envolaient, comme pressées d'en finir, de mourir à cause des regrets que l'été qui s'enfuit laisse au cœur des vivants. Les chênes isolés résistaient encore à la rouille et les peupliers compensaient leur faiblesse grâce à la richesse d'ors transparents avivés par le brassage infatigable du vent dans les fonds de vallées, où il s'attardait avant de repartir pour des courses éperdues. Au plein des bois, les érables tentaient le même effort ; ils étaient alors des feux isolés, des explosions incarnates, sur la couleur uniforme et paisible de l'autre incendie qui n'avait pas les mêmes éclats et se contentait de rougeoyer comme un foyer tisonné. L'air avait la douceur extrême qui convient à des malades, même si cette délicatesse excessive présageait l'arrivée des premiers souffles glacés qui descendraient du nord avec les manières rudes, les gestes brutaux des bourrasques.

Dans un de ces jours baignés d'or et de légèreté,

Pauline regardait Marie dans la cuisine de leur petite maison près de l'auberge. C'était le matin et Marie déjeunait ; ses cheveux dénoués couvraient ses épaules ; la chemise de nuit brodée laissait nus ses bras dont la peau frissonnait par moments, surtout de plaisir, dans le courant d'air amenant, par la porte ouverte sur le jardin, les odeurs lourdes des feuilles et les parfums des fleurs qui lançaient leurs dernières offensives dans la saison.

Pendant des années, Pauline avait ainsi regardé Marie. Aujourd'hui, elle se rendait compte qu'à l'admiration et l'amour se mêlaient des regrets, le sentiment d'une fuite, d'une disparition ; et même son appétit formidable d'exister ne suffisait plus à les guérir. Le temps avait passé...

Les six années en ville dans le grand monde avaient été une sorte de parenthèse dans leur vie. Elles s'étaient achevées dans un scandale — vite étouffé au demeurant — et avaient marqué pour Pauline la limite des ambitions qu'elle fondait sur la jeune fille.

Elles vécurent ensemble quelque temps à l'autre bout de la ville. Le jeune homme du bord du fleuve tint sa promesse et disparut un mois plus tard. Ensuite commença pour les deux femmes une lente migration qui les mena d'abord dans un quartier plus modeste que celui des Chartiers puis, un an plus tard, jusque dans l'extrême banlieue où elles habitèrent une maisonnette blanche, au milieu des jardins. Elles y passèrent une autre année, pendant laquelle Pauline parut faire une pause. La beauté de Marie devint plus grave, plus mûre ; elle conservait néanmoins tout l'éclat de son charme un peu imprévisible.

Devant la maison, il y avait un banc ombragé par un tilleul. Elle s'y asseyait souvent, les mains croisées, à ne rien faire. Devant elle s'étendaient de grands terrains sur lesquels les ouvriers de la ville avaient délimité des jardins avec des barrières blanches ; ils y venaient le soir, entretenir des potagers qui amélioraient l'ordinaire. A côté des légumes, ils faisaient pousser des fleurs ; elles transformaient le paysage par la profusion de leurs couleurs, leurs aigrettes qui se balançaient, leurs cœurs somptueux pointillant les massifs de grosses taches jaunes ou rouges. Au printemps, leur juxtaposition avec les verts des jardins couvrait tout l'espace entre les premières maisons de la ville et la maisonnette, après laquelle commençait le pays sauvage qui montait vers le nord, vers les forêts et, au-delà, les pâturages de la Margeride.

Pauline se demandait comment cette fille au cœur bouillant pouvait rester ainsi, des heures d'affilée, assise sur un banc ; surtout à regarder vers les jardins et, plus loin, les silhouettes des maisons. Elle aurait mieux compris de la voir attirée par le grand large d'autres plateaux qui lui auraient rappelé le sien. Son étonnement durait peu parce qu'elle surprenait dans le regard de Marie de telles lueurs qu'elle devait admettre, avec inquiétude, que le feu couvait toujours sous la cendre. C'était à elle de prévoir le moment où il se rallumerait pour éviter qu'il n'embrase leur vie entière.

Si Marie bornait sa vie au cadre de ce paysage paisible, par certains côtés médiocre en dehors de la gloire des fleurs, Pauline, elle, regardait vers la grand-route qu'on apercevait au bout du chemin de terre devant la maisonnette blanche, à travers d'autres jardins, trop lointains, qui avaient été abandonnés. Là-bas, le monde passait et son mouvement venait à peine battre les berges de la ville immobile où elles avaient vécu six ans. Elle avait choisi de s'enfoncer encore plus loin, jusqu'à ce no man's land où elles demeuraient aujourd'hui, pour reprendre haleine, pour faire table rase de ces six ans et de l'erreur qu'elle-même avait commise en croyant rattraper, grâce à la beauté de Marie, des années de bonnes manières d'une bourgeoisie dans laquelle elles n'avaient ni l'une ni l'autre leur place. Afin de rejoindre leur monde, celui de l'aventure et de l'excès, il fallait se trouver là où la vie palpitait vraiment. Elle pensait faire cette nouvelle étape grâce à Marie. Elle se trompait encore ; c'est sur elle que tomba la foudre.

Il s'appelait Pierre Delmas. Il arriva un jour d'été, prétendit s'être égaré dans le pays des jardins. Il mentait ; Pauline le devina tout de suite et comprit qu'il l'avait suivie depuis la ville d'où elle rentrait après quelques courses. C'est du moins ce qu'elle racontait à Marie ; en fait, elle allait voir Yvonne de Lintes, qui, le bref scandale effacé, avait repris sa vie éteinte avec le désir, de plus en plus évident, de se fondre dans la masse des bonnes œuvres, de la médisance des autres, des rêves étouffés. Elles s'asseyaient un moment dans le salon où la lumière entrait avec peine ; elles parlaient, de Marie surtout, parfois du Puech. Elles n'avaient pas grand-chose à se dire, mais le rite de leurs conversations inutiles leur rappelait les éclairs de vie intense qu'elles avaient connus, même si elles ne les évoquaient jamais. Une demi-heure, une heure au plus, à raviver des cendres déjà froides et elles se quittaient.

Il arriva donc à travers les jardins. Il n'était ni jeune

ni beau, mais il avait de l'allure, comme on dit. Habillé en chasseur, ce qu'il n'était pas, il était grand, brun avec quelque argent sur les tempes qui ne faisait pas si mauvais effet que cela. Ses yeux bleus, très lumineux, brillaient d'intelligence tandis qu'il racontait à Pauline son histoire de mauvais chemin. A la fin, comme elle souriait de ses explications, il avoua l'avoir remarquée et suivie.

— Ne m'en veuillez, pas, dit-il d'une voix calme et mesurée malgré son émotion ; ce n'est pas mon habitude, de suivre les dames...

Elle répondit à peine, une banalité, et attendit. Il reprit :

— Si vous voulez bien, un jour prochain, je reviendrai.

Elle ne dit ni oui ni non ; c'était déjà acquiescer. Il revint le dimanche suivant, au milieu de la matinée, dans une voiture noire qui faisait voler la poussière du chemin de terre. Pauline l'attendait ; elle le vit arriver de la grand-route. Il leur proposa de les amener au restaurant. Il vanta un moment l'endroit où il projetait de les conduire, sans se rendre compte que Pauline était déjà prête. Ce fut un beau dimanche ; le repas, la promenade qu'ils firent ensuite, le retour le soir, avec les cheveux dénoués des deux femmes que le vent entraînait par les vitres ouvertes. Quand ils arrivèrent à la maisonnette, Marie dit qu'elle était fatiguée et qu'elle voulait dormir. Pauline et Pierre Delmas se promenèrent encore sur le chemin ; il lui parla d'amour, elle l'écouta. Puis il partit. Quand l'éclat de la voiture sous la lune eut disparu dans les virages, Pauline se dit qu'à nouveau les choses tournaient autrement qu'elle l'avait imaginé. Elle se sentait très heureuse et s'en étonna : il y avait si longtemps...

Elle réfléchit beaucoup avant de finir par s'avouer sans le regretter, ce qui la surprit encore davantage, qu'elle était peut-être amoureuse. Pour la première fois, les plans qu'elle forgeait coïncidaient avec ses inclinations personnelles. Elle regarda vers la grand-route ; il n'y avait plus rien à voir que son ruban se déroulant sous la pleine lune vers des pays étrangers à la douceur qui l'entourait, à la fin sans espoir à laquelle cet endroit pouvait aussi aboutir. Elle avait appris — Pauline savait où se renseigner, et vite... — que Pierre Delmas possédait une grosse auberge, à un carrefour de la route de Mende à Marvejols. Une auberge dont il ne leur avait pas beaucoup parlé ; déjà, cependant, elle l'imaginait, pleine du bruit du monde qu'elle désirait affronter pour effacer ses erreurs et en conquérir avec Marie un assez gros morceau afin que sa vie retrouve un sens. L'homme qui lui permettait d'envisager un tel espoir était également quelqu'un dont la main sur la sienne au moment de son départ avait couvert sa peau de frissons ; il lui fallait aussi en tenir compte.

Quand elles avaient quitté la maisonnette blanche aux confins de la ville, tout avait paru facile. Pierre Delmas était très amoureux, et Pauline, qui se croyait pourtant incapable d'un abandon réel, avait pour lui estime et affection. Aujourd'hui elle utilisait ces mots et se les répétait pour s'en convaincre tout à fait ; il y avait eu ces premiers jours avec Pierre et, sauf son souci obstiné de ne jamais avouer la moindre faiblesse, elle aurait été obligée de reconnaître qu'elle avait tout bêtement été folle d'amour. A la fin de l'été, il lui avait demandé de partager sa vie. Elle avait accepté, se donnant à elle-même le prétexte de rejoindre ainsi le monde dont elle avait craint un moment d'être à jamais séparée, et qui s'incarnait dans ces mots : « la grand-route », « l'auberge de Gardelle ». Elle avait tout de suite vu le parti à tirer d'un tel lieu, de sa situation près d'une route fréquentée, à l'abri des curiosités ; des atouts qui permettraient, si l'on s'en donnait la peine, de transformer un restaurant de campagne avec des chambres où dormaient les voyageurs de commerce entre deux étapes en ce tremplin dont elle avait toujours rêvé. La Gardelle supplanterait le Puech qui lui avait échappé à cause du retour inopiné d'un homme misérable dont elle détestait encore davantage la mémoire. Elle avait accepté de suivre Pierre non en vue d'un nouveau mirage mais d'un projet, d'un nouveau plan qu'elle savait pouvoir mener à bien.

Il vint les chercher et elles abandonnèrent la petite maison qui avait été une pause dans leur destin tourmenté.

Fin décembre, Pierre Delmas était parti pour la foire de Mende. Le matin, le ciel était bas, d'un gris un peu sale, lourd comme de l'huile, et les monts de Lozère avaient disparu sous une chape ; des nuées pesantes semblaient descendre lentement dans les vallées mais restaient en suspens, apportant une ombre qui dura tout le jour, une douceur nouvelle, humide et très étrange après le froid tranchant qui régnait sur le pays depuis une semaine. Après la foire, Pierre devait monter vers Châteauneuf-de-Randon, pour récupérer de vieilles dettes accumulées par un fermier qui faisait à la Gardelle des fiestas de fin de semaine en compagnie de petites poules de la ville, et qui venait de se marier. Cette nouvelle situation permettait de penser que Delmas n'aurait aucune difficulté à récupérer ses sous ; ensuite, il rentrerait par la route de la Margeride pour gagner du temps. La journée s'était passée comme d'ordinaire à la Gardelle où, déjà, Pauline menait tout, bien entendu. Le soir venu, la lumière avait vraiment commencé à baisser jusqu'à obliger à allumer les lampes ; il n'était que quatre heures de l'après-midi. Alors, les premiers flocons étaient arrivés ; avec une infinie douceur, ils se posaient sur les toits ou le terre-plein de la cour ; ils fondaient ou s'accrochaient un moment aux branches nues des arbres et vivaient encore un peu avant de se transformer en gouttes, en éclats de vif-argent dans l'obscurité qui couvrait l'auberge et ses environs. Avec une patience têtue, ils s'étaient réunis, donnant l'impression que c'étaient les mêmes qui tombaient, formant un rideau blanc, continu et sans faille, qui éteignait tout à fait le peu de jour encore vivant dont la lumière n'éclairait rien, paraissait une phosphorescence inutile dans le monde devenu obscur et indifférent. Sur les toits, le sol et les arbres, s'était alors coulé un pelage d'hermine dissimulé derrière le rideau de neige ; on le découvrit quand celle-ci cessa de tomber, au moment où le silence s'installa sans échos parce qu'elle les étouffait.

Pauline attendit le retour de Pierre, derrière une fenêtre contre laquelle la neige s'était accumulée ; une lampe, à côté d'elle, faisait scintiller les cristaux entassés sur l'appui, qui captaient et réfléchissaient la lumière cendrée, permettaient d'oublier l'abîme blanc. La nuit s'éclaircit enfin quand la lune se leva sur l'étendue prise en masse, avec brutalité, par le froid. La lampe s'éteignit et Pauline resta, sentinelle obstinée qui ne croyait plus au retour de celui qu'elle guettait mais persuadée, également, que sa présence seule permettait d'espérer encore.

Au matin, alors que le soleil dévalait les crêtes avec une joie enfantine et remplissait le monde d'éclats éblouissants, le téléphone avait grelotté dans la grande salle de l'auberge. Tous les autres dormaient ; elle avait décroché, et elle avait entendu une voix, qui se voulait forte malgré la faiblesse que le petit jour donne aux hommes, lui annoncer qu'on avait découvert Pierre, enseveli sous une congère à quelques dizaines de mètres de la Baraque-du-Cheval-Mort où il avait tenté de trouver refuge après avoir, sans doute, erré longtemps sur le plateau. Au début de l'après-midi, on l'avait ramené à la Gardelle ; son visage souriait presque, comme si cette course folle qu'il avait dû faire au milieu de la tempête de neige n'avait été qu'un jeu d'adolescent, qui avait seulement mal fini. Marie pleura, elle avait de l'affection pour Pierre, mais Pauline qui l'aimait ne versa pas une larme : sa peine était moins forte que son reproche. Il avait couru des risques insensés et l'avait abandonnée, seule maintenant à jamais. Comme elle avait si souvent fait dans sa vie, elle se ferma. Elle se regarda à nouveau, avec sa lucidité retrouvée, dans des miroirs qui lui disaient avec cruauté qu'à présent elle était vieille.

On enterra Pierre, très vite. Pour Pauline, redevenue elle-même après une parenthèse de cinq mois, il était capital que disparaisse au plus vite le reste pathétique d'un bonheur auquel elle avait cru et qui se terminait dans une impasse.

Dans ce matin d'un autre automne, regardant

Marie, elle pensait aux premiers mois à la Gardelle avec un sentiment que, bien qu'elle s'en défendît, elle ne pouvait nommer différemment : « la nostalgie ». Une espèce de bonheur nouveau, qu'il lui fallait bien, malgré tout, mettre au compte de l'amour, avait brillé pour elle dans cette époque déjà lointaine comme une lampe fragile soufflée par la mort de Pierre Delmas, au cœur de l'hiver suivant. Elle voyait loin, Pauline, on le sait, mais, dans ces premiers temps, elle avait remis à plus tard ses rêves de grandeur, cette conquête du monde dont elle voulait faire don à Marie, tout simplement parce que, de septembre à décembre 1935, elle avait eu tout autre chose que l'ambition devant les yeux ; seulement l'amour, la force de Pierre quand il la tenait dans ses bras, la paix qui suivait et estompait le passé comme elle occultait le futur.

En quelques mois, elle transforma complètement la Gardelle.

Trois des barres d'or de Marthe sortirent du torchon qui les enveloppait encore, pour apparaître sur un compte ouvert par Pauline, au Crédit Lyonnais. Dès lors, une machine implacable se mit en route. De ce lieu paisible où, à part quelques bambochards de pacotille comme le fermier à cause duquel Pierre Delmas était mort, ne venaient que des gens tranquilles et sans problèmes, elle fit la plus connue des maisons de rendez-vous de la région.

Ainsi, elle qui avait espéré obtenir, pour Marie, le Puech et sa respectabilité, se trouva replongée dans un temps qu'elle avait tout fait pour oublier mais dans lequel elle avait cherché, à ses dépens, le plus court chemin vers la fortune. A cette époque, Pauline était jeune et innocente ; elle s'était brûlée comme un papillon aux flammes trompeuses de l'amour falsifié. L'homme qui avait causé sa perte avait su, alors, briller davantage à ses yeux que ce Jean dont le nom seul encore, après tant d'années, remuait son cœur. Jean l'aimait. Pourtant, quand elle avait voulu revenir vers lui, il était trop tard et elle n'avait plus rien : elle était seule. Alors, avait commencé pour Pauline la longue quête qui l'avait menée sur le Plateau puis au Puech. A l'auberge, on pourrait penser qu'elle répétait ses erreurs d'autrefois. Les moyens qu'elle employait était les mêmes — en ville, elle avait compris que c'étaient les seuls qui permettaient de réussir à quelqu'un comme elle, à Marie aussi. Le danger était considérable, mais Pauline n'était plus un jeune fille innocente, Marie non plus. Après ce qu'elles avaient vécu, que l'auberge fût une maison de rendez-vous ou un bordel ne changeait pas grand-chose. Leur passé à toutes deux recelait des ombres bien plus redoutables que celles qui hantaient les murs de la Gardelle.

La réputation, circulant de bouche à oreille avec discrétion et vélocité, amena à « l'Auberge », qui s'efforça toujours de mériter son nom, les couples illégitimes, les rencontres de passage et, un an plus tard, des hommes seuls qui venaient trouver là l'oubli de leur misère dans les bras de deux ou trois filles recrutées presque par hasard, parce que les lumières les moins vives attirent, elles aussi, les papillons. Si Pauline eut quelques craintes de savoir Marie placée à cause d'elle dans une marmite bouillonnante de vice, elle fut vite rassurée en constatant que les débordements des uns et des autres n'avaient aucune prise sur elle. Cette fille magnifique qui attirait tous les regards n'en rendait aucun. Mais la marge de manœuvre était étroite et le danger risquait de fondre sur elles au moindre faux pas.

Le temps passa, la Gardelle prospéra et parvint à masquer sa douteuse réputation d'un vernis gastronomique qui, par la suite, attira jusqu'aux familles, le dimanche ; il n'était pas rare alors que Pauline reconnût sans ciller dans un père de famille, attentionné à sa femme et rempli de tendresse pour ses enfants, un des types aux yeux affolés de désir venus, en semaine, passer quelques heures en compagnie de demoiselles expertes qui n'en rêvaient pas moins, elles aussi, de dimanches calmes et familiaux et de meubles Lévitan. Il y avait longtemps que Pauline avait acquis un sens lucide de la façon dont tournait le monde des hommes, et tout cela lui paraissait faire partie d'un ordre qui, pour être invisible à la plupart des humains, n'en était pas moins réel et véridique. Et puis, Marie semblait heureuse. Elle se souvint de l'époque d'Yvonne de Lintes et troqua les robes simples de Pauline contre des tenues élégantes qui la rendaient encore plus belle et désirable, faisaient ressortir, tout autant que ses formes, l'espèce de distinction naturelle dont Pauline ne parvenait pas toujours à démêler si elle lui venait de son éducation ou de l'héritage de celle qui l'avait amenée au Puech, un soir de janvier 1916. Elle y pensait parfois en cet automne, et admirait sans réserve la force de ces saisons impitoyables qui se bousculaient et la frappaient de nouvelles faiblesses.

Et elle y pensait d'autant plus que les miroirs continuaient à lui renvoyer son image avec une cruelle franchise et qu'elle devinait très bien l'origine de la pince qui lui serrait le flanc et le bras quand elle montait trop vite les escaliers de la Gardelle ou luttait contre le vent sur les chemins d'alentour pour revenir de ses promenades.

# Chapitre 3

PACO franchit la frontière au Perthus en février 1939 avec les dernières vagues de réfugiés de la République espagnole.

Il remonta lentement vers le nord, se louant çà et là, pour quelques jours ou quelques mois. La guerre qui avait éclaté ne le concernait pas encore. Celle dont il sortait avait démoli ses dernières illusions. Il ne souhaitait qu'une chose : quitter le jeu. Il ne savait pas encore que c'était impossible à des hommes tels que lui. En juin 1940, il était depuis quinze jours dans un domaine viticole près de Narbonne quand, un soir, il écouta sur une radio, l'appel de De Gaulle en compagnie d'une vieille femme, la propriétaire du domaine de Ternes. Dans ses yeux extraordinairement bleus, Paco essayait de retrouver l'éclat d'un passé fabuleux dont elle lui lâchait des bribes depuis qu'elle l'avait engagé sur la seule foi de sa bonne mine, de son accent et après un regard rapide sur ses papiers falsifiés. Elle s'appelait Angélina. Sa mère était irlandaise et son père avait consacré, loin de la politique, ses dernières années à agrandir Ternes. Ils étaient morts depuis longtemps, mais dans les yeux d'Angélina, au milieu du visage fripé dont ils témoignaient seuls de la beauté enfuie, Paco avait reconnu l'éclat qui l'avait jeté lui-même dans tous les combats pour la liberté. Il passa deux ans à Ternes. Aux vendanges de 1942, Angélina se coucha un soir en disant qu'elle était lasse. On la trouva le lendemain, raide sur son lit, avec sur les lèvres un petit sourire dont, il ne savait pourquoi, Paco pensa qu'elle le lui adressait.

Il repartit et trouva une place sur le Larzac, dans une ferme où l'on élevait des moutons, à l'entrée de l'hiver qu'il passa entre la bergerie et les coupes de bois. Ce fut une période heureuse loin de tout, loin de l'agitation et des nouvelles du monde. Dans cet endroit perdu, on ne parlait que des restrictions ; personne ne lui demandait d'où il venait, on se contentait de le voir accomplir son travail. Une seule fois, au cours de l'hiver, il entendit évoquer l'Espagne, au café de la Couvertoirade, où il allait tous les soirs regarder les joueurs de belote. Deux hommes, à côté de lui, deux Espagnols, parlaient avec le cafetier ; il allait leur présenter Paco, mais ce dernier lui fit un signe et Désiré Campan ne dit rien. Paco les entendit raconter ce qui se passait dans leur pays, la répression sanglante qui avait suivi la reddition de la République, les lois d'exception, les tortures et les condamnations à mort. Son cœur se serrait, il crevait d'envie de se faire connaître aux deux autres mais il était trop tôt. Après ce qu'il avait vécu, il lui faudrait encore du temps avant de pouvoir reprendre la lutte, même si les rares informations qui filtraient lui démontraient que celle-ci se préparait partout. Les deux Espagnols quittèrent le bistrot et remontèrent dans leur camionnette ; ils prirent la route du Caylar. Après leur départ, Paco regretta son silence.

L'hiver passa lentement avec des voiles de neige apportés par le vent sur les arbres nus du Causse et des jours de pierre fendre dans les combes et les halliers. En juin, il fallait accompagner les moutons vers les pâturages de la Margeride. Paco se fit engager avec les bergers et ils partirent vers la montagne. Ils traversèrent le Méjean en trois étapes. Il y avait encore de l'herbe sur le Plateau et Paco retira une impression extraordinaire de ces jours passés à avancer derrière les bêtes sur une terre qui ressemblait à la mer, avec seulement, pour l'en différencier, des odeurs de fleurs et de tiges grasses. Les collines ondulaient à peine, arrondies sous le ciel bleu des journées magnifiques. Les mois à venir seraient difficiles ; vers Florac, il repéra des fermes isolées, des bergeries plus ou moins abandonnées où il lui serait possible de se réfugier s'il le fallait un jour. Le passage des deux Espagnols l'avait remué ; maintenant que la nuit s'était étendue sur l'Europe, il s'en voulait de n'avoir rien dit. Il décida de se lancer dans la Résistance après l'été. Sans en avoir l'air, au cours des haltes ou quand ils traversaient des villages, il grappillait des renseignements sur la présence des partisans, nombreux au pied des Cévennes et dans la Margeride qui leur fournissaient des abris sûrs. Ça tombait bien, il allait par là. Il projetait de passer quelques semaines à l'estive — il pensait à une veillée d'armes ; ensuite, il se joindrait au maquis. Son désir, qu'il ne comprenait pas toujours, d'être redevenu lui-même avant de s'engager à nouveau fut battu en brèche quand, le 23 juin, des coups de feu en salves claquèrent dans un petit bois qu'ils allaient traverser avant de descendre vers Sainte-Énimie. Un quart d'heure plus tard, un camion allemand sans sa bâche, venant en sens inverse, sépara le troupeau en deux flots. Paco en avait vu suffisamment en Espagne pour deviner le rôle que venaient de jouer les hommes appuyés sur leurs fusils, qu'il transportait. Dans le petit bois, ils avaient trouvé le corps, attaché à un chêne, d'un jeune homme, encore presque un enfant.

Paco regarda autour de lui ; la terre présentait l'indifférence habituelle du monde au malheur des hommes. La seule cicatrice que retrouvait Paco était en lui. Il avait voulu reprendre en main ce que l'Espagne avait dispersé dans sa vie, se retrouver sans doute, tant la guerre avait creusé de vides dans les certitudes qui étaient autrefois les siennes. Mais quelque chose, à quoi il ne pouvait certainement pas échapper, l'avait rattrapé et, maintenant, ne le lâcherait plus.

A la halte du soir, il annonça aux bergers qu'il les quitterait le lendemain. Personne ne fit de commentaire ; il les sentit seulement un peu plus chaleureux pendant la soirée. Ils étaient autour d'un des feux de branches qu'ils faisaient sur la route, petits, précautionneux, respectueux des endroits où ils passaient. Les étoiles s'allumaient pour une concurrence déloyale ; Paco se roula dans sa couverture et écouta longuement la nuit. Dans des ruisseaux ou des mares, les grenouilles coassaient avec des interruptions rythmées par les mouvements du troupeau bougeant en masse ; on en entendait le piétinement quand on avait, comme lui, l'oreille collée au sol ; un remuement de la terre qui venait de si loin... Le vent passait doucement dans les hautes herbes et brassait les feuilles des charmes ; cela montait comme un froissement de papier, déchiré de temps à autre par un chant de rossignol ; au bout du compte, une paix dont il ne profiterait peut-être jamais plus.

Quand le soleil apparut avec une lenteur de procession au-dessus du mont Lozère et irisa les crêtes, il était déjà loin sur la route et s'écartait à chaque pas de la direction du troupeau qui allait vers l'est tandis que Paco, vers le nord, prenait sans le savoir la direction de la Gardelle.

On emporta Pauline.

Elle était allée, une heure plus tôt, en se promenant, au bout de l'allée des mûriers. D'une fenêtre, Marie l'avait regardée, les yeux embués parce que cette femme, vieille trop tôt, avançait dans le soleil d'un matin de juin de ces petits pas économes qui étaient les siens depuis quelques mois. La pince au milieu de sa poitrine, loin de se contenter de la rappeler à l'ordre quand elle montait trop vite les escaliers, avait petit à petit envahi sa vie, comme une bête malfaisante, toujours présente et prête à mordre. Un médecin était venu, un homme bon et doux qui courait la campagne ; il avait rassuré, confiant comme les autres dans l'âge de Pauline. Mais la lucidité était sa force, elle ne l'avait pas cru, avait seulement fait semblant.

Plus tard, Marie surprit les transformations de son visage dans les crises. Une crispation amère venait au coin de ses lèvres, le sang se retirait de ses joues, les ailes du nez se pinçaient. Elle pensa elle aussi, pour se rassurer, que Pauline était jeune encore. La période des petits pas avait commencé l'hiver suivant et elle l'avait vue lutter avec sa volonté de toujours, sur laquelle elle-même basait une grande part de sa vie ; elle lui avait permis si longtemps de rester une enfant. Pauline, chaque fois, avait trouvé la parade, lancé le projet dont Marie se savait le but unique. Entre elles, l'affection ne s'exprimait pas, ne s'était jamais exprimée, par des mots ; un regard, un geste qui se retenait, une caresse vite interrompue suffisaient à Pauline pour dire son amour, à Marie pour le reconnaître et le renvoyer.

Depuis la fenêtre, elle surveillait Pauline. Tout à coup, elle était tombée, un petit corps, presque une ombre dans les vibrations du soleil, sous le feuillage cru des mûriers. Sa chute, lente comme celle d'une feuille, aussi discrète et saccadée, avait claqué comme un coup de tonnerre dans l'univers de Marie. Elle s'était précipitée, avait couru dans l'escalier, sur l'aire devant l'auberge, le long des arbres. Pauline était allongée, le visage dans l'herbe tendre ; elle l'avait retournée, l'avait crue morte. La tête lourde posée sur son bras, elle avait vu la poitrine se soulever avec peine, comme si un poids invisible appuyait sur cette vie qui luttait. Son visage était blanc et cireux mais, tandis que Marie regardait vers la maison dans l'espoir que quelqu'un sortirait, elle avait brusquement repris conscience. Quand elle s'en aperçut, il y eut cette seconde où le monde à nouveau bascula pour elle et ce mot qu'elle n'avait jamais prononcé — qu'elle ne prononcerait jamais plus : « Maman ! »

La porte du paradis s'ouvrait pour Pauline. Si elle avait tellement fait pour Marie, si chaque seconde de sa vie depuis vingt-huit ans n'avait de raison d'être qu'à cause de Marie, s'il y avait la Gardelle et tout ce dont Pauline avait dû faire litière pour arriver jusque-là, peut-être était-ce seulement pour entendre un jour ce seul cri dans la bouche de Marie. Autrefois, elle l'aurait nié, plus maintenant. Quand il fut prononcé, une grande paix envahit son visage tourmenté par la douleur, la griffe-tenaille. Que pouvait-elle encore attendre de la vie après ce mot ? Rien ! et elle eut envie de s'en aller, de mourir à cet instant pour qu'il restât comme un diamant entre elles, un trésor inépuisable qu'on ne pourrait entamer tellement, à l'évidence, rien ne le surpasserait. Elle en eut l'envie, le désir violent même ; ce fut le moment que choisit la tenaille pour se desserrer à peine, et elle comprit qu'elle regagnait lentement les rivages de la vie. Un moment plus tard, elle regretterait ce désir qu'elle avait eu, mais elle le caressa encore pendant qu'elle était seule ; Marie, à peine rassurée, était allée chercher de l'aide. Entre les larges feuilles des mûriers, le soleil de juin parvenait à se glisser, à venir caresser son visage, à le réchauffer. En baissant les yeux elle voyait, au bout de l'allée, la silhouette adorée qui courait dans l'herbe vers ce qu'elle croyait le salut de Pauline ; elle savait, elle, que ce ne serait qu'une halte brève sur un chemin déjà tracé. Elle ferma les yeux pour mieux sentir cette caresse de soleil, savourer encore le mot. Elle les rouvrit en entendant les pas des gens marteler le sol. On l'emporta.

Quand elle traversa, portée par les autres et la main de Marie dans la sienne, le jardin de sa petite maison, elle vit les zinnias fleuris ; ils paraissaient éclater à côté d'elle en pleine lumière ; en arrière, la force massive de la grande bâtisse de l'auberge la rassura. Même si elle mourait maintenant, il restait ces murs, l'avenir qu'elle avait donné à Marie. A cet instant, elle comprit : elle avait réussi, sa tâche était terminée, elle allait enfin se reposer. Ils la portèrent dans sa chambre, sur le lit dont il retirèrent la courtepointe brodée. Les draps sentaient la lavande, comme au Puech ; elle revit ses pauvres amours d'alors, mais elle ne regrettait rien, sauf peut-être l'homme qui lui avait permis de parfaire son œuvre, qui l'avait aimée et qui était mort dans la neige de la Baraque-du-Cheval-Mort ; Pierre dont l'amour attentif l'avait lavée des beuglements du pourceau et des autres qui l'avaient précédé. Elle s'endormit, paisible et rassurée ; la voix de Marie lui disait : « Tu peux dormir, maintenant, je vais aller chercher le médecin... »

Elle s'endormit parce qu'elle était fatiguée, parce qu'elle avait failli mourir, mais surtout rassurée par le ton de Marie ; il prouvait qu'à présent sa petite fille était une femme et n'avait plus besoin d'elle.

Le médecin l'examina, écouta longuement, la joue posée sur cette poitrine qui avait gardé sa beauté d'autrefois, le galop désordonné de ce cœur que l'on avait cru sec alors qu'il était trop généreux, même s'il n'avait battu que pour un être unique. Ils étaient seuls, elle sur ses draps blancs, et lui assis au bord du lit, écrivant sur ses genoux des prescriptions qu'elle savait inutiles. Il faisait son métier ; elle le laissait faire. Pourtant, un instant plus tard, comme il lui expliquait ce qu'il avait écrit, elle l'arrêta de la main. Il se tut et la regarda. Ses yeux, extraordinairement vivaces à ce moment, l'interrogeaient et c'est avec les siens, sans un mot de plus, qu'il lui répondit. Il plia son papier dérisoire et s'en alla. Elle resta seule et, dans la lumière que les rideaux laissaient filtrer, elle entendait une conversation lointaine qui ne la concernait guère, elle attendait le retour de la seule présence qui comptait pour elle.

Après ce jour, sa vie se limita quelque temps à sa chambre où elle se tenait près de la fenêtre, regardant le jardin et l'auberge. Quand Marie avait voulu lui demander conseil, elle l'avait interrompue :

— Tu n'as plus besoin de moi. Tu es parfaitement capable de décider ce qu'il faut faire.

Marie n'avait pas eu l'air surpris, elle avait souri et avait dit doucement :

— Tu as sans doute raison. Il faut que tu te reposes à présent.

Sans plus sourire, elle avait ajouté :

— C'est peut-être le moment de te remercier... pour tout, non ?

— Tu m'as déjà dit merci, l'autre jour, répondit Pauline. Et elle ajouta : C'est le moment pour autre chose...

Longtemps, Pauline parla. Ce qu'elle n'avait jamais dit à personne, toute l'obscurité de sa vie, le secret qui expliquait sa force et ses faiblesses, ce jour-là elle le révéla à Marie. Celle-ci apprit alors le bel amour déçu qui s'appelait Jean, la fange dans laquelle Pauline s'était perdue un temps pour avoir écouté un autre homme qui parlait mieux que lui, les endroits sordides ou magnifiques dans lesquels elle était passée avant de s'extirper de la boue et d'entamer ce chemin, cette longue ascension s'achevant aujourd'hui dans une sécurité gagnée pour Marie, qui était arrivée dans sa vie un soir d'hiver et dont le souci ne l'avait jamais quittée.

Pauline reprit des forces et, deux semaines plus tard, elle commença à sortir dans le jardin rempli de splendeur par l'été. Jamais plus elle ne mit les pieds à l'auberge ; son temps était passé.

Peu auparavant, elle avait renvoyé les filles qui habitaient dans les chambres de l'aile nord ; elle avait été très généreuse avec elles. Depuis le début de la guerre, elle, que ne rebutait autrefois aucune compromission, avait refusé que cet endroit soit contaminé par la lâcheté des temps. On était entré dans une époque trouble et les lieux comme la Gardelle allaient servir de centre à tous les trafics, aux rendez-vous galants entre les occupants et les femmes qui espéraient faire fortune ou suivaient simplement les inclinations de leur cœur ; des endroits aussi où le prix des trahisons deviendrait palpable. Elle refusa à cause de Marie, pour éviter qu'un jour elle n'ait à le payer. Cette abstention n'empêchait pas tout, bien entendu, mais au moins elle n'avait pas cherché à obtenir de la guerre autre chose que ce qui permettait de vivre. Marie l'avait compris et régna désormais sur la Gardelle qui s'enfonçait dans la paisible routine des auberges de campagne.

# Chapitre 4

Le 25 juin, Pauline vit un homme arriver sur la route ; elle coupait les roses fanées. Il traversa la cour.

— La Gardelle, c'est bien ici ?

Il était grand, brun, âgé de trente ans environ ; il parlait avec un léger accent. Elle le trouva beau, elle s'y connaissait. Elle pensa qu'il avait dû passer par des moments difficiles à cause de ses yeux, très noirs, qui brûlaient et où on lisait aussi un grand goût de vivre et de la détermination. Elle comprit que son arrivée était une chose importante. Elle répondit :

— Oui ! C'est bien ici.

— Je cherche du travail. Au village, on m'a dit que vous aviez besoin de quelqu'un.

C'était vrai, Marie cherchait un homme pour faucher les prairies autour de l'auberge.

Il était en plein soleil mais, patient, il attendait qu'elle lui réponde. Elle dit en montrant l'auberge :

— Il vous faut voir la patronne. Elle est là-bas !

Il la salua du bout des doigts, en touchant son front ; elle pensa : « Un salut de soldat... » Puis il alla vers l'auberge. Elle le rappela :

— Monsieur ! Eh, monsieur !

Il s'était arrêté ; il se tourna. Elle avait voulu lui demander son nom, mais elle ne formula pas sa question qu'elle jugeait déjà inutile.

Elle lui fit juste un signe de tête. Il haussa les épaules et repartit, au milieu de la cour crayeuse.

Un peu plus tard, elle essaya de comprendre les raisons de son inquiétude. Elle se rendit compte que c'était à cause de cet homme, dont elle savait, parce qu'elle était Pauline, que Marie l'attendait depuis longtemps. Il devait être en face d'elle, à présent, et ses yeux brûlants et son visage qu'elle trouvait si beau. Elle rentra chez elle avec, malgré tout, la certitude que cela ne la regardait plus. Elle en était arrivée au moment où sa vie était derrière elle ; dorénavant, c'était aux autres, à Marie d'abord, mais à tous les autres aussi, de faire ce qu'ils devaient. Rien ne la concernait plus, le seul souci qu'elle pouvait encore se permettre était pour elle-même. Elle alla, de ses petits pas économes, vers sa chambre. Les rayons du soleil balayaient le parquet ciré. Des oiseaux se battaient dans les sureaux ; elle les entendait par la porte restée ouverte ; elle fut à peine étonnée de la voir basculer. Elle glissa lentement en avant et, quand elle fut allongée par terre, elle sentit le bois frais contre sa joue. Elle ferma les yeux.

Quand Pauline mourut, la femme qui faisait le ménage de la petite maison vint prévenir Marie.

Elle était assise à l'une des tables de la terrasse, en face de Paco. Elle venait de l'engager et il regardait son visage, les longs cheveux ramenés en chignon qui l'encadraient et, au milieu, les deux lacs bleus de ses yeux.

La femme entra, en courant et en criant : « Madame ! Madame ! Elle est morte ! »

Il vit que le velours des aigues-marines se voilait à peine, une buée imperceptible ; il ne l'avait captée que parce qu'il était tout près d'elle et la dévorait des yeux.

Elle se leva lentement ; il la suivit pendant qu'elle allait vers la maison sans courir. Elle traversa le jardin au milieu des fleurs, forme magnifique qui étouffait leur beauté, un nuage devant le soleil. Ils prirent ensemble Pauline et la portèrent sur le lit. Marie ne pleurait pas, la légère buée s'était évanouie ; elle passa la main sur les yeux restés ouverts. A ce moment, Paco vit ses doigts trembler un peu. Il s'écarta, sortit dans le jardin, la laissa seule. Il était bouleversé à cause d'elle, de sa beauté et aussi de son désarroi caché derrière une froideur dont il avait compris qu'elle n'était qu'une façade.

Depuis le jardin, il l'entendait donner des ordres. Sa voix était claire, un peu tranchante ; quand elle sortit, il vit qu'elle n'avait pas pleuré. Elle lui dit :

— Excusez-moi, j'ai tant à faire... Lucie vous montrera où est votre chambre. Car vous restez, n'est-ce pas ?

Il eut un geste incertain. Elle ajouta, elle suppliait :

— Oh, si, vous restez ! Je vous en prie, ne partez pas... pas maintenant !

Elle montrait la maison, la chambre où reposait la morte, comme si cela expliquait son insistance.

Le lendemain on enterra Pauline ; Marie, sans un instant de faiblesse, organisa tout.

Paco écouta ce que les uns et les autres lui dirent

de leurs relations, ce que du moins ils croyaient savoir. Lui avait deviné dès son arrivée qu'il existait entre les deux femmes un lien inconnu les dépassant tous. Seul, le sentiment qu'il avait éprouvé pour Marie au premier regard permettait peut-être de comprendre. Elles avaient bien brouillé les pistes ; personne n'avait mesuré la force de leur amour.

Maintenant, l'été avait lancé ses fanfares sur le pays. Autour de la Gardelle, la joie ensemençait les matins. Paco travaillait dès l'aube, abattant en quelques heures le travail du jour entier. L'après-midi, une chaleur de fournaise démolissait tout courage. Dans ces heures, le soleil pesait sur l'auberge et rendait l'air irrespirable, sauf dans l'ombre des chambres aux rideaux tirés. Paco détestait se trouver entre quatre murs au milieu du jour ; il allait, loin après les prairies, au bord d'une mare qui n'était plus qu'une surface desséchée, envahie de mousses brunes, où coulait un filet d'eau minuscule, aussitôt absorbé. Ce peu de fraîcheur lui suffisait : il avait connu des étés autrement torrides et s'accommodait sans peine du plomb qui tombait du ciel et figeait tous les mouvements, vitrifiés dans des attitudes de paresse.

Marie prit l'habitude de venir le retrouver, à la tombée du jour, quand de longs souffles d'air prenaient leur élan depuis l'orée des bois pour se risquer en terrain découvert, traverser les étendues d'herbe brûlée et réussir à gagner d'autres lisières. Le plus souvent, ils parlaient de ce qui menait Paco depuis des années et qu'il n'avait dit à personne. Elle l'écoutait et découvrait le monde de l'incertitude et du malheur des hommes. Depuis qu'elle existait, rien n'avait compté en dehors de la vie tendue, grâce à Pauline et à cause de Pauline, vers un but. Elle avait compris très tôt les lois à respecter ou à bafouer pour l'atteindre et y était parvenue au moment même où elle se retrouvait seule. Toutefois, cette solitude se défaisait peu à peu parce qu'il était là ; elle aimait le regarder ; elle ne craignait rien avec lui et ses paroles faisaient battre son cœur, sans doute encore obscurément mais plus vite et plus fort que jamais avant lui.

La chaleur cédait légèrement et à regret, l'ombre gagnait, s'allongeait à partir des bois. Ils rentraient vers la Gardelle. Ils cheminaient le long d'une allée d'arbres, passaient devant un kiosque à musique inutilisé depuis longtemps et dont quelques barreaux des claies s'étaient brisés, signant le début d'une destruction lente : la mort des choses abandonnées. Ils rentraient ensemble ; ils laissaient entre eux un mètre qui était un garde-fou les protégeant d'eux-mêmes ; il était trop tôt. Pour la première fois, ils croyaient l'un comme l'autre avoir la vie devant eux.

Ils dînaient, sur la terrasse désertée. Marie avait fermé l'auberge pour un mois et renvoyé les gens, sauf une femme. Le soir amenait dans l'immensité bleue, au-delà de la terrasse, des nuages de lucioles qui crépitaient comme si on brûlait de la poudre à poignées. Avec la nuit revenait l'extrême douceur de vivre qui est celle du Sud ; ils en profitaient, simplement heureux d'être ensemble. Elle racontait son enfance au Puech et les merveilles du Plateau dont elle rêvait toujours — elle venait d'apprendre qu'il l'avait traversé un mois plus tôt. Paco lui racontait l'Espagne et récitait pour elle des poèmes de Federico Garcia Lorca. Ils s'aimaient, ils le savaient et n'avaient pas besoin de se le dire, encore moins de se le prouver.

La chaleur se faufilait dans les interstices des murs

d'où la nuit ne parvenait pas à la déloger. Un après-midi, ils virent des nuages énormes couvrir la montagne en se bousculant ; le ciel perdit sa blancheur immaculée et se moucheta de tourbillons gris. Puis, des coups de tonnerre éclatèrent de tous côtés à cause des échos qui les renvoyaient.

Ils s'étaient retrouvés comme toujours — il leur semblait se connaître depuis si longtemps — près de la source. La cavalerie de l'orage s'élança au milieu de la plaine ; un rideau opaque hachait l'herbe et la couchait en venant vers eux. Elle les rattrapa bien avant qu'ils n'atteignent le bois du côté de la Gardelle. Quand ils furent sous l'averse à leur tour, Marie prit sa main et l'entraîna vers un cabanon, au milieu de la prairie. Ils n'eurent qu'à pousser la porte pour être à l'abri, dans une petite pièce où la lumière tombait depuis une lucarne sans vitre. En levant la tête, elle vit qu'une effraie se blottissait entre les poutres du toit pointu et les regardait avec des yeux jaunes. Paco voyait seulement son corps à elle sur lequel la pluie plaquait le tissu de sa robe d'été. Elle s'en aperçut et vint vers lui. Il la prit dans ses bras. Il l'embrassa, surpris de son inexpérience. Il n'oublierait jamais qu'à cet instant il avait découvert le centre du monde.

Quand ils sortirent, l'orage s'était éloigné vers l'ouest où l'on devinait ses remous dans les lointains, au-dessus des falaises roses qui barraient l'horizon dans cette direction. Elle avait les cheveux dénoués et leurs vêtements s'étaient couverts d'une boue légère quand ils avaient roulé dans la poussière de la cabane ; ils riaient.

Le soir, au milieu du calme retrouvé de la terrasse, alors que, dans le ciel tout à fait dégagé, les étoiles coulaient sur le violet de la nuit, ils se regardaient dans les yeux. Il choisit ce moment pour lui parler des partisans qu'il voulait rejoindre et lui demander où ils se cachaient. Depuis des jours elle attendait cette question, la redoutait à peine, tant ce qu'il lui avait raconté de sa vie passée la rendait inéluctable. Il vit bien le léger voile qu'il avait remarqué quand on lui avait appris la mort de Pauline, mais très vite l'éclat du bonheur reprit possession des aigues-marines. Elle lui dit avoir entendu en ville que les maquisards campaient dans la forêt de Louvières, à quinze kilomètres de la Gardelle.

Ensuite, assis sur un banc, l'un contre l'autre, ils parlèrent encore. Quand on levait les yeux, il était difficile de savoir si le ciel était composé de noir sur lequel brillaient les étoiles ou l'inverse, tant elles étaient nombreuses et serrées en une multitude de points, un glacis d'éclats qui changeait de couleur avec leurs scintillements. L'orage avait rafraîchi l'air et ils sentaient l'odeur d'une glycine. Marie pensa qu'au moment où la solitude la menaçait, où sa vie se peuplait de vide et d'absence, Paco était venu, et il était l'amour même, celui qu'elle attendait depuis longtemps, peut-être depuis qu'un homme, loin là-bas dans les brumes de son enfance, avait repoussé sa main sur une rampe d'escalier, Loïc dont la voix avait les mêmes inflexions de poème que celle de Paco au moment où, blottie contre lui, puis, un peu plus tard, alors qu'ils rejoignaient sa chambre dans la petite maison, elle l'écoutait réciter pour elle seule des vers de Lorca :

*Dans le ciel marche la lune*
*Tenant l'enfant par la main...*

Il ne lui dit pas qu'elle connaîtrait l'Espagne un jour ; ce serait impossible pendant longtemps. Il aurait aimé, pourtant, marcher par une nuit semblable dans les rues de Séville, avec autour d'eux, dans les patios clos sur des amours pareilles aux leurs ou peut-être sur des drames, le bruissement des fontaines cristallines, les parfums des giroflées et des jasmins retombant sur les arêtes vives des murs mauresques. Pour lui offrir tout cela, il n'avait que les mots. Dans la nuit, dans son silence brisé par moments par les stridences des grillons, une cloche sonna, loin au fond de la plaine, et la limpidité de l'air la porta jusqu'à eux ; perdu dans son passé, il crut une seconde entendre la Giralda. Il revint sur terre ; son rêve n'avait duré qu'un instant mais son bonheur était tel de la sentir appuyée contre lui qu'il n'en eut aucun regret.

Ils s'aimèrent, emportés par une violence nourrie autant de leur passion que de la certitude d'avoir bientôt à se quitter. A un moment, elle lui demanda : « Est-ce que tu vas partir ? Est-ce que tu vas me laisser ? »

Il ne répondit pas et l'embrassa. Elle connaissait la réponse et se demanda pourquoi elle l'avait interrogé.

Au matin, le soleil entra par sa fenêtre dont elle n'avait pas tiré les rideaux et inonda son lit. Elle vit qu'il n'était plus là. Elle s'était endormie à la fin de la nuit, l'avait cherché un peu, du bout des doigts, dans un demi-sommeil, puis elle avait sombré pour deux heures d'une inconscience heureuse. Qu'il ait choisi de la quitter ainsi, sans la revoir, ne la surprenait pas ; elle chassa la tristesse qui l'avait gagnée en imaginant son retour, dont elle était certaine.

Pendant ce temps, Paco marchait vers le bois de Louvières, dans des prairies humides après l'orage, sur lesquelles le soleil levant faisait vibrer de lumière une fine couche de brume accrochée avec ténacité aux branches folles des églantiers. Il traversa une sorte de plateau qui escaladait, après la route, une pente couverte d'érables et de pins d'Autriche alignés en brassards de deuil. Loin au bout d'une vallée, deux fermes paraissaient posées dans des clairières ; là commençaient les grands bois sauvages vers lesquels il allait.

Toute la matinée, il marcha à travers des laies où le soleil pénétrait avec peine, dans un silence d'église ; même le chant des oiseaux, dont il voyait les éclats du vol au-dessus des cimes des arbres, ne parvenait à lui qu'assourdi et feutré. A midi, grâce à sa vieille science de la guérilla, il découvrit des traces et, un peu plus loin dans les fougères, le campement des maquisards.

Pendant l'été, ils avaient allumé des feux. L'un des hommes, un Ardéchois, savait comment les faire presque sans fumée ; le peu qui en restait se dispersait, transformé en toiles d'araignées suspendues en travers des hautes futaies, sous les feuilles dont l'abri d'un vert translucide les protégeait.

Maintenant c'était l'hiver, et ils avaient dû redoubler de précautions. Les mouvements étaient rares dans les forêts et les arbres nus, dont les branches se dressaient sous le plafond gris, bas et sinistre, n'arrêtaient plus les fumerolles. Seules quelques cabanes permettaient de se chauffer autour de foyers parcimonieux, pour de courtes haltes. Trente hommes ne pouvaient se déplacer que la nuit au milieu des arbres qui formaient juste un grillage dans l'air limpide de l'hiver. Le reste du temps, ils se terraient ou allaient par deux ou trois ; ils suivaient alors les ombres et se confondaient avec les fûts dressés sur les mousses et les broussailles dans les coins les plus reculés. Le soir, derrière les murs de fermes inhabitées depuis des années, parfois à demi écroulées, ils retrouvaient pour quelques heures la chaleur des branches humides qu'ils brûlaient au fond d'un trou pour en cacher le rougeoiement.

A plusieurs reprises, dans ces soirs de halte après d'épuisantes marches à travers les bois, vers des coups de main dont la conclusion était à chaque fois une course éperdue, Paco se retrouva — le hasard n'était pas si grand dans ce territoire peu étendu — à côté d'un manchot qui semblait vouloir attirer son attention et sa sympathie, ignorant que Paco ne pouvait plus avoir de sympathie pour beaucoup de monde.

— Comment c'était en Espagne ? demandait Paul Marcœur.

— L'Espagne ? répondait Paco impatient. Tu veux savoir comment c'était en Espagne ? Mais la guerre, mon vieux ! Tout simplement... La guerre.

Cette réponse ne voulait rien dire, et Paco la lui faisait pour être tranquille. L'autre insista et, de soir en soir, à cause de la solitude qui l'étreignait malgré la présence des camarades, à cause de l'absence de Marie, il avait commencé à raconter, s'apercevant avec surprise que parler le soulageait de quelque façon, parce que, avec le temps — des années, déjà —, les choses qu'il gardait dans le cœur lui pesaient ; après tout, aussi, la figure ouverte de Paul Marcœur inspirait confiance.

Depuis son départ, il était revenu deux fois à la Gardelle, au début de la nuit. Il cognait doucement au carreau, elle venait très vite, comme si elle l'attendait ou que quelque chose l'avait prévenue de son arrivée. Ils passaient ensemble quelques heures brèves et précieuses ; ensuite, il repartait par la prairie mouillée, silhouette vite fondue dans l'ombre de la fin de nuit, et elle le voyait disparaître, comme bu par cette ombre même. Il lui fallait traverser la route et les découverts avant les bois sans attendre le lever du jour ; alors, il courait et ajoutait par avance une nouvelle fatigue à celle des prochaines marches ; c'était le prix du bonheur qu'il venait de connaître et qui, au-delà de leur chair, consistait dans le souvenir de la douceur de ses yeux ou de la finesse de ses cheveux sous sa main.

Au cours de cet hiver 1943, l'étau parut se resserrer sur les maquisards. Le groupe de Paco passa plusieurs fois tout près de la catastrophe.

En janvier, la neige devint de plus en plus épaisse. Sa présence rendait facilement repérables les colonnes d'Allemands qui descendaient du Nord par la grand-route ; les camions apparaissaient comme des cibles faciles et presque vivantes sur l'étendue blanche après les bois. Mais les hommes eux aussi se voyaient de loin quand ils avançaient à découvert ; dès lors, on pouvait les tirer comme des lapins.

Par une étonnante évolution, Paco se mit de plus en plus facilement à raconter la guerre d'Espagne à Paul Marcœur. A cette époque, il se surprit même à attendre avec impatience le moment où ils se retrouveraient ensemble autour de leurs feux misérables. Il avait l'impression que son récit faisait revivre, pour une heure ou une minute parfois, à travers les moments marqués du sceau indélébile de la volonté et du courage, les silhouettes fragiles déjà devenues des ombres, d'impalpables souvenirs, des hommes avec lesquels il avait combattu pendant trois ans et dont la vie s'était achevée sur la crête d'une colline pelée, au milieu des moissons de l'été ou au bord des fosses creusées pendant les nuits espagnoles, lourdes d'étoiles et de parfums. Témoins d'un siècle qui allait bientôt basculer comme eux dans une horreur encore plus grande que celle qu'ils dénonçaient, ils levaient leurs poings fermés devant les fusils des pelotons, dans un geste qui n'était pas de colère mais d'espoir. Les petits matins d'Espagne resteraient à jamais les matins de la mort généreuse pour une cause à laquelle croyaient les jeunes hommes qui tombaient alors dans une rafale ; on entendait seulement, dans l'air blême du lever du jour, le choc contre les poitrines et les ventres nus.

Comment Paco aurait-il imaginé que pourrait les trahir cet homme qui se trouvait, dans ces soirs de neige et d'étoiles, en face de lui, à l'écouter, à entendre, avec une attention extrême et non feinte, des récits de courage, d'abnégation et de camaraderie ?

A la fin de janvier, depuis trois jours, la neige, surprise par un redoux, s'était mise à fondre. Une colonne de camions allemands chargés de munitions avait été repérée ; ils descendaient vers Millau et Béziers. Les sections disséminées dans le Cantal avaient annoncé son passage. Comme un pointillé tracé sur une carte d'un village à l'autre, d'une ferme à l'autre, la nouvelle était transmise le long d'une ligne humaine qui supplantait celle du téléphone, là où il ne passait pas.

Pendant la nuit, le groupe de Paco s'était posté à un endroit où la grand-route passait entre des falaises blanches, très hautes, au-dessus de Marvejols. La brume finissait de se dissiper ; ils avaient vu arriver les camions, à petite vitesse, avec les toiles battantes de leurs bâches. A cent mètres avant le défilé, ils avaient stoppé et s'étaient alignés le long de la route ; quatre véhicules rassurants malgré leur camouflage et leurs inscriptions.

Le piège stupide ! Paco s'en était rendu compte le premier, en entendant arriver les motocyclettes par les deux bouts de la route pendant que les bâches innocentes se relevaient sur des soldats, mitraillette au poing, qui avaient commencé à tirer.

Au moment où Paco bondissait dans les ronces, il avait eu le temps de voir Paul Marcœur s'approcher d'un officier allemand qui lui souriait.

Il était écœuré ; il serait presque revenu en arrière pour, au moins, descendre ce type, mais il n'aurait plus eu aucune chance. Surtout, l'inutilité de ce geste était évidente : après celui-là il y en aurait d'autres, et encore d'autres ; il avait compris depuis des années que le monde est le théâtre de la trahison et du courage.

Il s'élança à travers les églantiers et les viornes vers la profondeur de la forêt. Il savait que les routes étaient toutes surveillées et coupées ; sa seule chance, c'étaient les bois.

Il était sûr aussi que Marcœur l'avait dénoncé, lui ; il en avait beaucoup trop dit ; son signalement serait bientôt épinglé dans tous les postes de police et de gendarmerie : « Un dangereux terroriste espagnol. » Il lui fallait fuir ; mais pas seul.

Tout le jour, au pas de course, il marcha à travers les hêtraies, éclairées par moments des taches blanches de bosquets de bouleaux. Il alla plein est jusqu'à midi, puis il obliqua vers le sud et arriva vers six heures au bord de la grand-route. Des colonnes de camions passaient au-dessous de lui. Il pensa aux morts dont l'asphalte avait bu le sang ; peut-être se serait-il jeté alors, une grenade à la main, sur un des gros insectes lents qui roulaient vers des buts inconnus. Mais il regarda de l'autre côté de la route et là-bas, loin, dans les premiers lambeaux de brume amenés par la nuit, il devina les prairies qui menaient à la Gardelle. Il lui semblait se souvenir d'en avoir parlé à Marcœur, une erreur stupide dont il était presque certain ; il restait une chance minime qu'il se trompe.

Il traversa juste après le passage de deux camions dont les feux s'enfonçaient vers l'est. Il courut, au ras du sol, vers les prairies jusqu'au mur amical de la brume et s'y jeta. En face, il voyait l'ombre de la Gardelle s'allonger, obscure et presque hostile, au bout du pré. Il n'y avait aucune lumière aux fenêtres, visible en tout cas à cette distance. Il approcha encore et finit par apercevoir une lueur derrière les volets de la chambre de Marie. Il resta un moment dans cette nuit qui avait perdu toute son hostilité en une demi-seconde, à remercier le ciel comme dans son enfance pieuse.

Ensuite, il fut devant elle qui se précipitait puis s'arrêtait, en voyant son regard, pour l'écouter. Elle ne demanda rien. En peu de temps elle fut prête, mit ses affaires dans un sac ; elle y rangea aussi une grosse liasse des billets de Pauline, dissimulés dans des piles de draps, vieille habitude des temps anciens.

Ils sortirent. Paco, en avant, regardait autour de l'auberge ; il ne vit rien et lui fit signe ; elle le suivit sans regret, sans l'ombre d'un remords pour l'œuvre d'une vie qu'elle abandonnait, à cause d'un amour dont elle était fière et qui justifiait son départ. Elle courait à côté de lui, maintenant, sur la petite route, le chemin empierré quittant la Gardelle vers le sud. Elle pensa qu'ils allaient dans la direction du Puech.

# IV

# La Haute Terre

« Allons, cœur sauvage, mon vieux cœur sauvage, viens. Il existe un autre pays et un autre langage. »

WILLIAM GOYEN,
*Le Fantôme et la Chair.*

# Chapitre 1

Ils marchèrent pendant deux jours, lentement : ils évitaient les villages où, Paco en était sûr, on devait le rechercher.

La troisième nuit, ils dormirent dans un abri de berger. Quand ils se réveillèrent, le ciel rosé de l'aube se crénelait vers le sud-ouest d'une masse grise ; le Plateau émergeait des brumes ; ils étaient sous le Puech. Le tracé des routes et surtout le hasard avaient ramené Marie à son point de départ. Elle ressentait une impression curieuse en marchant de nouveau sur les terres de son enfance. Depuis quinze ans qu'elle était partie, rien ne paraissait avoir changé. Ailleurs, les paysages, les maisons, les choses se transformaient très vite, pas ici. Il y avait dans cette indifférence au temps le signe d'une pérennité qui la touchait. Dès leur rencontre, elle avait parlé du Plateau magique. Paco l'avait lui-même traversé dix mois plus tôt et, au moment de leur départ de la Gardelle, il avait tout de suite dit qu'il leur fallait se réfugier là-haut. Le Plateau correspondait parfaitement au bout du monde où ils pourraient se faire oublier. Qui penserait à les y chercher ?

Il n'avait jamais été question entre eux qu'ils s'arrêtent au Puech. Toutefois, depuis le début de leur fuite, elle gardait l'espoir secret qu'un événement indéterminé, un cataclysme ayant fait fuir ses habitants, elle puisse y entrer de nouveau et avec Paco. Mais cela n'arriverait pas : des fumées montaient au-dessus des toits et, de l'endroit où ils se trouvaient, derrière les deux arbres avant le carrefour, ils voyaient l'agitation habituelle dans la cour de la ferme ; une charrette s'éloignait vers les bois.

Au bout du chemin, la masse des bâtiments et les champs étaient couverts d'une neige légère qui les agrandissait et masquait les clôtures. Tout autour, les arbres ciselaient son horizon d'autrefois. Son cœur battait très vite.

Elle regarda vers La Baboche et fut stupéfaite de voir, là aussi, le filet de fumée blanche d'un feu de bois mouillé s'élever au-dessus des ruines, loin sur l'autre versant. Elle dit à Paco :

— Il risque d'y avoir du monde, dans une heure, sur ce chemin : la neige est mince et ils doivent refaire les provisions des étables. Si on prend par la crête on aura moins de chances de rencontrer quelqu'un. On rejoindra la draille après Sauveterre. Il suffit de passer au large...

— Je veux bien, dit Paco, mais cette fumée, qu'est-ce que c'est ?

— Bah ! répondit Marie, on verra bien !

Elle avait surtout une furieuse envie de savoir qui habitait maintenant dans les ruines. Ils quittèrent la route et s'engagèrent le long des amandiers. Elle avait emprunté ce même chemin un autre matin d'hiver ; aujourd'hui, elle ne comprenait plus comment cela avait été possible. L'air portait les sons mais, au lieu de coups de hache, on entendait une dispute de corbeaux autour d'une charogne, dans la combe de Majour. De loin, La Baboche n'était plus qu'un tas de pierres brillantes. En approchant, ils virent que la fumée s'élevait d'une remise en contrebas, aux trois quarts effondrée et recouverte d'une toile, comme une sorte de tente. Là, les pierres gardaient encore la couleur noire et sale imprimée par le feu.

Marie frissonna. Qui vivait ici ? Encouragée par la présence de Paco, elle regarda à l'intérieur du réduit dont la porte avait été repoussée pour permettre au jour d'entrer. Au fond, sur un foyer de fortune, brûlaient des bûches taillées à la diable. Un homme dans un fauteuil roulant frottait ses mains au-dessus pour se réchauffer. Il n'avait pas bougé en les entendant arriver, le regard fixé sur le feu, il donnait l'image d'une sérénité troublante. Elle reconnut Rodolphe le Jeune et elle entra. Paco avait déjà fait le tour des ruines : l'homme était seul.

Quand Marie fut à un mètre de lui, Rodolphe leva vers elle des yeux vagues et distants, il paraissait la voir à peine ; son visage sale était mangé de barbe ; sa lèvre tombait un peu et découvrait ses dents abîmées. Un instant plus tard, une étincelle s'alluma dans son regard et il dit, avec une voix sifflante :

— Je te connais, toi ! Il y a longtemps que tu es partie... Tiens, c'était après que notre ferme brûle... et que Marthe...

— Comment vous faites, dit Marie, pour vivre seul ici ? Pour manger ? Et le bois ?

Malgré les années, le souvenir précis de cet endroit, du malheur qu'elle y avait provoqué autrefois, revenait la gifler. Bien sûr, elle n'était plus la même ;

qu'est-ce que ça changeait ? Pourquoi était-elle revenue ? Maintenant, comment oublier ?

Rodolphe hésita ; il paraissait comprendre avec retard les questions qu'on lui posait. Sa voix siffla de nouveau :

— Ceux du Puech... La nourriture, il me faut pas beaucoup... Pour le bois : quelques bûches... Mais qui tu es ? Quel est ton nom, déjà ?

Il cherchait avec effort dans sa mémoire, mais elle l'abandonna et ce visage, même s'il le reconnaissait, restait suspendu, flou, sans repère, une apparition sur la fresque décolorée d'un passé qu'il n'arrivait plus à préciser. Il reprit :

— Marthe ! Marthe ! Vous l'avez connue, vous ! Peut-être vous savez où elle cachait son or ?

Marie ressortait déjà. Paco la tira par la main, l'entraîna :

— Viens, disait-il, viens ! Il est fou ! Tu vois bien !

Elle le suivait, mais elle entendait encore Rodolphe ; il avait fait rouler son fauteuil d'osier jusqu'à l'embrasure et il criait :

— L'or, l'or de Marthe ! Vous savez ? Dites-le-moi !

Marie suivait Paco sur le chemin de crête. Près d'un fayard au tronc luisant, elle n'entendit plus les cris. Elle regarda vers les ruines ; elles incarnaient tout à coup un reproche au milieu de l'oubli dans lequel on repousse si facilement le passé. Elle pensa qu'il valait peut-être mieux en emporter l'image, et vivre avec. Rodolphe était sorti sur le seuil de sa cagna ; sa bouche criait encore mais la distance rendait sa colère silencieuse et nul ne répondrait jamais à ses questions.

Ils marchèrent presque tout le jour au soleil, sur des chemins rendus difficiles par le gel et la neige mince. Le soir descendait ; une avalanche de traînées améthyste zébraient le ciel quand ils arrivèrent au débouché du Plateau. La lumière rasante arrondissait les lointains et semblait absorbée par le Causse enneigé où le chemin se noyait, bordé d'épines basses, de chèvrefeuilles et de genévriers aux petits troncs rabougris, courbés par le vent. La terre apparaissait entre les plaques de neige, rouge comme du sang et poivrée des touffes sèches d'une herbe haute, en bouquets serrés comme si on les avait liés. Le froid allait venir et, dans quelques heures, s'ils n'avaient pas trouvé un refuge où faire du feu, ils seraient prisonniers de cette surface aux douceurs trompeuses sur laquelle allait s'abattre la nuit glacée.

— Par là-bas, il y a la Bégude Blanche, une ferme abandonnée, dit Marie.

Elle montrait du doigt à Paco un bouquet de sapins qui faisait une tache noire sur la pente d'une colline.

— Allons-y vite, alors ! Il va faire très froid dans une heure et regarde ! On aura la neige avant la nuit !

Il indiquait lui aussi les lointains, mais vers le nord. Là, le vent, levé derrière eux depuis un quart d'heure, amenait du fond de l'horizon une énorme barre grise de nuages floconneux.

Ils montaient, descendaient et remontaient ; les pentes semblaient se succéder sans les rapprocher du bois de sapins. Il commençait à faire sombre mais la neige reflétait encore assez de la faible lumière du ciel pour qu'ils distinguent le chemin devant eux, bien qu'il ait perdu les garde-fous de buissons d'épines et de petits arbres. Enfin, ils atteignirent les sapins. La draille était maintenant presque invisible.

Du fouillis des branches basses montaient des odeurs de résine, fortes et capiteuses, qui étonnaient par ce froid. Le chemin découpait à travers le bois une tranchée dont l'empreinte claire dans le ciel leur permettait d'avancer. La lune se levait et, au sortir des sapins, ils aperçurent la silhouette de la vieille ferme dont avait parlé Marie. Elle se dressait au milieu d'un espace dégarni, en avant d'une autre forêt montant vers des falaises grises sous la lumière mangée peu à peu par les nuages. Le vent forcissait de minute en minute ; il faisait dans les arbres un vacarme de marée sur les récifs, le sommet des sapins paraissait agité par des vagues.

L'aire de la ferme abandonnée était immense. Les toitures des bergeries s'étaient écroulées mais une partie du bâtiment paraissait encore en bon état. Paco poussa une porte en chêne intacte, sur laquelle était clouée une carline, et ils entrèrent. Un moment plus tard, il avait allumé un grand feu de débris dans la cheminée de l'ancienne salle commune. La voûte était soutenue par des arches magnifiques, elles s'élevaient de chaque angle et se réunissaient sur une clé, une pierre sculptée dont on distinguait mal ce qu'elle représentait : un visage, semblait-il. Il alla chercher des morceaux de poutres dans les ruines et ils séchèrent leurs vêtements ; la neige récoltée contre les buissons fondait ; les gouttelettes tombaient sur les lames d'un parquet usé et couvert de la fine poussière de l'abandon. Serrés l'un contre l'autre, caressés par la chaleur et la lumière, ils retrouvaient la paix. Quand le bois ne crépita plus dans les flammes et que le feu s'assoupit, ils entendirent un nouveau bruit qui venait par les ouvertures sans vitres ; un froissement feutré, régulier comme une râpe passant avec application sur une planche. Marie regarda par une des fenêtres. La moitié du ciel était voilée ; la lune éclairait seulement l'arrière-plan du paysage ; entre la ferme et cette zone lumineuse, la neige tombait, verticale : le vent avait cessé. Elle était fascinée par ce spectacle si souvent contemplé dans les nuits d'hiver du Puech. Paco avait découvert un tas de sacs en jute, reliquat des dernières moissons de la Bégude Blanche, et il calfeutrait comme il pouvait les trous laissés par les vitres brisées. Il arriva à la fenêtre devant laquelle se tenait Marie et fut saisi en la voyant de profil, les yeux fixés sur l'étendue de plus en plus blanche sous la chute lente de la neige. Sa beauté lui apparut, à cet instant, d'une fragilité extraordinaire et sans avenir, en raison de la colère des hommes qui, au même moment, le cherchaient — les cherchaient tous les deux — dans des vallées pourtant lointaines. Ce sentiment de l'éphémère réalité de leur vie s'accompagnait étrangement d'une espérance neuve, dont il avait oublié le goût depuis les années sans répit qui venaient de s'écouler. Il avait trouvé avec elle la raison tangible de vivre qui lui avait toujours manqué ; elle n'empêchait pas ses idées d'exister mais au contraire les renforçait : il ne s'agissait plus seulement de venir aux secours « des hommes » mais d'elle en particulier. Il ressentit le formidable élan de l'amour qui le portait. Un jour, pour elle au moins autant que pour les autres, il lui faudrait reprendre la lutte, accepter ce qu'elle coûtait, mais en attendant, la guerre lui fournissait un prétexte ; il comptait en user au maximum pour s'occuper d'elle. Il laissa tomber le sac qu'il tenait à la main et vint contre Marie. Le nez dans ses cheveux, il regardait lui aussi la neige couvrir les alentours, les bergeries écroulées autour de la Bégude Blanche, les prés limités par les clôtures en châtaignier et, plus loin, l'immense étendue étincelante du Plateau où la lune, têtue, revenait déverser ses flots de lumière.

Ils restèrent ainsi, plus proches qu'ils n'avaient jamais été. Ils sentaient que la chaleur de l'un gagnait l'autre et, quand elle se tourna lentement vers lui, quittant le spectacle de la nuit pour retrouver ses yeux noirs qui brûlaient, il vit ses lèvres s'entrouvrir pour, peut-être, le premier véritable baiser qu'elle ait donné. Il y avait entre eux la présence de quelque chose qui les dépassait, qui dépassait même les heures éblouies déjà vécues ensemble. Quelques jours plus tard, Paco dirait : « Nous vivons l'éternité du monde... » Dans ses lèvres trouvées très vite sous les siennes, entrouvertes et douces, il sentit passer d'elle à lui un souffle qu'il craignit d'éteindre par un geste ou, plus tard, une parole malheureuse ; dans le miracle de cet instant, l'éternité se montrait accessible avant de disparaître. Malgré sa précarité trop évidente, il fallait tenter de saisir cette seconde, en garder au moins la trace au fond du cœur, pour les jours inévitables où, sur leurs lèvres, l'amertume l'emporterait, à cause de la vie, simplement.

Il la coucha devant le feu qui grignotait avec appétit les poutres de chêne. Après, elle fut nue et il revit la merveille de son corps dans un éblouissement. Elle le lui donnait avec la simplicité qui la portait vers lui depuis la première fois qu'elle l'avait vu.

Au milieu de la nuit, Paco se leva. Le feu s'éteignait. Il alla chercher du bois. Il ne neigeait plus. La lune éclairait maintenant en plein les bâtiments de la Bégude Blanche. Il était sorti par l'arrière de la salle commune et, du fait de la dénivellation du terrain, la porte donnait sur un balcon dominant le Plateau, devant lui, vers le sud ; sa vue était seulement limitée, à droite et à gauche, par des collines qui rapetissaient à mesure que le regard les suivait ; plus loin, sans aucun obstacle sur des kilomètres, un territoire immense s'ouvrait dont le fond se perdait dans l'irisation de la neige puis dans le ciel. Une encoche noire signalait un hameau aveugle qu'il identifia par le clocher, au moins à cinq kilomètres ; il n'y avait là aucune lumière humaine, seulement celle de la lune ; il pensa qu'il faudrait faire attention et garder cette porte fermée quand leur feu serait ranimé : dans ce pays, on devait voir de très loin la plus petite lueur ; l'instant d'après, il haussa les épaules en pensant à la fumée. Il leur faudrait aussi beaucoup de chance. Sans le frottement de la neige, le silence était total. Il descendit l'escalier et contourna la ferme ; chacun de ses pas crissait dans l'épaisse couche sertie de paillettes, il enfonçait jusqu'aux mollets. Sur l'horizon, la lune laissait voir le ciel ; il y distingua des amas d'étoiles qui paraissaient extrêmement lointaines ; l'Epi de la Vierge était en feu. Il se rendait compte de la solitude dans laquelle ils se trouvaient ; qu'était devenu le temps des actions communes, des veillées d'hiver dans les villages sous la neige où les rafales des mitrailleuses ponctuaient les heures ? Il avait l'impression troublante qu'un autre avait vécu ces heures, avant de les lui raconter ; pourtant, c'était bien de lui qu'il s'agissait, la peur qui rôdait avait été souvent la sienne et il lui fallait alors la chasser à grand renfort de ces mots dont on se sert pour reprendre courage. Sur le Plateau, Marie partageait sa solitude et ses angoisses ; toutes les perspectives en étaient changées. Autrefois, dans les neiges de la Sierra, la guerre occupait ses pensées au point qu'il en oubliait le plus secret de lui-même ; il avait d'abord caché aux autres sa sensibilité et avait adopté une certaine distance qui, depuis son engagement et les premiers combats où la mort lui avait révélé son visage horrible, était toujours présente entre lui et les autres. Il avait longtemps débattu en lui-même pour savoir s'il était juste de continuer ; mais il avait tranché, alors : ceux qui restaient les siens — et le resteraient quoi qu'ils fassent — avaient besoin de sa présence ; ainsi, au moins, l'espoir continuait-il d'exister.

Seules les circonstances avaient éloigné Paco de la guerre, sans qu'il le veuille ou le choisisse, et s'il n'avait pas donné sa vie pour cette cause, ce n'était pas de son fait. Il avait souvent pensé, depuis, qu'il aurait sans doute mieux valu finir, comme tant de ses camarades, dans un assaut ou au bord d'une tombe sous les balles anonymes. Il avait eu de la chance. Le nouveau combat de la nouvelle guerre incarnait les mêmes idées ; cependant, elles n'avaient plus pour lui le même sens — parce qu'il avait vieilli ? Il avait rejoint les maquisards sans enthousiasme, plutôt avec la certitude que leur lutte était semblable à celle qui avait été la sienne. Aujourd'hui, Marie était là, près de lui, dans cette maison au bord de la ruine, abandonnée par le siècle qui amenait partout, il l'avait constaté, la disparition des postes les plus reculés de la vieille civilisation et avait entraîné vers la ville les gens qui vivaient ici, dans la misère, certes, l'esclavage des travaux des champs et l'asservissement aux saisons, mais pour lesquels les feux de la nuit étoilée brûlaient comme un Noël perpétuel. Combien dérisoires, à côté de ceux-ci, paraissaient à Paco les lumières artificielles des Ramblas de Barcelone ou des avenues de Madrid. Pourtant, les hommes d'aujourd'hui couraient tous vers ces mirages.

Sur le côté de la ferme, contre le mur d'un appentis, il trouva un vrai tas de bois ; on avait dû quitter la Bégude Blanche bien vite pour abandonner un tel trésor. Paco réfléchit ; ils avaient de quoi se chauffer pour longtemps et il devait être possible de se procurer de la nourriture au hameau. Pourquoi ne pas rester ici pendant l'hiver ? Qui penserait à les chercher dans ce bout du monde ? Il suffisait de prendre quelques précautions. Au printemps, ils verraient bien. Deux bûches sous le bras, il revint à l'intérieur ; la pièce était obscure, surtout après la grande lumière du dehors. Marie dormait. Son visage enfoui dans les cheveux dépassait seul de la couverture emportée de la Gardelle, qui leur avait servi de lit, les nuits d'avant. Après avoir ranimé le feu, il s'assit auprès d'elle et la contempla ; elle souriait en dormant, avec une moue légère et un peu moqueuse au coin des lèvres. Ses paupières couvraient entièrement les deux lacs bleus qu'il aimait tellement regarder ; pour lui ils étaient toujours calmes. Il lui parla à voix très basse, ne voulant pas la réveiller, lui répéta : « Je t'aime, je t'aime... », sans se lasser, sans trouver monotone cette litanie qui donnait un autre sens à tous ses gestes, à sa vie devenue indispensable à quelqu'un.

Au matin, il était toujours assis devant elle, encore endormie. Le jour commença d'entrer par la fenêtre qu'ils n'avaient pas masquée d'un sac, pressés par leur emportement à s'aimer. Une lumière insolente bousculait peu à peu les ombres de la grande salle, montait comme de l'eau le long des arches, couvrait enfin Marie, toujours blottie sur ses rêves. Les premiers rayons du soleil sautèrent au-dessus des falaises et des sapins que le vent ne remuait plus ; ils vinrent effleurer son visage et Paco vit ses yeux s'ouvrir, le chercher et, l'ayant vu, se refermer doucement avant de s'éveiller tout à fait, avec un nouveau sourire mais qui n'avait plus l'innocence de celui du sommeil. Un instant, il eut peur parce que, dans ce nouveau sourire, lui apparaissait toute la vie, avec l'amour bien sûr mais aussi les ombres qu'il sentait devoir l'accompagner un jour ; dans son regard, il lut la possession, mais l'oublia bien vite : elle lui tendait les bras.

Il leur restait à peine quelques provisions emportées de la Gardelle dans le sac. Il lui dit :

— J'ai aperçu un hameau, cette nuit, en allant chercher du bois. Je vais y aller.

— C'est Drugas, dit-elle. Sois prudent ! Les nouvelles vont lentement à cette saison. Mais ici ils me connaissent et, si on nous cherche tous les deux, ils sont déjà au courant.

— N'aie pas peur ! Je ferai attention... Je vais y aller ; on a du bois en quantité, mais, pour pouvoir rester, il nous faut aussi de la nourriture.

Il partit un quart d'heure plus tard. Le soleil découpait des ombres bleues autour des souches et des pierres levées qui marquaient la draille par laquelle ils étaient arrivés ; elle continuait, après une longue boucle, vers le hameau à présent bien distinct. Le chemin passait derrière de longues bandes plantées de pins noirs, ce qui empêcherait les habitants du coin de deviner d'où il venait, sauf à suivre ses traces, mais c'était peu probable : par ces temps de neige, les gens se terraient chez eux. Le ciel était suffisamment clair, il avait le temps d'aller jusqu'au hameau et d'en revenir, sans grand risque ; il fallait en profiter : si la nuit suivante la neige recommençait à tomber, il deviendrait beaucoup plus difficile de quitter à nouveau la Bégude Blanche. Il dut mettre sa main en visière afin de se protéger du soleil semblable à un tison incandescent planté au milieu du ciel. Il n'y avait personne dehors, mais, au moment où il passait devant la première maison, il aperçut un rideau qui bougeait : on l'avait vu arriver. Dans un jardin, des choux haussaient leurs têtes vert sombre au-dessus de la neige. Il monta par une ruelle encastrée entre les murs ; d'autres rideaux bougèrent. Il pensait s'adresser à quelqu'un pour acheter ce dont il avait besoin, mais, sur une placette minuscule, entourée de frênes dénudés, il eut la surprise de trouver un café ouvert ; il entra.

Une vieille femme au visage figé, sèche et serrée dans un tablier noir à fleurettes blanches, sortit de l'arrière-boutique en entendant tinter les tubes de laiton agités par l'ouverture de la porte. Il demanda un rhum chaud ; elle disparut dans la pièce voisine ; il entendit le bruit d'un fer tisonnant un feu. Elle rapporta un verre qui fumait. Son visage avait toujours la même impassibilité. Paco se dit qu'elle devait avoir l'habitude de voir passer de drôles de zèbres dans cet endroit perdu et, même s'il arrivait au milieu de l'hiver, ce qui n'était pas banal, probablement qu'elle s'en fichait. Sur deux étagères, au-dessus de l'espèce de comptoir en bois où elle lui servit son rhum, des conserves étaient alignées. Il lui rafla son stock ; elle n'eut pas l'air davantage étonnée. Elle avait une petite figure de fouine, ratatinée comme une pomme reinette, et des yeux sans éclat qui lui parurent brusquement dangereux, sans raison particulière et alors qu'il venait de se rassurer l'instant d'avant à son sujet. Il avala son verre d'un trait, paya ce qu'il emportait dans son sac, maintenant bourré, et sortit après un vague salut.

Il était sûr qu'elle le regardait derrière la vitre sale de son échoppe. Il ne rencontra personne d'autre et remarqua de nombreuses maisons en apparence inhabitées. Il prit le chemin en sens inverse, et passa devant un poulailler dont les occupants faisaient suffisamment de bruit pour meubler le silence des hommes. A la lisière des sapins, il se retourna. Sur la petite place qu'on distinguait parfaitement de l'endroit où il se trouvait, une silhouette noire regardait dans sa direction. Il avait très envie de couper tout droit pour revenir à la Bégude Blanche et retrouver Marie ; pour égarer la vieille — même si ce devait être difficile —, il se força à prendre le chemin opposé qui basculait assez vite derrière une bosse du terrain. Au prix d'une heure de marche dans la neige molle derrière les sapins, il rejoignit la draille jusqu'à la ferme. C'était déjà l'après-midi ; Marie, inquiète, l'attendait. Il lui parla de l'épicerie-café sans insister outre mesure sur la patronne et ses soupçons.

Ils avaient de quoi tenir quelques jours. Mais Paco alla dorénavant se poster, tous les matins, sur une petite éminence en avant des sapins pour observer les alentours du village.

Le soir même de sa visite au hameau, la neige recommença à tomber et les coupa du monde. Le lendemain, un redoux de quelques heures fit fondre la surface où se creusèrent de petits cratères pointus et des ruisselets se firent entendre en dessous. A la nuit, le froid tomba brutalement et prit toute cette eau, la changea en glace. Les chemins devinrent durs sous la couche craquante. Des chandelles, affûtées comme des poignards, pendaient maintenant des toits de la Bégude Blanche et étincelaient dans l'air glacé.

Les jours étaient courts, les nuits interminables ; ils les vivaient les yeux dans les yeux, devant des feux magnifiques, à s'aimer dans une sorte de bonheur somptueux. Le matin les trouvait las, mais toujours réunis l'un à l'autre. Quand Paco rentrait de son poste d'observation, ils passaient des heures sur le balcon, à regarder la merveille du Plateau. Marie retrouvait ce qui, dans sa jeunesse, lui avait paru le trésor le plus extraordinaire que l'on puisse acquérir ; il lui revenait aujourd'hui, accordé à l'évidence avec la découverte de son amour. Ce bonheur était arrivé trop tard pour qu'elle puisse en remercier Pauline. Elle savait aussi, quand elle caressait les cheveux de Paco, les richesses qu'elle avait sous les yeux ou dans sa main plus exigeantes et dangereuses que les autres. Peut-être un jour la Gardelle lui manquerait-elle, mais pour l'heure, elle vivait un bonheur sans nuages à côté de celui qui la faisait crier de joie toutes les nuits. Ces trésors-là valaient les autres et elle ne regrettait rien.

Trois semaines plus tard, un matin, la vie les rattrapa.

Paco était monté, comme d'habitude, jusqu'à son belvédère par le chemin gelé. Le ciel était moins clair, des lambeaux de brume lourde s'attardaient dans les combes, mais, là-haut, il voyait très nettement les fumées du hameau ; un peu penchées à cause du vent, elles dessinaient des virgules, comme les traits de la pluie sur les gravures. Sur le chemin, à la fin de la route goudronnée qui aboutissait à la petite place, une tache foncée attira son attention. Ce n'était pas un tombereau comme il en voyait parfois se livrer à des charrois de bois ou de fumier, mais une auto. Juste après, deux ou trois silhouettes noires sortirent du café. Il en avait assez vu et revint en courant. Marie ne posa pas de questions. Ils en avaient parlé ; c'était Paco qui avait voulu rester à la Bégude Blanche ; elle, depuis le début, disait que le seul endroit au monde où ils seraient vraiment en sécurité était la montagne qu'on apercevait par temps clair au-delà des gorges, un pays loin de tout et des hommes, croyait-elle, le paradis dont parlait autrefois Loïc Viladier.

Paco jeta de la neige sur le feu, la Bégude représentait beaucoup trop dans leur vie pour qu'ils aient le courage d'incendier ses restes. Ils avaient du temps devant eux ; la voiture ne monterait jamais jusqu'à la ferme et ses occupants ne devaient pas avoir une grande habitude des chemins gelés. Il prit la main de Marie et l'entraîna vers les sapins. Là, une grande draille, balisée par les pierres levées et sous le couvert des bois sur des kilomètres, prenait la direction de la Haute Terre.

Paco était stupéfait de la résistance et du courage de Marie. Après des heures de marche à travers la neige du Plateau, ils avaient trouvé refuge pour la nuit dans une jasse en bon état. Les types qui les cherchaient avaient dû arriver depuis longtemps à la Bégude Blanche ; il y avait peu de chances qu'ils soient assez malins, et en tout cas suffisamment courageux, pour se lancer à leur poursuite sur la foi de simples traces que, d'ailleurs, le soir même, une nouvelle chute de neige avait effacées. Dès lors, il devenait impossible de savoir la direction qu'ils avaient prise. Mais, une fois de plus, ils étaient sur les routes.

Le lendemain, ils descendirent vers le fond des gorges, par des chemins muletiers très difficiles ; la neige y était rare en raison de l'abri des falaises, mais, du début à la fin de l'hiver, la glace les couvrait de croûtes successives qui, peu à peu, les rendaient impraticables. Ils parvinrent malgré tout à passer. Comment ? Longtemps Paco se poserait la question en se souvenant de passages au bord des falaises à pic où le moindre écart les aurait entraînés, ensemble parce qu'il tenait la main de Marie, dans des fonds où ils voyaient l'eau libre couler, avec des moutonnements furieux entre la glace bleue des berges.

Le deuxième jour, ils eurent une étape moins rude. Le moment le plus dangereux avait été la traversée de la grand-route de Millau à Marvejols ; là, ils pouvaient tomber, à tout instant, sur une patrouille allemande. Il faisait moins froid dans la vallée. Dans une ferme isolée, où la guerre autant que leur propre aventure paraissaient bien lointaines, Marie avait acheté du pain ; Paco l'attendait, caché dans une haie. La nuit était venue, noyée par la brume ; en une heure, elle avait étouffé tout le pays à la ronde, dans un amoncellement cotonneux qui éteignait les bruits ; l'eau gouttait des branches dont le givre fondait. Ils s'étaient abrités tant bien que mal dans une cabane et, au matin, s'étaient enfoncés dans le bloc de brume, un peu au hasard, se fiant au seul instinct de Paco et à son sens de l'orientation. Ils avaient retrouvé le paysage ouvert, avec un soleil magnifique apparu brusquement, comme si le brouillard avait eu une fin, une limite précise. Ils étaient arrivés au pied des montagnes. Devant eux, les forêts s'étendaient sur une pente immense. D'un bout à l'autre de l'horizon, elles montaient à l'assaut du ciel. Deux heures plus tard, ils entraient dans les bois.

Malgré le redoux, des paquets de neige restaient accrochés dans les fourches des arbres de chaque côté de la route. Les plus proches, au-dessus du talus, se dressaient comme les sentinelles d'une armée innombrable. Ils apercevaient ses rangs serrés après des bouquets isolés de rouvres, de bouleaux et de cornouillers dont les troncs clairs, presque blancs, portaient des ramures rougeâtres et parfaitement symétriques. Le sol était couvert de mousses et de fougères ; claires, elles aussi, elles faisaient au soleil baignant la forêt un écrin satiné.

Peu à peu, les arbres se rapprochèrent, de part et d'autre du chemin, formant une escorte empressée. Cela faisait des heures qu'ils montaient vers le ciel, découpé à présent entre les arbres en un ruban bleu à peine incurvé dans des virages très larges. Ils ne parlaient pas ; ils écoutaient, à côté de la respiration rapide de l'un et de l'autre, les bruits de l'eau qui courait sous les mousses et gouttait sur les rochers noirs au milieu des fougères sèches.

Vers midi, alors qu'ils étaient déjà haut dans la forêt, ils entendirent un bruit de moteur dans un lacet au-dessus d'eux. Ils se jetèrent sur le bas-côté ; un bosquet touffu de genêts les rendait invisibles. Une camionnette verte, poussive, avec un hayon en bois, descendait vers la vallée, en laissant derrière elle une fumée noire d'échappement. Peu à peu, le bruit s'estompa derrière les arbres et ils repartirent. Ils évitèrent un hameau qu'ils voyaient dans une trouée d'arbres et dont les maisons noires et décharnées s'accrochaient à la pente la plus abrupte. La route passait au-dessus et ils entendirent les coups réguliers d'une forge. Ce furent, avec le moteur de la camionnette, les seuls bruits humains qui vinrent jusqu'à eux ; le pays semblait désert, c'était aussi bien.

Au milieu de l'après-midi, ils eurent l'impression que l'espace commençait à s'élargir devant eux. Ils avaient laissé depuis un moment les rangs serrés d'arbres et ceux-ci formaient maintenant des petits bois posés telles les pièces d'un jeu d'échecs, séparés par des étendues de bruyères rousses et des ruisseaux de pierres luisantes. La neige était là de nouveau et le vent était redevenu froid. La pente s'était accentuée depuis un ou deux kilomètres et ils avançaient la tête baissée dans l'effort, toujours réunis par leur respiration un peu haletante. Quand ils levèrent ensemble les yeux, ils virent, sous une masse de lumière, le débouché de la route sur un plateau immense dont les lointains se fondaient avec le ciel lui-même dans les horizons bleus. Au-delà des prairies couvertes de neige, le vent faisait miroiter dans les creux l'eau accumulée de tout petits lacs. La lumière du ciel et celle qui montait de la surface de neige et d'eau les éblouissaient ; ils s'arrêtèrent, pris de vertige. Le vent était glacé ; ils transpiraient à cause de la montée et durent s'abriter derrière des amas de rochers gris fer, ronds et comme lancés au hasard sur le terrain plat qui s'ouvrait devant eux. Ils restèrent serrés l'un contre l'autre, sans parler, bouleversés par la beauté du monde.

Marie, la première, osa dire :

— Tu vois, je ne t'avais pas menti. La Haute Terre, c'est ça !

Paco écoutait, avec la curieuse impression d'un décalage ; elle ajoutait d'ailleurs :

— Je ne sais pas pourquoi je t'ai dit ça : c'est ridicule ! Tout est trop beau ici ; les mots ne veulent plus dire grand-chose, n'est-ce pas ?

Il répondit :

— Non, c'est vrai, mais je suis content que tu aies parlé, c'est ta voix qu'il me fallait entendre ; pour que je croie que ce pays nous attend...

Après le ressaut de terrain où ils se trouvaient, la route serpentait entre les pâtures enneigées et les lacs sur lesquels flottaient des plaques de glace qui venaient, poussées par le vent, accrocher et coucher des ajoncs. Disséminées, solitaires, quelques bâtisses se dressaient, séparées par de grands espaces libres ; elles paraissaient inhabitées, à cause de la saison sans doute, et ne devaient servir qu'au printemps et pendant l'été, pour l'estive. Mais, vers le nord-ouest, ils aperçurent un village aux maisons groupées autour d'un clocher.

Paco dit :

— Il nous faut trouver un abri, une maison, pour un moment ; pourquoi pas là-bas ? On ne peut pas passer notre vie à courir de grange en grange !

Elle était contre lui, la tête sur son épaule, le vent soulevait ses cheveux. Il avait passé son bras autour de ses épaules. Elle se leva, le regarda en souriant :

— On y va !

Puis elle avança sur le chemin.

# Chapitre 2

Ils entrèrent dans Rieufort. La lumière commençait à se voiler et frisait entre les branches des alisiers qui bordaient le chemin. Les maisons formaient un cercle régulier autour du clocher. Elles étaient basses et les lauzes accompagnaient presque jusqu'au sol les toitures des plus anciennes ; certaines avaient un étage, avec un petit balcon et un escalier qui ne les menait jamais bien haut : il fallait résister au vent fou qui devait, parfois, cavaler depuis le fond de l'horizon et arriver sur les murs avec la violence d'une charge de hussards. Quelques-unes paraissaient inhabitées, mais elles étaient moins nombreuses qu'à Drugas. De toutes les autres montaient des colonnes de fumées légères vite noyées dans le ciel encore clair malgré l'approche du soir. Sur la place, se dressait la silhouette décharnée d'un « travail » pour ferrer les bœufs et, juste à côté, une longue auge de granit remplie de glace. Une bougie blanche pendait au canon de la fontaine ; elle semblait couler tant elle brillait.

Ils avancèrent entre les maisons et Paco vit cette fois aussi se soulever quelques rideaux. Des bergeries venaient les bêlements des moutons dont ils déclenchaient, en passant le long des portes, le piétinement affolé.

Depuis un moment, Paco se demandait s'ils allaient devoir frapper à une porte quand ils entendirent des coups de marteau, dans une ruelle ouverte en face d'eux, entre des touffes d'orties grasses, après la croix pattée d'un petit calvaire. Parvenus au bout de la ruelle, ils se trouvèrent devant l'atelier d'un menuisier. La porte était ouverte ; il était occupé à clouer un cercueil. Ce détail sinistre perturba Paco. Marie ne semblait pas troublée par la besogne de l'artisan ; elle s'avança vers lui, son plus beau sourire aux lèvres : « Bonjour, monsieur ! Pouvez-vous nous dire où nous sommes ? »

L'homme était petit et maigre, sec comme un bâton, vêtu d'une salopette bleue, en chemise à carreaux. Il avait les cheveux blancs, pourtant il ne paraissait pas très âgé. Il secoua la mèche qui lui couvrait le front et, le marteau levé à la main, il regarda Marie comme une apparition. Il ne répondit pas tout de suite, prit le temps de poser son outil et d'essuyer ses paumes sur ses cuisses. Puis il fit un pas vers elle. Il paraissait fasciné, au point que Paco se demanda s'il avait vu qu'elle n'était pas seule. Il connaissait ces moments où tout peut basculer dans un sens ou dans l'autre ; il n'oubliait pas qu'ils étaient en fuite. Une seconde plus tard, le regard clair et franc comme l'or du menuisier apaisa ses craintes ; décidément, ce type n'avait pas une tête à trahir quelqu'un. Il répondit d'une voix nette et tout aussi claire : « Ici, c'est Rieufort. Moi je m'appelle Luc... Luc Déjean. Si je peux faire quelque chose pour vous... »

A cause de leur allure, il avait sans doute déjà imaginé des tas de possibilités ; n'importe qui n'arrivait pas ainsi, dans ce hameau perdu au bout du monde, sans donner envie de deviner une belle histoire et d'en rajouter ; toutefois, il avait l'air parfaitement rassuré après son examen. Il approcha de Paco qui tendait la main et la serra d'une poigne de fer ; il avait une force peu commune pour quelqu'un d'apparence aussi fragile.

— Bonjour, Luc... moi, c'est Paco et elle : Marie. On cherche une maison. Est-ce qu'il y en a à louer ici ?

Déjean éclata de rire.

— Des maisons ? C'est pas ce qui manque, avec tous ces jeunes qui fichent le camp depuis quelque temps !

Il avait parlé d'une façon particulière ; sa phrase s'appliquait aussi bien aux gens qui fuyaient la campagne pour la ville depuis quelques années qu'à ceux qui, dans les bois, menaient la vie dure aux Allemands. Déjà, le menuisier entraînait Marie au fond de son atelier, riant et montrant le cercueil presque terminé :

— Marie, venez vous chauffer ! C'est pas bon de rester comme ça, dans le froid, les pieds mouillés. Le travail peut attendre : ma cliente ne partira pas toute seule !

Il ouvrit une porte vitrée communiquant avec l'intérieur de la maison et cria :

— Angèle ! Angèle ! Viens ! On a de la visite.

Angèle était deux fois plus grosse que son mari, mais elle avait le même regard sans malice. Elle les installa devant un énorme poêle en fonte verte, qui occupait un angle de la pièce. La fenêtre donnait sur la place à la fontaine gelée ; on voyait le ciel rempli de rouge et les ombres des arbres s'allonger sur les façades. Luc Déjean venait d'enfourner une brassée de copeaux, le poêle ronflait.

Après avoir délibéré avec sa femme, il leur proposa une petite maison inoccupée qui leur appartenait. Ils eurent à peine le temps d'y arriver, avant que la nuit ne tombe tout à fait. Elle était au bout du village. Ils passèrent devant des fenêtres éclairées tant par les lampes que par les feux qui faisaient danser des ombres sur les rideaux au crochet. Luc ouvrit la porte avec une grosse clef et alluma une lampe Pigeon ; ils virent une petite salle, calfeutrée de toiles d'araignées ; le plancher très sec était couvert d'une fine couche de poussière. Une cheminée basse, sous une poutre au-dessus de laquelle était pendu un crucifix en plâtre doré, paraissait n'attendre que des bûches. La chambre voisine contenait un lit bateau avec sa paillasse de fanes et une commode sur laquelle étaient posés un pichet à eau et une cuvette en porcelaine.

— Ça a besoin d'un peu de nettoyage ! Demain, Angèle donnera un coup de main à Marie. Vous verrez ça ! Bon, maintenant je vous laisse. On vous attend à la maison dans un moment, vous mangerez avec nous.

Il allait sortir ; avec un brin d'inquiétude, il ajouta, en montrant la pièce :

— Ça vous va au moins ?

Il éclatèrent de rire, ensemble. Paco dit :

— Si vous saviez d'où on vient ! Bien sûr que ça nous va, et merci. Sans vous... Pour le loyer, on n'en a pas parlé ?

— On verra plus tard ! Ne vous faites pas de souci pour ça... Allez, j'y vais ! A propos de maison, j'en ai une à finir avant la nuit !

Il sortit en riant. Paco se retrouva seul avec Marie. Sa seule présence rendait accueillante cette pièce où l'on sentait une grande douceur paisible. Peut-être avaient-ils enfin trouvé un abri, une escale ; pas seulement une halte pour une nuit sur les grands chemins. Elle souriait, le regardait aussi ; il vint vers elle.

Quand ils rentrèrent de chez le menuisier, le vent se déchirait dans les arbres, les étoiles tapissaient le ciel et la lune montait.

La porte de la maison donnait sur le grand large et le village était derrière eux avec ses rassurantes lumières humaines. Angèle, magicienne, avait mis pour eux les petit plats dans les grands. A la fin du repas, Luc avait entraîné Paco dans son atelier sous un prétexte quelconque. Là, il avait sorti une bouteille de trois-six cachée sous son établi en clignant de l'œil vers l'appartement.

— Je pense savoir d'où tu viens... Ne t'inquiète pas : tu n'es pas le premier. Comment j'ai deviné ? Bah : ton accent, et aussi deux ou trois choses que tu as dites ce soir. On est du même bord. Moi, j'ai l'habitude des types ; au premier coup d'œil, je sais à qui j'ai affaire.

Paco n'avait aucune envie de le détromper ou de lui mentir. Lui aussi avait confiance dans ce petit homme généreux qui ingurgitait aussi facilement que la limonade les petits verres d'alcool les uns après les autres, et qui reprenait :

— J'ai su par les camarades ! Ça a été dur, là-bas, en Espagne, pas vrai ? Ah ! Les salauds... ils nous ont eus encore une fois. Mais un jour, c'est nous qui serons les plus forts.

Paco avait pensé comme lui, mais c'était il y a longtemps. Aujourd'hui, il n'avait plus aucun désir d'être le plus fort. Cela ne changeait rien à la fidélité, ces idées resteraient les siennes jusqu'au bout, qu'il le veuille ou non. Mais bien au-dessus de tout, il y avait Marie et l'amour partagé ; pour la première fois, cela faisait briller sa vie. Peut-être serait-il, un jour, engagé dans de nouvelles batailles, peut-être risquerait-il à nouveau sa vie ; il n'aurait plus la même insouciance ; dans son existence quelque chose désormais s'appelait... la responsabilité ? l'attention ? Quel que soit le terme qu'on choisisse, tout en était modifié. Il le dirait à Luc... plus tard ; en cet instant, il avait une seule idée : être avec Marie, dans la petite chambre poussiéreuse.

Ils avaient laisse dehors le vent dans les arbres, les étoiles et la lune, et ils étaient entrés, déjà serrés l'un contre l'autre, soûls de bonheur, pressés de se retrouver sous une simple couverture de laine, avec le plafond bas et la vue à leur fenêtre de tout le pétillement du ciel. Bien plus tard, comme toutes les nuits — les années de veilles et de gardes l'avaient habitué à des sommeils brefs —, il s'était levé avec d'infinies précautions pour ne pas la réveiller. Sous la lune, l'espace de neige était bien plus vaste que celui du Plateau. Il était sorti dans le froid, mal protégé par sa vieille veste de cuir ; il s'en moquait tant le spectacle était magnifique. Le village, sans lumières, était tapi au bas de leur maison, endormi comme un sanglier dans sa bauge ; quelques filets de fumée — la buée d'une respiration paisible — prouvaient qu'il était vivant. Au-delà, après la limite des arbres, la Haute Terre dormait dans la beauté magique de la nuit. Levant la tête, il regarda ces astres que l'on disait peut-être habités et qui tournaient, dans la grande indifférence mécanique des systèmes, sur le ciel de velours noir. Le vent était complètement tombé, on entendait seulement les craquements des charpentes sous le poids de la neige écrasant les lauzes. Les eaux étaient prises et un silence plus puissant que toutes les musiques accompagnait les éblouissements du monde.

Les jours suivants, ils s'installèrent ; Paco avait de temps en temps l'impression désagréable qu'il était trop tôt pour cela. Quand il avait reparlé du loyer, Luc avait demandé une somme dérisoire ; il n'avait pas été question de l'en faire démordre. Angèle pensait la même chose, d'ailleurs elle pensait toujours comme le menuisier. Bientôt la maison fut propre et accueillante, ils eurent des provisions dans l'armoire, un bon feu dans la cheminée, tous les attributs du bonheur.

Pendant la journée, Paco aidait le menuisier ; il aimait le travail du bois, lent, monotone en apparence et, au bout du compte, plein de surprises. Luc parlait à voix basse, tout en mâchonnant des bâtons de réglisse. Ses camarades tenaient le maquis, plus bas, dans les bois de Saint-Germain. Il n'avait pu se joindre à eux — « trop vieux », disait-il avec un sourire triste ; mais Paco savait que c'était à cause d'Angèle. Sa maison servait de point de ralliement ; la nuit, dans ses insomnies, Paco apercevait des silhouettes furtives ; elles se glissaient hors de l'atelier de Déjean avant de disparaître sur les chemins qui, à des kilomètres de là, menaient aux caches des maquisards. Luc avait admis facilement le besoin de paix de Paco ; il savait qu'il ne durerait pas et qu'un jour viendrait où lui aussi marcherait vers les bois.

Parfois, avec Marie, ils allaient sur ces chemins. Ils traversaient le village où tout le monde les connaissait et les avait acceptés. Un jour, Paco surprit son regard posé sur des enfants qui jouaient dans la neige ; cette image lui fit mal sans qu'il puisse définir pourquoi ; juste un nuage ; il passa. Après les maisons, ils arrivaient très vite sur des sentiers incertains au milieu des prairies blanches entre les petits lacs, entièrement pris depuis leur arrivée par les nuits de grand froid. Le vol lent des corbeaux apportait un semblant de vie dans un univers figé que seul le vent animait parfois, quand il soulevait la neige poudreuse ou plissait quelque mare, délivrée pour deux ou trois heures de sa gangue de glace. Ils étaient ensemble et cette présence constante, loin de les lasser, leur faisait découvrir la nécessité qu'elle était devenue pour eux. Il y avait le monde, magnifique et cruel, dont ils savaient qu'à peu de distance le malheur et la haine l'habitaient ; il y avait eux, et rien d'autre ne comptait.

Ils étaient arrivés à Rieufort vers la mi-février. Une semaine plus tard, la neige recommença à tomber. Lentement d'abord, avec grâce, comme un ballet de flocons, puis avec de plus en plus de sérieux jusqu'au moment où l'on pensait au ciel entier se déversant sur le monde. A la fin de la nuit, la hauteur de neige enlevait toute possibilité de quitter le village. Pour sortir des maisons, il fallut creuser des tunnels, dans lesquels la lumière, diffractée par les milliards de cristaux, fusait en arcs-en-ciel. Ils étaient coupés du monde et Paco, pour la première fois depuis longtemps, se sentit à l'abri de tout. Leur vie se replia encore davantage sur elle-même. Le seul souci était de tenir le feu pour lutter contre le froid polaire après l'écroulement de la neige. Tenir le feu, s'aimer et rêver, ils n'en demandaient pas plus.

Cela dura presque un mois. Puis, la brume apparut un matin ; deux heures plus tard le soleil la chassa et commença à faire fondre la neige qui glissa des toits avec des bruits de luge. En quelques heures, des ruisselets, minces comme des doigts au début, grossirent à la dimension d'un bras, puis d'un torse, et commencèrent à labourer les prairies dont l'herbe apparut verte sous la neige. Le soir, monta de cette eau une vapeur douce et fragile que le vent déchirait et déplaçait entre les arbres et les murs ruisselants. Avec l'obscurité, la brume revint. Mais déjà dans les arbres et les buissons prêts à débourrer, à déplier des feuilles tendres comme des hosties, dans les ramures où les bourgeons poisseux commençaient à s'ouvrir, deux oiseaux se mirent à chanter. Paco et Marie les entendirent, alors qu'ils essayaient de voir à travers le brouillard qui les encerclait ; ils surent que le printemps approchait.

Dès le lendemain, il emporta les brumes matinales, nettoya les traces de l'hiver dans les bas-fonds, dans des coins d'ombre où le soleil ne s'était pas risqué pendant des mois. Partout, les eaux débordaient parce que après la neige, presque entièrement fondue, c'était à présent la terre qui se réchauffait et rendait goutte à goutte l'eau emprisonnée par le gel ; les mousses dégorgeaient comme des éponges. Les sentiers boueux devinrent impraticables. Ce nouvel isolement accordait à Marie et à Paco l'illusion d'une nouvelle sécurité. Aucun véhicule ne se risquait sur les routes coupées par des torrents dont l'eau moussait et emportait les petites pierres, récurant jusqu'à l'os les chemins de terre.

Dans sa maison, Marie retenait le bonheur à sa portée ; elle avait toujours voulu le saisir ; il l'accompagnait depuis le début de leur voyage, il avait un corps, des mains amoureuses et disait des mots tendres, mais la protection accordée par leur isolement lui garantissait-elle qu'elle allait le conserver ? Parfois, elle pensait à la Gardelle, ou à Pauline, avec la douceur accordée au sentiment par l'éloignement, la distance, que la mort des êtres et la disparition des choses mettent au cœur des hommes. Seule avait vraiment du poids, de la substance, de la réalité, la présence de Paco. Ses larges épaules la rassuraient, et ses mains qui la déshabillaient et lui serraient la nuque au point de la faire grimacer, mais de plaisir ; seuls existaient dans ce monde instable, liquéfié par le printemps, les mots qu'il lui disait, les poèmes qu'il lui récitait, quand l'amour les rejetait épuisés sur ses laisses, allongés, nus, devant le feu de la cheminée, dans une maison perdue que le dégel semblait entraîner avec lui, comme un jusant, vers les limites de la Haute Terre.

Peu à peu, l'eau s'arrêta de couler en tous sens et se contenta des ruisseaux qu'elle occupait d'habitude. La terre redevint ferme sous les pas des hommes. Le soleil en chassait les dernières sueurs, les évaporait vers midi, au plein de sa force, en petites nuées délicates que l'on voyait s'élever au-dessus des chemins. Quand il n'y eut plus d'eau, le pas des hommes et les bêtes en marche soulevèrent la terre pulvérisée. L'herbe se redressa ; engraissée par l'eau et la chaleur, elle commença d'allonger sur le pays sa chevelure verte ; le vent se mit à la brasser comme il allait le faire des mois durant. Enfin, Marie trouva la première fleur.

Elle était bleue, avec sur le bord de ses pétales une frange plus sombre qui ondulait. Elle se pencha ; jamais elle n'aurait osé la cueillir et elle la regarda longuement, elle paraissait fascinée. A la fin, elle s'assit dans l'herbe, à côté de la fleur, au milieu d'une prairie de rochers gris. Paco la vit se pencher encore, sentir la fleur, elle aurait aussi bien pu l'embrasser. Il regardait Marie inclinée sur la fleur et, brutalement, il fut déchiré par un désespoir violent ; ce qui se passait était une échappée belle dans le cours d'un bonheur qui finirait un jour. Ne pas pouvoir faire de cet instant une éternité, ne pas pouvoir sauver la merveille était insupportable. Et pourtant d'une telle évidence ! Déjà, s'il acceptait de voir « les choses comme elles sont », Marie n'était plus courbée sur la fleur. Elle s'était redressée, s'était levée, venait vers lui, l'embrassait sur les lèvres, l'entraînait vers les prairies en criant : « Le printemps est arrivé ! Le printemps, mon amour ! »

Le printemps était arrivé en effet et il entraîna la Haute Terre dans un tourbillon de folie. Le soleil séchait en quelques heures les prairies mouillées et pelait la couche mince de brouillard qui couvrait l'herbe. De grandes toiles d'araignées se tendaient entre les tiges hautes des callunes et, quand la chaleur évaporait l'eau des prés, on voyait des multitudes de perles enfilées sur ces dentelles que le vent déchirait à plaisir. Avec le soleil se levaient des hordes d'oiseaux : les mésanges, les sittelles et les chardonnerets remplissaient le ciel ; ils voletaient au ras de la terre avant de remonter, se poursuivaient, s'aimaient, en de longues glissades qui les conduisaient au milieu du ciel ; d'autres se bataillaient dans les buissons d'airelles et les charmes dont leurs mouvements faisaient bouillir les feuilles nouvelles encore poisseuses.

Tout le ciel, bleu, uniforme, sans tache, paraissait plus pur qu'il ne le serait jamais, malgré les acrobaties des oiseaux ; il posait sur la terre un voile léger qui semblait seulement déchiré par la montée du soleil jusqu'à midi puis par sa fuite lente, à regret, vers les lointains du monde.

Le lendemain, Marie voulut revoir la première fleur ; elle partit seule, par une de ces aubes qui commençaient dans la douceur infinie d'un ciel tendre. Plus tard, Paco la retrouva debout près de l'endroit où ils s'étaient arrêtés la veille. Elle ne bougeait pas ; le vent faisait voler ses cheveux ; ils formaient une tache noire au-dessus de la silhouette magnifique qui attirait vers elle les yeux des hommes. A cause de la pente, elle semblait s'inclure dans la lumière du ciel, comme un mirage, bu peu à peu par le soleil. Quand il fut près d'elle, il l'appela : « Marie ! » Il avait peur, il fallait la nommer pour qu'elle redevienne une réalité, qu'elle ne disparaisse pas. Elle se tourna vers lui et il vit qu'elle pleurait ; elle n'avait pas retrouvé la fleur, perdue dans les milliers d'autres écloses depuis la veille ; Marie elle aussi venait de comprendre que le bonheur passait vite. Elle fit quelques pas vers Paco et, quand elle fut devant lui, elle le regarda, les yeux remplis du bleu de la mer, mouillés de larmes ; elle toucha ses épaules, ses joues du bout des doigts pour s'assurer de leur existence. Elle l'entraîna au milieu des fleurs derrière les rochers, dans les hautes herbes et les millepertuis, elle mordit sa bouche, lui fit mal, lui fit plaisir ; elle s'allongea, l'entraîna encore ; elle ouvrit sa robe pour lui. Le corps de Paco devint lourd sur elle, ils écrasaient les centaurées, couchaient les épervières et les fétuques ; ensuite, pour un instant qui, lui, resterait éternel, le vent se calma, les oiseaux se turent ; on n'entendit plus que le bruit de leurs baisers.

Marie, pour retarder un peu la course inéluctable vers un temps nouveau qui risquait de tout lui prendre, s'accrocha aux derniers restes de l'hiver : il lui avait tout apporté. Elle n'y parvenait que le soir. Quand les oiseaux se cachaient dans les vernes, la nuit ramenait un froid dense qui étouffait l'exubérance du monde ; alors, elle pouvait ralentir un peu cette marche en avant, cet élan qui emportait son sang lui-même. Elle tenta de limiter leur vie aux soirées chez Luc et Angèle, à des repas où ils s'invitaient tour à tour, à des papotages sans fin sur des sujets qui ne l'avaient jamais intéressée. Tout tenter pour que la vie, devenue suffisamment monotone, soit figée un moment. Paco comprit et, sans illusions, fit tout pour l'y aider. Mais, même après qu'elle eut passé des heures inutiles chez le menuisier, ou consacré son temps à des besognes qui ne lui ressemblaient guère, il venait toujours un moment où le printemps resurgissait. Il choisissait de le faire dans la propre chair de Marie et la jetait sur Paco, bousculait toute retenue et emportait le peu de pudeur qu'elle gardait encore vis-à-vis de lui. Les nuits, dont elle avait voulu faire le sanctuaire du bonheur tranquille, devinrent le champ de bataille d'un désir que rien ne satisfaisait sauf l'épuisement. Un sommeil lourd suivait l'amour et les menait jusqu'à l'aube qui entrait dans leur chambre avec l'ironie des choses trop évidentes, narguait Marie d'avoir espéré ralentir un mouvement qui la portait, comme les fleurs, les oiseaux, le ciel lui-même, dévoré de bleu, à consumer ses forces, à gâcher dans le désordre la durée qu'elle espérait donner à leur vie grâce à une médiocrité dont elle était incapable.

A la fin, elle abandonna cette lutte inutile, accepta que le printemps l'emporte elle aussi, que sa force, qui bousculait le monde, la remplisse et l'entraîne en avant ; pour être éphémère, ce bonheur-là n'était pas moins magnifique et chargé d'espérance. Dans les prairies, ils eurent des jours et des jours d'insouciance, de joie folle, où ils devenaient, à cause de cet amour qui les brûlait plus que le soleil, une partie de la terre, un morceau du ciel.

Un mois, le monde entier fut à eux, le jour avec ses grands passages du vent dans l'herbe des pâtures, la nuit avec ses amoncellements d'étoiles au-dessus des endroits obscurs où ils se réfugiaient. Le froid était allé ailleurs et leur laissait la place. Ils croyaient occuper la surface de la terre. Ils écoutaient le bruit des étoiles dont les écroulements lointains semblaient arriver jusqu'à eux et se mêler aux roulements de la lune à travers les forêts sur les marches de la Haute Terre. Cela dura un mois, un bonheur enfin sans partage et sans tache. Puis, un jour, elle vit Loïc Viladier.

Elle avait accompagné Luc et Angèle au marché de Lavinal. Avec les routes devenues libres, le danger pouvait surgir à tout moment, et Paco n'était pas venu.

Ils arrivèrent dans la petite ville au milieu de la matinée. Déjà les forains étaient installés. Les temps étaient difficiles, loin de la richesse des grands marchés d'avant-guerre où l'abondance venait parader, pour un jour, sur la place et dans les rues, se montrer aux regards d'hommes et de femmes qui habitaient un pays dont les trésors véritables étaient davantage faits de ciel, d'eau et d'herbe grasse que de dentelles et de calicots.

Angèle et le menuisier « avaient à faire ». Marie resta seule au milieu d'une foule venue des hameaux et des fermes du plateau. Depuis les jours de marché à Mende où elle se rendait avec Pauline, elle n'avait pas connu une telle agitation. Les gens entraient et sortaient des cafés ; devant le comptoir, des hommes à moustaches, en costumes de velours, parlaient fort, fumaient et buvaient de petits verres dorés de liqueur de gentiane. Là se traitaient les affaires importantes. Ailleurs, autour des étals des forains, on surprenait des discussions minuscules, des hésitations sans fin pour deux mètres de ruban ou un accessoire de cuisine. Les femmes allaient dans un angle de murs, se cachaient et comptaient leurs sous jaunes dans de vieux porte-monnaie en cuir bouilli qu'elles serraient au fond de leurs poches de devantiers, comme un trésor ; de petites économies : des mois et des mois de privations pour accumuler quelques pièces ; leur avarice créait leur bonheur.

Marie s'arrêta longuement devant l'éventaire d'une marchande de confection ; les robes pendaient à des cintres accrochés avec des ficelles et le vent soulevait les tissus légers où jouaient l'ombre et la lumière du soleil. En arrière de ces chatoiements, il y avait la chapelle romane où elle était entrée, un quart d'heure avant. Elle avait rarement pénétré dans des églises, sauf à l'occasion des enterrements : Pauline n'avait aucune religion. La couleur blonde des pierres se mariait bien avec le ciel bleu au-dessus des arches en relief surmontant des ouvertures étroites dans les murs épais. A l'intérieur, seules les minuscules flammes d'une multitude de cierges devant l'autel prouvaient que les femmes étaient venues là bien plus tôt, au début du jour ; à présent, seules la vie matérielle et leurs envies les préoccupaient. Dans le silence et l'odeur des cierges, la lumière, blonde elle aussi, tombait en faisceaux des absidioles. Un christ roman — mais elle ne le savait pas — clamait ce qui lui parut la souffrance et le désespoir du monde, et lui fit repenser aux dangers, à Paco. La petite lampe rouge, près de l'autel, témoignait d'une présence, mais elle ignorait sa signification ; son émotion n'était pas due à une croyance, elle naissait de l'ambiance de la chapelle, loin de l'agitation de la place. Les murs de l'église lui parurent un dernier refuge au milieu d'un monde où guettaient sans cesse l'hostilité et le malheur.

Quand elle était ressortie, la lumière du soleil l'avait éblouie. Elle conserva cette impression que la présence incarnée par les pierres, la lampe et les images n'était que l'autre face de ce qu'elle vivait elle-même.

Chez la marchande de confection, une robe, verte, avec des volants et des dentelles fines aux emmanchures, l'attirait ; elle la décrocha, encouragée par la femme ; elle la tenait contre elle, essayant de deviner ce qu'en penserait Paco. Un homme était arrêté, en face d'elle, sur le trottoir de l'autre côté de la rue et la regardait.

A cet instant, il n'était qu'un fragment du spectacle agité des passants, qui allaient et venaient dans les rues, du mélange des ombres et des éclairs de soleil sur les murs et les toits des maisons ; un personnage comme les autres, rien de plus qu'un morceau du puzzle sans cesse recomposé de la ville. Un moment plus tard — elle avait encore la robe à la main ; elle était en train de se décider —, elle le vit à nouveau, toujours immobile, les yeux fixés sur elle.

Elle acheta, paya la robe et la femme empaqueta dans une grande feuille de papier de soie sa meilleure vente de la matinée. Marie s'éloigna ; l'homme la suivit. Un instant plus tard, elle fut prise au milieu d'une cohue à la porte d'un café. Une bande de jeunes gens ivres braillaient ; quand ils la virent, ils se retournèrent sur elle. Ils allaient l'importuner mais elle sentit une présence à ses côtés ; l'homme lui prit le bras et l'entraîna. Les jeunes gens s'éloignèrent. Au moment où elle se tournait vers lui, en disant : « Lâchez-moi ! » elle le reconnut à cause de la beauté conservée de son visage et, surtout, de sa démarche en canard, de sa difficulté à ne pas boiter bas à côté d'elle.

— Loïc !

Quand il parla, elle remarqua combien sa voix avait perdu son velours, s'était faite rugueuse :

— C'est bien ça, je ne m'étais pas trompé, tu es Marie. Marie du Puech !

Il la regarda de haut en bas, ils étaient tout près l'un de l'autre et elle n'aima pas sa bouche à ce moment :

— Comme tu es belle maintenant, petite ! Une vraie beauté, oui !

Elle serrait son paquet contre elle et froissait le papier de soie. La panique l'envahissait. Tout à coup, avec l'homme qui tenait son bras, c'était le passé qui la rattrapait ; un passé gluant dont resurgissaient les mauvais moments. Ce dont elle avait fini par se croire indemne revenait la saisir.

— Allez, viens ! Tu boiras bien quelque chose avec moi, en souvenir du bon vieux temps !

Elle dit, elle implora :

— Lâchez-moi.

Il desserra sa prise.

— Suis-moi, j'ai des choses à te dire...

Il la lâcha ; elle aurait pu s'enfuir alors, mais elle sentit dans sa voix une menace bien réelle. Ils passaient devant un café rempli de monde ; il lui montra une table libre en terrasse.

— Regarde, là on sera bien... pour parler. Mais ça m'étonne ! A une époque tu n'étais pas si farouche... au Puech, par exemple, en bas de l'escalier !

Elle rougit ; comme tout cela était loin ; il lui semblait impossible qu'elle ait eu, une seule fois, un élan vers un tel homme ; maintenant qu'elle le voyait mieux lui apparaissaient les traits durs, le pli amer au coin des lèvres, le regard vague de malade. Peut-être, en effet, avait-il été aimable autrefois, mais c'était fini ; seule une haine sourde semblait le mener. Il commanda un apéritif puis reprit :

— Comment va l'Espagnol ?

Jouissant de sa surprise, il ricana :

— Eh oui ! Tu vois, je sais beaucoup de choses. L'Espagnol ! oui, je sais qui il est et ce qu'il a fait ! Un rouge, encore un de ces salauds ! Comment je sais ça ? Là, petite, tu me fais de la peine ; tu as oublié mon copain ?

— Quel copain ? Je ne sais pas de qui vous parlez. C'est comme pour l'Espagnol ! Non, je ne sais pas !

Elle cherchait des explications à donner, des

raisons à sa propre présence en cet endroit, n'en trouvait pas, se noyait.

— Oh, dis, ça va ! Tu sais très bien ce que je veux dire. Ton Espagnol, il est en fuite, et nos amis le recherchent ; à cause de lui, mon copain Paul s'est fait taper sur les doigts. Moi, tu sais, ces histoires, au fond, je m'en fiche ! Mais tu comprends, si je dis à Marcœur que vous êtes ici, ça va faire du vilain pour vous ! Maintenant, tous les deux, on peut peut-être s'arranger... tu vois ce que je veux dire ?

Dans ses yeux, il y avait une lueur mauvaise, dure, et du désir ; il la dégoûtait. Ce n'était pas seulement son aspect qui avait changé ; ses paroles, le ton qu'il employait étaient devenus d'une vulgarité qui la stupéfiait. Il lui semblait inimaginable que le même homme ait autrefois, par ses récits, enchanté les gens du Puech, lui ait donné le goût d'un autre monde. Sa voix saccadée ne savait plus que prononcer des mots blessants, des mots de misère et de malheur.

Il posa, l'air de rien, la main sur sa cuisse. Elle se leva brusquement ; il avait saisi le bas de sa robe. Il siffla :

— Tss... Tss... tu devrais pas, ma belle ; tu devrais pas.

— Lâchez-moi, sinon je crie !

— Bon, ça va...

Il la lâcha et, comme elle allait partir, il ajouta :

— Tu as tort, mais ça ne fait rien, on se retrouvera !

Elle s'enfuit, très vite, dans les ruelles ; elle regarda plusieurs fois en arrière pour s'assurer qu'il ne l'avait pas suivie. Enfin elle retrouva Angèle, parla de sa robe et ils repartirent dans la camionnette. Maintenant la lumière du monde lui paraissait éteinte.

Le soir, elle raconta tout à Paco. Puis elle regarda autour d'elle, cette maison où ils avaient cru trouver la paix. Le passé revenait toujours, il fallait être bien folle pour l'oublier. Comme ils étaient loin, les soirs où elle avait entendu dans la bouche de Loïc les mots dont le souvenir l'avait conduite ici, le jour où il avait fallu partir sur les routes. Et aussi, il montrait les merveilles de la Haute Terre avec son visage ensorceleur, elle s'en souvenait ; elle avait sans doute été amoureuse de lui et, à cause de lui, il y avait eu la folie qui avait suivi, cette histoire de La Baboche. De ce temps, il ne restait, à part elle, qu'un infirme dormant dans des ruines et un ange devenu mauvais, un malade qui voulait qu'elle... Non, elle n'accepterait jamais, même pour sauver leur vie, parce que, après, comment l'amour serait-il encore possible ? Paco lui disait : « Il va falloir partir d'ici, bien sûr. Mais attendons un peu. Il faut trouver un autre endroit avant... »

Elle l'écoutait et elle se souvint tout à coup ; comment l'avait-elle oublié ? Quelqu'un d'autre restait de cette époque et celle-là, Loïc l'écouterait peut-être.

« ... il est ici, tout près de nous. Ah, c'est vrai, je ne vous ai pas dit : je suis avec Paco. Non, vous ne le connaissez pas. Mais à vous je peux le dire : je l'aime. Je ne voudrais pas qu'il lui arrive malheur ; j'en mourrais vous savez !

Venez, je vous en supplie, vous seule pouvez convaincre Loïc de nous laisser tranquilles. Il vous écoutera. Vous seule ! Mais oui, je sais tout, et moi, aujourd'hui, je peux vous comprendre.

Nous sommes à Rieufort, vous devinerez facilement où c'est, puisque je vous ai parlé de Loïc.

Votre Marie Goual.

P.-S. : Brûlez cette lettre, s'il vous plaît et venez. »

Elle posa la lettre sur le guéridon. Elle était debout devant la fenêtre donnant sur le grand parc municipal dont les arbres resplendissaient dans le matin printanier. Elle s'étonnait d'être ainsi bouleversée ; il y avait si longtemps que cela ne lui était pas arrivé. Elle en voulait maintenant à Marie qui lui avait écrit et l'appelait au secours, comme si elle, Yvonne de Lintes, lui devait quelque chose ; depuis si longtemps... Pourquoi ne la laissait-on pas tranquille ?

A côté du rideau, qui encadrait si joliment la fenêtre, au-dessus du guéridon il y avait un miroir et lui aussi était beau, comme tout ce qu'elle avait réuni autour d'elle. Elle regarda ainsi son visage. Elle avait changé, sans doute, mais si peu, à peine quelques cheveux blancs... quelques rides, oui, pas mal, concéda-t-elle. Mais après tout...

De la feuille posée sur la marqueterie, elle ne voyait qu'un mot ; il semblait briller, en lettres de feu : « LOÏC ». Elle se mordit les lèvres.

Depuis des années, elle avait réussi à ne jamais prononcer son nom, même en pensée, et voilà ! Avec la brutalité d'autrefois, il revenait dans sa vie. Loïc, qui avait tellement compté. A cette époque, elle était coupable sans doute, puisqu'elle n'avait résisté à rien ! Elle n'osa pas se demander s'il comptait encore ; elle aurait crié « oui ! » de toute sa force. Et ces années passées à oublier, à changer de peau, à changer de vie, risquaient d'être effacées ainsi par une lettre venue de loin , de si loin, lui semblait-il, dans sa mémoire. Tout ce qu'elle était aujourd'hui, sa vie tranquille, ses œuvres, ses amies, son rang durement reconquis... tout pouvait naufrager, perdre sa signification pour un nom sur un mauvais papier, écrit d'une écriture appliquée de gamine ?

Le surlendemain, elle alla chercher des allumettes dans la cuisine. Elle s'en voulait d'avoir tardé à se décider ; cela faisait des jours déjà que cette lettre avait été expédiée, elle l'avait vu sur l'enveloppe. De retour dans le salon, elle l'enflamma et la lança dans la cheminée. Le nom mit plus de temps que les autres mots à disparaître. Ensuite, elle sortit et se rendit à la gare pour se renseigner sur les horaires des trains. Elle prépara son sac de voyage ; à l'intérieur, après avoir beaucoup hésité, elle glissa un revolver chromé que son mari, autrefois, avait gagné aux cartes ; depuis, elle le gardait dans sa table de nuit, pour se rassurer : elle était seule.

# Chapitre 3

Le printemps avait de plus en plus de goût. Ils en venaient presque à oublier les menaces. On sentait l'été pousser par en dessous, chercher à gagner du temps ; on le voyait aux teintes de plus en plus prononcées que prenaient les prairies, à la couleur du ciel qui vibrait de chaleur quand le soleil surplombait la terre à midi. Les jours allongeaient et cet écart qui augmentait entre le clair et l'obscur donnait aux soirs une grande douceur.

Cette débauche du monde aidait Marie à oublier. Les longues heures passées à ne rien voir d'autre qu'eux-mêmes lui faisaient peu à peu négliger les précautions élémentaires, comme ne pas sortir seule, se tenir prête à partir, ne pas s'éloigner du hameau. Elle eut envie de revoir la prairie aux fleurs qui l'avait tant bouleversée. C'était à la fin d'un après-midi, Paco était avec Luc dans l'atelier et les bruits de travail du menuisier rassuraient, dans l'atmosphère tiède qui gagnait la Haute Terre avec la venue prochaine du soir. Elle marcha vers cet endroit qu'elle aimait et dont Paco lui avait dit qu'à cause des pierres grises et rondes posées dans l'herbe, des petits lacs cernés d'ajoncs et des clôtures, il lui faisait penser à un pays dont lui avait parlé une vieille femme qui s'appelait Angélina et disait souvent : « L'Irlande, mon garçon, l'Irlande, quel pays ! »

Le ciel se voilait, les pierres allongeaient leurs ombres et elle allait dans l'herbe haute, craquante, parfois poisseuse à cause des sphaignes et des gentianes qui poussaient entre les mousses. Dans la prairie, elle vit que toutes les fleurs bleues du début du printemps étaient sèches à présent, il n'en restait que des petits débris de papier mauve fripé. A leur place, d'autres fleurs s'étaient jetées à l'assaut de l'herbe alentour et un mélange d'orchis, de garances et d'œillets tapissait le sol. L'air limpide de la Haute Terre, tel un bloc de cristal, en faisait un de ces millefiori qu'on voit dans les boutiques d'antiquités. Une splendeur en avait chassé une autre. Pourtant, elle regretta la première parce qu'elle était bénigne, minuscule et tellement accordée au sens de son bonheur. Perdue dans ses regrets, elle ne l'entendit pas arriver.

Il la saisit par-derrière aux épaules et la coucha dans l'herbe. Ensuite il fut sur elle, sans un mot, et elle vit au-dessus d'elle ce visage qui avait été autrefois celui d'un ange et sur lequel ne se lisaient plus que le désir et la bestialité. Déjà, il soulevait sa robe. Elle n'avait pas crié, il crut à sa victoire ; il la connaissait mal. Dans un sursaut, tous ses muscles tendus, sa main le frappa au visage, deux fois, et fit éclater sa lèvre. Elle se dégagea et parvint à se relever. Il avait saisi sa cheville, tout en essuyant le sang qui giclait de sa bouche. Elle lança son pied en avant et l'atteignit à nouveau sur les lèvres. Il lâcha prise ; elle courut dans l'herbe qui lui paraissait cruelle à présent, parce qu'elle retenait sa fuite, la ralentissait. Quand elle osa se retourner, elle le vit partir en courant, loin d'elle, à l'opposé.

Juin était venu. Depuis un mois, ils avaient trouvé refuge dans un buron isolé, une longue construction en pierre, avec son toit en lauzes couvert, au nord, d'une mousse très tendre sur laquelle poussaient des plaques de petites fleurs jaunes, un semis de pépites d'or. Le propriétaire était mort et cette année personne ne viendrait ici. Partout cependant, les troupeaux étaient montés des vallées, les infinis cortèges de vaches paisibles qui rappelaient cruellement à Marie les soirs d'hiver où, devant la cheminée du Puech, celui qu'elle haïssait à présent, à cause de son acte, à cause de son existence même, racontait les richesses d'ici. Dans les autres burons, des hommes remplis autant que lui de désir et de sang, mais dont aucun n'aurait sans doute été capable de son ignominie, travaillaient tout le jour dans l'atmosphère enfumée des pièces basses, devant des feux de fayard, à remuer le lait qui coulait sur la Haute Terre.

Les fleurs lançaient partout leurs vagues de couleurs, sous le pas et la langue des bêtes, sous le regard des hommes. Le ciel au bleu profond avait pris des dimensions incalculables, et les êtres et les choses s'y perdaient quand on ne gardait pas les yeux fixés sur quelque repère : un arbre, une cabane, un oiseau posé sur un piquet de clôture.

Dans leur nouvel abri, Paco et Marie avaient tant bien que mal reconstitué d'autres repères, ceux de leur bonheur dans la maison du hameau.

Grâce à Luc, ils n'avaient pas à quitter le buron.

Quand Marie s'était jetée dans les bras de Paco, le menuisier avait compris qu'il fallait d'abord l'empêcher de partir à la poursuite de l'autre ; il l'avait retenu et, pour que Marie ne souffre pas davantage, Paco avait accepté. Ensuite, Luc les avait conduits là ; tous les trois jours, à la nuit, il venait les ravitailler.

Parfois, il ramenait des nouvelles dont certaines faisaient frémir Marie. Des groupes de maquisards tenaient les bois, vers Aumont et le long des devèzes du côté de Brion. Elle aurait voulu fermer de la main la bouche de Luc quand il parlait ; mais c'était son combat, leur combat, elle s'en rendait trop bien compte à l'impatience de Paco, à son regard quand il scrutait les lointains englués de la lumière blonde de juin.

Au début de juillet, il y eut des escarmouches dans le fond d'une boralde près de Trélans. Le regard de Paco se fit dur. Il y eut aussi le soir où ils étaient tous les deux assis dans l'obscurité qui leur donnait l'assurance de ne pas être aperçus.

Ils étaient serrés l'un contre l'autre, seuls et uniques dans la nuit d'été. Paco dit :

— Marie, je vais partir bientôt. Je dois aller avec eux. Sinon, nous ne pourrons jamais être tout à fait heureux.

D'abord, elle ne dit rien. Il ne faisait plus chaud tout à coup, une eau glacée venait d'inonder son corps ; elle frémit. Même ce qu'elle voyait au-dessus de lui et dont il faisait partie, l'amas de lumières, serrées, denses comme un rideau descendant au cœur de la nuit, même cela, qui était si beau, lui paraissait hostile à présent. Une distance s'installait, non entre elle et lui, mais entre elle et ce monde de lueurs violentes, de tourbillons mauves. Elle murmura : « Pourquoi ? » sachant au moment même que Paco ne lui répondrait pas. Il la serra seulement un peu plus fort et, dans la pénombre où ils étaient, elle vit qu'il levait la main, puis la reposait, inutile.

La vraie réponse lui vint de ses lèvres qui se posèrent sur les siennes, et plus tard, de ses gestes quand il furent allongés dans l'herbe qui sentait le fenouil et la menthe.

Il regarda vers l'ouest. La nuit serait là bientôt ; il le devinait : la lumière déclinait, les odeurs changeaient ; il les reconnaissait au fur et à mesure qu'elles quittaient les bois et que leur eau venait battre les abords de sa masure. Celle-ci le dégoûtait, comme le reste, comme tout ce qui l'empêchait d'être au milieu des arbres, toutes les tâches qu'il fallait accomplir pour ne pas quitter tout à fait la société des hommes. Parfois, dans la brume qui avait envahi ses pensées depuis longtemps maintenant, il cherchait à comprendre pourquoi il essayait encore de vivre avec les autres. Mais il perdait le fil et se perdait tout simplement lui-même, avant d'arriver à la réponse. Quand il était remonté chez lui avec Marcœur, il avait cru retrouver l'essentiel de sa vie ; bien sûr, la maison était vide, mais dans la forêt il avait oublié bien vite cette femme qui se pendait à lui avant de l'entraîner dans son lit, oublié aussi le corps de l'homme au bas de l'escalier, ou encore la vieille poule trébuchant sur son filin et riant de lui davantage que de l'aube naissante. Mais, malgré sa joie quand il avait senti le vent des prairies amener les odeurs de résine et de feuilles, et surtout quand il avait entendu à nouveau l'écho de ses propres coups de hache dans les laies de la forêt, malgré sa joie il avait compris, tout de suite, que le monde avait perdu quelque chose. Quoi ? Il n'aurait su le dire, à cause de ce brouillard, de cette ouate qui, alors, avait commencé à gagner ses pensées. Paul avait bien essayé de lui expliquer que tout cela ne comptait pas ; plus tard, ensemble, ils feraient à nouveau la pluie et le beau temps. On oublierait ce qui s'était passé ; le monde serait différent et donc propice à des gens comme eux. Il l'avait à peine écouté, s'astreignant, têtu, à partir pour les bois, à humer, à respirer ce qui autrefois faisait son bonheur et lui était rendu. Mais c'était inutile, la brume montait, sa tête lui faisait mal et il la tenait entre ses mains, comme s'il voulait en extirper des images qui le hantaient. Un jour, Marcœur, qui avait pourtant tellement de patience, était parti. Il revenait de temps en temps, lui laissait de l'argent, lui racontant ce qui se passait ailleurs, mais ces événements paraissaient lointains à Loïc et ne l'intéressaient pas, comme s'ils se produisaient sur une autre planète. Marcœur profitait de la guerre ; très vite, il avait choisi son camp, ceux qui le payaient pour trahir ; il n'avait aucun remords, il n'avait jamais eu aucune compassion pour quiconque. Hier encore, il était venu. Loïc se souvenait de ce qu'il lui avait dit : on cherchait partout cet Espagnol, ce rouge qui s'était échappé et on disait qu'il était ici.

— Où ça ? avait demandé Loïc, feignant l'ignorance.

— Mais ici ! On l'a vu à Rieufort, un type a dit ça aux autres. Il n'y est plus à présent. Si tu l'aperçois, dis-le-moi : ça me rendrait service. Ils prétendent que c'est de ma faute s'il s'est échappé.

— Quand ? avait demandé Loïc.

Et Marcœur, énervé, était parti. A présent, c'était toujours ainsi avec L'Esclop ; il ne comprenait plus ce qu'on lui disait, il oubliait tout d'un jour sur l'autre.

Paul se trompait, pensa-t-il après son départ ; non, il n'avait pas oublié. Il était bien plus malin que ça. L'Espagnol, lui, Loïc, savait où il était et « elle » était avec lui, tellement belle. Il serait si bon de la coucher dans l'herbe ; mais cette fois, elle ne lui échapperait pas ; non ! pas cette fois !

Il attendrait la nuit et il irait. Il connaissait le buron et lui aussi savait se servir d'un couteau, aussi bien que Marcœur !

Quand il approcha, il comprit que l'Espagnol était seul. Il le voyait entrer ou sortir dans la lumière d'une lanterne pendue au-dessus de la porte. Elle n'était pas là, ce soir ! Elle avait dû rester chez le menuisier de Rieufort ; celui-là aussi, il l'aurait, un autre jour. Il vit la porte, elle ouvrait vers l'extérieur ; dans sa cervelle troublée par le brouillard, il pensa : « Pas besoin de couteau ! Bloquer la porte quand il sera couché, et c'est pas par la fenêtre qu'il filera : trop étroite ; et le feu ! C'est ça ! Le feu ! Ni vu ni connu ! »

« Une si belle nuit ! » se disait Yvonne de Lintes. Marie était contre elle, dans la cabine de la camionnette. Les phares, jaunes et faibles à cause d'un clair d'étoiles magnifique, balayaient le bord du chemin. Marie avait voulu qu'elle rencontre Paco de suite, avant qu'il ne parte. Luc était allé chaque jour l'attendre à Aumont : cette fois la dame était descendue du train. Elles s'étaient retrouvées en face l'une de l'autre, sur la place de Rieufort, à côté de la fontaine qui chantait maintenant, aussi fort que les oiseaux dans les buissons de sureaux. Marie lui avait raconté : Paco allait partir, rejoindre les maquisards dans les bois. L'autre, Loïc, qui avait voulu... Mais Yvonne arrangerait tout. « Vous l'empêcherez de recommencer, n'est-ce pas ? » avait demandé Marie, comme une enfant.

Maintenant, ils approchaient du buron. Sur les crêtes, une lumière épaisse tombait comme de la poussière d'étoiles et semblait s'accrocher aux arbres, en haut des pentes. Quand Luc ralentissait dans les virages, Yvonne entendait les ruisseaux couler au milieu de l'herbe, cette herbe dont elle avait rêvé autrefois et qu'elle sentait toute proche. Elle pensait à Loïc dont elle aimait tant les cheveux fins, semés d'or dans la lumière, et aujourd'hui encore il lui semblait les toucher, les tenir sous les doigts et caresser sa peau. Elle chassa ces images. Demain, il faudrait quelle soit en face de lui, qu'elle l'empêche de nuire, de saccager le monde de Marie. Demain ! Elle avait encore jusqu'à demain, au moins, pour qu'il la voie telle qu'elle était devenue, à peine changée mais tellement autre : vieille.

Ils approchaient ; une chouette, posée sur un piquet, s'envola dans le faisceau des phares, avec des battements las des ailes, comme si la nuit avait été trop lourde à soulever.

La lumière, de plus en plus de lumière, tombait du ciel. Puis, brutalement, quand ils eurent passé le petit col, une lueur violente monta entre les arbres. Des flammes rouges, immenses dans la pureté de l'air, entraînaient des nuages d'escarbilles. Tout le buron était embrasé, comme un feu de la Saint-Jean. Marie courait déjà, avec Luc.

Yvonne descendit lentement de la voiture ; elle savait ce qui se passait ; elle avait trop vécu, elle reconnaissait de loin la signature du désastre. Elle avança sur le sentier. Elle entendait des cris, Marie, Luc qui hurlaient. Le vent les ramenait jusqu'à elle : « La porte est bloquée de l'extérieur ! Misère ! » C'était la voix de Luc. « Mon amour ! Mon amour ! » C'était la voix de Marie. Luc qui la retenait, l'éloignait du feu.

Sur le sentier, elle entendait l'eau courir dans l'herbe et respirait l'odeur de la menthe mêlée à celle de l'incendie ; un mélange âcre, dont elle savait qu'il serait pour elle, désormais, celui du désespoir.

A ce moment, la lune se leva et sauta dans le ciel au-dessus de la crête, vers l'est. Une lune ronde, pleine : un projecteur qui balayait tout l'espace des prairies et galopait après le ressaut de la devèze. Dans l'herbe haute, il y avait deux, trois arbres, minces, rouges à cause du feu, un bouquet posé au milieu de cette herbe qui devenait blanche. Et, à côté, une silhouette qui se cachait, un homme, pensa-t-elle. Quand la lune arriva aux arbres, le projecteur s'éteignit pour un moment ; l'homme se baissa et traversa la prairie, vers le sentier, un peu au-dessus d'elle. Elle revint en arrière pour l'attendre. Là-bas, Luc retenait toujours Marie.

Il arriva sur le chemin. Il regardait lui aussi en arrière, vers l'incendie, et il ne la vit pas avant de se trouver à deux mètres d'elle, éclairé en plein. Elle avait vu qu'il boitait et elle avait été étonnée, pourtant qu'attendait-elle d'autre ? Qu'il soit redevenu normal au lieu d'être encore et toujours l'infirme qui amenait le malheur ?

Les flammes étaient moins hautes à présent, se transformaient en un énorme point rouge dont l'éclat baissait encore à cause de cette lumière violente de la lune. Marie ne luttait plus ; elle s'était agenouillée dans l'herbe, les yeux fixés sur le buron qui devenait un tas de braise.

Alors, Loïc vit Yvonne devant lui, au milieu du chemin. Il l'examina avec effort, lui cherchant une place dans sa mémoire. L'instant d'après, elle sut qu'il la reconnaissait. Il avança vers elle, un sourire malin au coin des lèvres.

Elle avait ouvert son sac, machinalement, et serrait le revolver.

Elle eut de la peine à retrouver son regard. Elle y chercha une trace de ce qui avait été sa grâce, sa beauté. En vain ; elle ne lisait que la déchéance, les éclairs de la folie. Un peu avant, elle aurait encore pu le plaindre, accepter les mots qu'elle devinait au bord de ses lèvres et même leur trouver, sans doute, la saveur des mensonges doux à entendre. Mais l'homme qui faisait un autre pas vers elle n'était plus Loïc, celui qu'elle avait connu alors qu'elle était une femme encore jeune, belle et amoureuse. Ce soir, elle lisait dans ses yeux qu'elle ne quittait pas une lueur ironique, un peu salace, et surtout la certitude qu'il avait de parvenir à la tromper, grâce à ses armes d'autrefois. Elle fut épouvantée de le voir si sûr de lui.

Les coups de feu claquèrent dans la nuit, où seul le crépitement du foyer brisait le silence qui, bientôt, recouvrirait la Haute Terre, à nouveau abandonnée à sa solitude d'herbe et de ciel pur.

Il tomba, la regarda : il ne comprenait pas. Aurait-elle dû lui dire qu'elle tirait aussi sur elle à travers lui ? Il avança encore à genoux au milieu du chemin et des menthes. Elle tira de nouveau. Il s'écroula, la tête en avant, plongea dans les trèfles. Il eut un soubresaut et roula dans le ruisseau dont l'herbe plus haute s'écarta.

# Épilogue

Un soir de juillet, deux ans plus tard, un homme entra dans la cour de la Gardelle.

Il faisait chaud ; on était au plein d'une de ces vagues de chaleur qui surviennent tous les trente ans.

Seul le restaurant était ouvert ; il n'y avait plus de chambres à louer, un panneau, bien en évidence, l'indiquait. D'ailleurs, on voyait aux volets fermés que toute une aile de la grande bâtisse était inutilisée. Pour le reste, rien n'avait beaucoup changé, ni la petite maison de Pauline, ni son jardin, rempli de roses et de zinnias dont les reflets des couleurs mouchetaient la façade.

Il avança d'abord vers l'auberge puis s'immobilisa. Son regard se porta ensuite sur le côté, vers les bois, dont la cime se balançait violemment, pétrie par un vent d'orage, lourd et chaud.

Une barbe grisonnante remplissait ses joues qu'on devinait creuses ; ses yeux aussi, au fond de ses orbites, sous des paupières bleutées, témoignaient de l'extrême maigreur de son corps qu'on devinait ensuite, malgré le costume sombre, très ample, qu'il portait. Il marchait lentement et on avait l'impression qu'il avançait avec précaution. Son regard était fiévreux et rempli d'une émotion qu'on sentait dominée.

Au lieu d'entrer, Paco se ravisa et fit demi-tour, comme s'il hésitait ; il revint vers la petite maison. La chaleur et la lumière qui tombaient en plein sur son visage faisaient cligner ses yeux. Il vit dans le jardin, exactement comme un autre jour, une vieille femme en train de tailler les roses ; elle le regarda et il eut la certitude qu'elle savait qui il était. Pourtant, il s'agissait bien d'une autre, il en était sûr. Il alla vers elle et poussa le portillon bas du jardin. Il fut frappé par le parfum, exactement le même que trois ans plus tôt.

Il n'avait qu'un désir : revoir Marie. Mais il avait peur aussi et il s'accorda le temps de raconter à Yvonne de Lintes son départ du buron avant le retour de Marie, quand il avait couru dans la nuit afin de rejoindre les maquisards. Depuis les crêtes, il avait vu les lueurs du feu, mais il était trop tard pour revenir. Puis, son impatience le submergea et il lui demanda où elle était. Elle lui montra l'auberge et l'accompagna.

Ils traversèrent la cour ; il peinait bien davantage qu'Yvonne malgré son âge. En marchant près d'elle, il se rendit compte qu'elle avait remplacé Pauline, reconstituant une espèce de famille dans laquelle lui-même avait sa place : il revenait au pays... Elle le conduisit jusqu'à la porte-fenêtre donnant sur la terrasse ; la glycine tombait du mur et coulait en une cascade bleu et blanc. Juste à côté, à l'ombre, un homme était assis dans un fauteuil roulant en osier. Paco reconnut celui qui hurlait dans les ruines de La Baboche. Il était penché en avant et paraissait usé et absent. Elle était auprès de lui et tendait un verre contre ses lèvres ; il but à peine et, dans l'insistance de Marie à ce moment, Paco reconnut la compassion des femmes, qui l'avait aidé lui-même si souvent. Des gestes semblables lui avaient permis de survivre malgré son arrestation par la Gestapo, deux mois après sa fuite du buron, dans le traquenard où son groupe était tombé : encore une trahison.

Ensuite — après le long voyage vers les plaines de Pologne, dans le wagon où ils piétinaient des corps et regardaient par les interstices des planches disjointes le paysage exultant de l'été qui défilait et les accompagnait —, quand il errait entre de nouvelles baraques, dans les allées glacées où la neige elle-même était noire de suie et de boue, des yeux pareils à ceux que Marie portait sur Rodolphe l'infirme, avec l'attention des mères et des amantes, lui avaient permis d'espérer.

Il voyait Marie, enfin, et au même moment, elle sentit son regard posé sur sa nuque. Elle se retourna et se releva avec lenteur. Elle tremblait. Le temps qui les avait séparés et celui qu'ils avaient devant eux à présent s'immobilisèrent. Quelques secondes. Puis la vie reprit, leur vie, quand elle se jeta dans ses bras.

## DU MÊME AUTEUR

*Aux Éditions Albin Michel*

LE JARDIN DES HESPÉRIDES, roman
1994

*Chez d'autres éditeurs*

LE VASTE MONDE, roman
Laffont, 1989

L'OFFRANDE DU SUD, roman
Laffont, 1991

LES LARMES DE LA VIGNE
Seghers, coll. Mémoire vive, 1991

*La composition de cet ouvrage*
*a été réalisée par l'Imprimerie BUSSIÈRE,*
*l'impression et le brochage ont été effectués*
*sur presse CAMERON dans les ateliers*
*de Bussière Camedan Imprimeries,*
*à Saint-Amand-Montrond (Cher),*
*pour le compte des Éditions Albin Michel.*

*Achevé d'imprimer en mars 1996.*
*N° d'édition : 15488. N° d'impression : 4/224.*
*Dépôt légal : mars 1996.*